Pastichos
e
Miscelânea

FUNDAÇÃO EDITORA DA UNESP

Presidente do Conselho Curador
Mário Sérgio Vasconcelos

Diretor-Presidente / Publisher
Jézio Hernani Bomfim Gutierre

Superintendente Administrativo e Financeiro
William de Souza Agostinho

Conselho Editorial Acadêmico
Divino José da Silva
Luís Antônio Francisco de Souza
Marcelo dos Santos Pereira
Patricia Porchat Pereira da Silva Knudsen
Paulo Celso Moura
Ricardo D'Elia Matheus
Sandra Aparecida Ferreira
Tatiana Noronha de Souza
Trajano Sardenberg
Valéria dos Santos Guimarães

Editores-Adjuntos
Anderson Nobara
Leandro Rodrigues

MARCEL PROUST

*Pastichos
e
Miscelânea*

Tradução e notas
Jorge Coli

Título original: *Pastiches et Mélanges*

© 2023 Editora Unesp

Direitos de publicação reservados à:
Fundação Editora da Unesp (FEU)
Praça da Sé, 108
01001-900 – São Paulo – SP
Tel.: (0xx11) 3242-7171
Fax: (0xx11) 3242-7172
www.editoraunesp.com.br
www.livrariaunesp.com.br
atendimento.editora@unesp.br

Dados Internacionais de Catalogação na Publicação (CIP) de acordo com ISBD
Elaborado por Vagner Rodolfo da Silva – CRB-8/9410

P968p   Proust, Marcel

          Pastichos e Miscelânea / Marcel Proust; traduzido por Jorge Coli. – São Paulo: Editora Unesp, 2023.

          Tradução de: *Pastiches et Mélanges*
          Inclui bibliografia.
          ISBN: 978-65-5711-158-1

          1. Literatura francesa. 2. Crítica literária. I. Coli, Jorge. II. Título.

                                               CDD 840
2023-427   CDU 821.133.1

Editora afiliada:

Sumário

Pastichos

O Caso Lemoine

I. Em um romance de Balzac . *11*
II. O "Caso Lemoine" por Gustave Flaubert . *19*
III. Crítica do romance do Sr. Gustave Flaubert sobre o "Caso Lemoine" por Sainte-Beuve, em sua coluna do *Constitucional* . *23*
IV. Por Henri de Régnier . *31*
V. No "Diário dos Goncourt" . *35*
VI. O "Caso Lemoine" por Michelet . *41*
VII. Em uma crítica teatral do Sr. Émile Faguet . *45*
VIII. Por Ernest Renan . *49*
IX. Nas memórias de Saint-Simon . *59*

Miscelânea

Em Memória das Igrejas Assassinadas

I. As igrejas salvas. Os campanários de Caen.
A catedral de Lisieux . *89*
II. Jornadas de peregrinação . *97*
III. John Ruskin . *141*

A morte das catedrais . *187*
Sentimentos filiais de um parricida . *199*
Jornadas de leitura . *213*

Ao Sr. Walter Berry,

Advogado e erudito, que desde o primeiro dia da guerra, diante de uma América ainda indecisa, defendeu, com incomparável energia e talento, a causa da França, e venceu.

Seu amigo,
Marcel Proust.

Pastichos

O Caso Lemoine[1]

---

[1] Talvez as pessoas tenham esquecido que, há dez anos, Lemoine, alegando falsamente ter descoberto o segredo da fabricação do diamante e tendo recebido, por conta disso, mais de um milhão do presidente da De Beers, *sir* Julius Werner, foi depois, por denúncia deste último, condenado em 6 de julho de 1909 a seis anos de prisão. Esse caso insignificante da polícia dos tribunais, mas que então apaixonava a opinião pública, foi escolhido uma noite por mim, muito ao acaso, como único tema de trechos em que eu tentaria imitar a maneira de certo número de escritores. Embora dar a menor explicação a pastichos leve ao risco de diminuir seu efeito, lembro, para não ferir legítimas autoestimas, que é o escritor pastichado quem está falando, não apenas segundo seu espírito, mas na linguagem do seu tempo. No de Saint-Simon, por exemplo, as palavras *bonhomme*, *bonne femme* não têm de modo algum o significado familiar e protetor de hoje. Em suas *Memórias*, Saint-Simon diz correntemente o *bonhomme* Chaulnes para o duque de Chaulnes, a quem ele respeitava infinitamente, e da mesma forma a muitos outros. (N. A.) [*Bonhomme* é uma expressão difícil de traduzir. Significa um sujeito, um qualquer, com uma conotação simpática de pessoa simples. A palavra bonomia, em português, deriva do francês *bonhomie* que, por sua vez, vem de *bonhomme*; ela dá uma ideia do sentido original. (N. T.)]

I
Em um romance de Balzac

Num dos últimos meses do ano de 1907, num desses "saraus" da marquesa d'Espard onde se apinhava então a elite da aristocracia parisiense (a mais elegante da Europa, segundo o sr. de Talleyrand, esse Roger Bacon da natureza social, que foi bispo e príncipe de Benevento), de Marsay e Rastignac, o conde Félix de Vandenesse, os duques de Rhétoré e Grandlieu, o conde Adam Laginski, mestre Octave de Camps, lorde Dudley, formando um círculo em torno da senhora princesa de Cadignan, sem, no entanto, provocar o ciúme da marquesa. Não é, com efeito, uma das grandezas da dona da casa — essa carmelita do sucesso mundano — que ela deve imolar sua vaidade, seu orgulho, até seu amor, à necessidade de criar um salão do qual suas rivais às vezes serão o ornamento mais picante? Nisso, ela não é igual à santa? Ela não merece sua parte, tão esforçadamente obtida, do paraíso social? A marquesa — uma senhorita de Blamont-Chauvry, aliada dos Navarreins, dos Lenoncourt, dos Chaulieu — estendia a cada recém-chegado essa mão que Desplein, o maior erudito de nosso tempo, sem excetuar Claude

Bernard, e que havia sido discípulo de Lavater, declarava a mais profundamente calculada que lhe tinha sido dada a examinar. De repente, a porta se abriu diante do ilustre romancista Daniel d'Arthez. Só um físico do mundo moral que tivesse o gênio de Lavoisier e de Bichat – o criador da química orgânica – seria capaz de isolar os elementos que compõem a sonoridade especial dos passos dos homens superiores. Ouvindo ressoar o de d'Arthez, qualquer um teria estremecido. Somente um gênio sublime ou um grande criminoso poderia caminhar assim. O gênio, aliás, não é uma espécie de crime contra a rotina do passado que nosso tempo pune mais severamente do que o próprio crime, já que os eruditos morrem no hospital, o que é mais triste que o calabouço.

Athenaïs não cabia em si de alegria vendo voltar a sua casa o amante que ela tinha a intenção de arrebatar à sua melhor amiga. Então ela pressionou a mão da princesa, mantendo a calma impenetrável que as mulheres da alta sociedade possuem, no próprio instante em que lhe enfiam um punhal no coração.

– Estou feliz pela senhora, minha cara, que o senhor d'Arthez tenha vindo – disse ela à senhora de Cadignan – ainda mais porque terá uma completa surpresa, ele não sabia que a senhora estaria aqui.

– Ele acreditava sem dúvida que encontraria aqui o sr. de Rubempré, de quem admira o talento – respondeu Diane com um beicinho persuasivo que escondia a mais mordaz das zombarias, pois se sabia que a senhora d'Espard não podia perdoar Lucien por tê-la abandonado.

– Oh! Meu anjo – respondeu a marquesa com surpreendente naturalidade –, não é possível conter essa gente, Lucien sofrerá o destino do pequeno d'Esgrignon – acrescentou, confundindo as pessoas presentes pela infâmia dessas palavras, cada uma delas uma flecha assassina destinada à princesa. (Ver o *Gabinete de antiguidades*.)

— Estão falando do sr. de Rubempré — disse a viscondessa de Beauséant, que não reaparecera na sociedade desde a morte do sr. de Nueil e que, por um hábito peculiar às pessoas que viveram muito tempo na província, se deliciava em surpreender parisienses com uma notícia que acabara de ouvir. — Sabem que ele está noivo de Clotilde de Grandlieu.

Todos fizeram sinal à viscondessa para que se calasse, aquele casamento ainda era ignorado pela senhora de Sérizy, e iria lançá-la no desespero.

— Disseram-me, mas pode ser falso — retomou a viscondessa, que, sem compreender exatamente em que havia cometido uma gafe, lamentou por ter sido tão demonstrativa.

— O que diz não me surpreende — acrescentou —, pois fiquei espantada por Clotilde sentir-se atraída por alguém tão pouco sedutor.

— Mas, ao contrário, ninguém é da sua opinião, Claire — gritou a princesa, mostrando a condessa de Sérizy, que escutava.

Essas palavras foram tanto menos compreendidas pela viscondessa quanto ela ignorava inteiramente a ligação da senhora de Sérizy com Lucien.

— Não sedutor — ela tentou corrigir — não sedutor... pelo menos para uma jovem!

— Imaginem — exclamou d'Arthez, antes mesmo de entregar seu sobretudo a Paddy, o famoso escudeiro do falecido Beaudenord (ver os *Segredos da princesa de Cadignan*), que se mantinha diante dele com a imobilidade especial dos criados do Faubourg Saint-Germain —, sim, imaginem... — repetiu o grande homem com aquele entusiasmo dos pensadores que parece ridículo em meio à profunda dissimulação da alta sociedade.

– O que há? O que devemos imaginar? – perguntou ironicamente de Marsay, lançando a Félix de Vandenesse e ao príncipe Galathione aquele olhar de duplo entendimento, um verdadeiro privilégio de quem viveu muito tempo na intimidade da SENHORA.

– *Zempre ponite!* – acrescentou o barão de Nucingen com a espantosa vulgaridade dos arrivistas que acreditam, com a ajuda das rubricas mais grosseiras, mostrarem-se originais e imitar os Maxime de Trailles ou os de Marsay; *e o seingnjor tein corrozón; o senhor é o fedadeire brotector dos bopres, no Câmerro.*

(O famoso financista, além disso, tinha razões particulares para se ressentir de d'Arthez, que não o havia apoiado suficientemente, quando o ex-amante de Esther tinha procurado em vão que sua esposa, *née* Goriot, fosse convidada na casa de Diane de Maufrigneuse.)

– *Rábide, rábide, zeignjor, o velizidada zera gompleto parra mi zi a zeingnjor mi aje tigno ti sape ke se bote himachiner?*

– Nada – respondeu d'Arthez com sentido de a propósito –, dirijo-me à marquesa.

Isso foi dito em um tom tão perfidamente epigramático que Paul Morand, um de nossos mais impertinentes secretários de embaixada, murmurou: – Ele é mais forte do que nós! – O barão, sentindo-se escarnecido, teve frio nas costas. A senhora Firmiani suava em suas pantufas, uma das obras-primas da indústria polonesa. D'Arthez fingiu não ter notado a comédia que acabava de ser representada, tal como só a vida em Paris pode oferecer com tanta profundidade (o que explica por que a província sempre deu tão poucos grandes estadistas à França) e, sem parar na bela Nègrepelisse, voltando-se para a senhora de Sérizy com aquele assustador sangue-frio que pode triunfar sobre os maiores obstáculos (há algum comparável ao do coração para as belas almas?):

— Acabaram de descobrir, senhora, o segredo da fabricação do diamante.

— *Eze nekoss é un krand dessoro* — exclamou o barão deslumbrado.

— Mas eu pensei que eles sempre foram fabricados — respondeu ingenuamente Léontine.

Madame de Cadignan, como uma mulher de bom gosto, teve o cuidado de não dizer uma palavra, ali onde burguesas teriam se lançado em uma conversa em que elas expusessem tolamente seus conhecimentos de química. Mas a senhora de Sérizy não havia terminado essa frase, que revelava uma incrível ignorância, quando Diane, envolvendo inteiramente a condessa, teve um olhar sublime. Apenas Rafael poderia ter sido capaz de pintá-la. E decerto, se tivesse conseguido, teria dado um *pendant* à sua célebre *Fornarina*, a mais destacada de suas telas, a única que o coloca acima de Andrea del Sarto na estima dos conhecedores.

Para compreender o drama que se segue, e ao qual a cena que acabamos de relatar pode servir de introdução, algumas palavras de explicação são necessárias. No final do ano de 1905, uma terrível tensão reinava nas relações entre a França e a Alemanha. Ou que Guilherme II pretendesse realmente declarar guerra à França, ou que quisesse apenas que se acreditasse nisso a fim de romper nossa aliança com a Inglaterra, o embaixador da Alemanha recebeu a ordem de anunciar ao governo francês que apresentaria suas cartas de saída. Os reis das finanças então apostaram na baixa com as notícias de uma próxima mobilização. Perderam-se somas consideráveis na Bolsa de Valores.

Durante um dia inteiro venderam títulos de renda que o banqueiro Nucingen, secretamente advertido por seu amigo, o ministro de Marsay, da demissão do chanceler Delcassé, coisa que não se soube em Paris a não ser por volta de quatro horas, comprou por um preço irrisório, conservando-as ainda. Até mesmo Raoul Nathan, e todos mais, acreditavam na guerra, embora o amante de Florine, desde que du Tillet, de quem ele queria seduzir a cunhada (ver *Uma filha de Eva*), o tinha ludibriado na Bolsa de Valores, apoiara a paz a todo custo em seu jornal. A França foi então salva de uma guerra desastrosa apenas pela intervenção, que ficou muito tempo desconhecida dos historiadores, do marechal de Montcornet, o homem mais forte de seu século depois de Napoleão. E ainda assim, Napoleão não conseguiu realizar seu projeto de invadir a Inglaterra, a grande ideia de seu reinado. Napoleão, Montcornet, não há uma espécie de semelhança misteriosa entre esses dois nomes? Eu teria o cuidado de não afirmar que eles não estão ligados um ao outro por algum vínculo oculto. Talvez nosso tempo, depois de ter duvidado de todas as grandes coisas sem tentar compreendê--las, seja forçado a retornar à harmonia preestabelecida de Leibniz. Além disso, o homem que estava então à frente do mais colossal negócio de diamantes na Inglaterra chamava-se Werner, Julius Werner. Werner! Esse nome não evoca estranhamente a Idade Média? Só de ouvi-lo, não vemos o doutor Fausto, debruçado sobre seus cadinhos, com ou sem Margarida? Não implica a ideia da pedra filosofal? Werner! Julius! Werner! Mude duas letras e você terá Werther. *Werther* é de Goethe.

Julius Werner se serviu de Lemoine, um desses homens extraordinários que, se guiados por um destino favorável, chamam-se Geoffroy Saint-Hilaire, Cuvier, Ivan, o Terrível, Pedro, o Grande, Carlos Magno, Berthollet, Spalanzani, Volta. Mude as circunstâncias e eles terminarão como o marechal d'Ancre, Balthazar Cleas, Pugatchef, o Tasso, a condessa de la Motte ou Vautrin. Na França, a patente que o governo concede aos inventores não tem valor nenhum por si só. É aí que devemos buscar a causa que paralisa, em nosso país, todo grande empreendimento industrial. Antes da Revolução, os Séchard, esses gigantes da impressão, ainda usavam prensas de madeira em Angoulême, e os irmãos Cointet hesitavam em comprar a patente de impressor. (Ver *As ilusões perdidas*.) Decerto, poucas pessoas entenderam a resposta de Lemoine aos soldados que vieram para prendê-lo. "Quê? A Europa me abandonaria?", exclamou o falso inventor com profundo terror. A frase, propagada à noite nos salões do ministro Rastignac, passou despercebida ali.

— Esse homem teria ficado louco? — disse o conde de Granville, espantado.

O antigo escrevente do advogado Bordin devia precisamente tomar a palavra, a respeito desse caso, em nome do Ministério Público, tendo recuperado recentemente, pelo casamento da segunda filha com o banqueiro du Tillet, a proteção que havia perdido do novo governo sua aliança com os Vandenesse etc.

II
O "Caso Lemoine" por Gustave Flaubert

O calor tornava-se sufocante, um sino tocou, rolinhas voaram e, as janelas tendo sido fechadas por ordem do presidente, um odor de poeira espalhou-se. Ele era velho, com cara de gaiato, uma toga apertada demais para sua corpulência, suas pretensões de espírito; e suas suíças uniformes, que um resto de tabaco sujava, davam a toda a sua pessoa algo decorativo e vulgar. Como a suspensão da audiência se prolongava, intimidades se esboçaram; para começar uma conversa, os espertinhos queixavam-se em voz alta da falta de ar, e, alguém tendo dito que reconhecia o ministro do Interior num senhor que saía, um reacionário suspirou: "Pobre França!". Tirando uma laranja de seu bolso, um negro ganhou respeito e, por amor à popularidade, ofereceu os gomos a seus vizinhos em um jornal, pedindo desculpas: primeiro a um eclesiástico, que afirmou "nunca ter comido uma tão boa; é um fruto excelente, refrescante"; mas uma viúva tomou um ar ofendido, proibiu suas filhas de aceitar qualquer coisa "de alguém que não conhecessem", enquanto outras pessoas, sem saber se o jornal chegaria até elas, procuravam uma postura: várias puxaram seus relógios, uma senhora tirou seu chapéu. Sobre ele, um papagaio. Dois jovens ficaram surpresos, gostariam de saber se ele havia sido colocado ali como uma lembrança ou talvez por gosto excêntrico. Já os brincalhões começavam a se interpelarem de um banco para outro, e as mulheres, olhando para seus maridos, afogavam risos em um lenço, quando um silêncio se fez, o presidente parecia absorto no sono, o advogado de Werner pronunciava seu requisitório. Tinha começado em tom de ênfase, falou por duas horas, parecia dispéptico, e a cada vez que dizia "sr. presidente", fazia uma reverência tão profunda que parecia uma mocinha diante de um rei, um diácono deixando o altar. Foi terrível para com Lemoine, mas a elegância das fórmulas atenuava a aspereza da acusação. E seus períodos se sucediam sem interrupção, como as águas de uma cascata, como uma fita que se desenrola. Por momentos, a monotonia de sua fala era tamanha que não se distinguia do silêncio, como um sino cuja vibração persiste, como um eco que se desvanece. Para concluir, invocou os retratos dos presidentes Grévy e Carnot, colocados acima do tribunal; e todos, tendo levantado a cabeça, notaram que o mofo os havia tomado naquela sala oficial e suja que exibia nossas glórias e cheirava a mofo. Uma ampla abertura dividia-a ao meio, e os bancos se alinhavam até o pé do tribunal; tinha poeira no chão, aranhas nos cantos do teto, um rato em cada buraco, e era preciso arejá-lo muitas vezes por causa da proximidade do radiador, às vezes com um odor mais nauseabundo. O advogado de Lemoine, replicando, foi breve. Mas tendo um sotaque do sul, fazia apelo a paixões generosas, tirava a todo instante seu *lorgnon*. Ao ouvi-la, Nathalie sentia essa perturbação à qual conduz a eloquência; uma doçura invadiu-a e o seu coração se acelerou, a cambraia do seu corpete palpitava, como a plumagem de um pombo prestes a levantar voo. Enfim, o presidente fez um sinal, um murmúrio se ergueu, dois guarda-chuvas caíram: iam ouvir novamente o acusado. Imediatamente os gestos raivosos dos presentes o designaram; por que não tinha contado a verdade, fabricado diamantes, divulgado sua invenção? Todos, até o mais pobre, poderiam – com certeza – ganhar milhões com isso. Até mesmo os viam diante deles, na violência do arrependimento onde se pensa possuir o que se lamenta. E muitos se entregaram mais uma vez à suavidade dos sonhos que tinham formado quando entreviram a fortuna, com a notícia da descoberta, antes de terem descortinado o escroque.

Para alguns, significava o abandono de seus negócios, uma mansão na Avenue du Bois, influência na Academia; e até um iate que os teria levado para países frios no verão, não para o polo, no entanto, que é curioso, mas a comida de lá cheira a óleo, o dia de vinte e quatro horas deve ser incômodo para dormir, e, além disso, como se proteger dos ursos brancos?

Para alguns, os milhões não bastavam; eles os teriam jogado imediatamente na Bolsa de Valores; e, comprando títulos pelo menor preço na véspera da alta – um amigo os teria informado – veriam centuplicar o capital em poucas horas. Então, ricos como Carnegie, teriam o cuidado de não ceder à utopia humanitária. (Além disso, de que adianta? Um bilhão compartilhado entre todos os franceses não enriqueceria um só, já foi calculado.) Mas, deixando o luxo para os vaidosos, eles buscariam apenas o conforto e a influência, fariam se nomear presidente da República, embaixador em Constantinopla, teriam em seu quarto estofamento de cortiça que amortece o ruído dos vizinhos. Não entrariam para o Jockey Club, julgando a aristocracia pelo seu valor. Um título do papa os atraía mais. Talvez pudessem tê-lo sem precisar pagar. Mas então para que servem tantos milhões? Em suma, eles aumentariam o tesouro de São Pedro enquanto condenavam a instituição. O que pode lá fazer o papa com cinco milhões de peças de rendas, enquanto tantos padres do campo morrem de fome?

Mas alguns, sonhando que a riqueza poderia chegar a eles, sentiam-se prestes a desfalecer; pois eles a teriam deposto aos pés de uma mulher que os desdenhara e que, enfim, lhes revelaria o segredo de seu beijo e a doçura de seu corpo. Viam-se com ela, no campo, até o fim de seus dias, em uma casa toda de madeira branca, na margem triste de um grande rio. Teriam conhecido o grito dos petréis, a chegada dos nevoeiros, a oscilação dos navios, o desenrolar das nuvens, e teriam permanecido horas com o corpo dela sobre seus joelhos, olhando a maré subir e as amarras baterem umas nas outras, do terraço, em uma cadeira de vime, sob uma tenda listrada de azul, entre bolas de metal. E terminavam por ver apenas dois cachos de flores violeta, descendo até a água rápida que tocam quase, à luz crua de uma tarde sem sol, ao longo de uma parede avermelhada que se desmanchava. Para esses, o excesso do infortúnio tirava a força de amaldiçoar o acusado; mas todos o detestavam, julgando que ele os havia frustrado em orgias, honras, celebridade, gênio; às vezes de quimeras mais indefiníveis, daquilo que cada um continha de profundo e doce, desde a infância, na tolice particular de seu sonho.

III
Crítica do romance do Sr. Gustave Flaubert sobre o "Caso Lemoine" por Sainte-Beuve, em sua coluna do Constitucional

O *Caso Lemoine*... do sr. Gustave Flaubert! Sobretudo logo depois de *Salambô*, o título surpreendeu, em geral. Quê? O autor havia instalado seu cavalete no coração de Paris, no Palácio de Justiça, na própria sala do tribunal...: e ainda o acreditaríamos em Cartago! O sr. Flaubert — estimável nisso por sua veleidade e sua predileção — não é um desses escritores de quem Marcial zombou tão finamente e que, transformados em mestres num domínio, ou reputados como tais, se limitam a ele, se conformam ali, preocupados antes de tudo em não oferecer margem nenhuma para críticas, nunca expondo na manobra mais de uma ala de cada vez. O sr. Flaubert, quanto a ele, gosta de multiplicar reconhecimentos e tiradas, abrir frontes em todos os lados, que digo? Encara os desafios, quais sejam as condições propostas, e nunca reivindica a escolha de armas ou a vantagem do terreno. Mas desta vez, é preciso reconhecer, essa reviravolta tão precipitada, esse retorno do Egito (ou quase isso) *à la* Bonaparte, e que nenhuma vitória bem assegurada deveria ratificar, não pareceu muito feliz; viram nele, ou pensaram ver nele, digamos, como que um toque de mistificação. Alguns chegaram a ponto de pronunciar, não sem razão aparente, a palavra desafio. Nesse desafio, pelo menos, o sr. Flaubert foi vencedor? É o que vamos examinar com toda a franqueza, mas sem nunca esquecer que o autor é filho de um homem muito saudoso, que todos nós conhecemos, professor da Faculdade de Medicina de Rouen, que deixou em sua profissão e em sua província seu traço e sua irradiação; e que esse amável filho – qualquer que seja a opinião que se possa opor a que jovens muito apressados não temam, a amizade ajudando, já chamar de o seu talento – merece, aliás, todo o respeito pela reconhecida simplicidade das suas relações sempre seguras e perfeitamente constantes – ele, que é exatamente o contrário da simplicidade assim que pega uma pena! – pelo invariável refinamento e delicadeza de seu procedimento.

A narração começa com uma cena que, se fosse mais bem conduzida, poderia ter dado uma ideia bastante favorável do sr. Flaubert, nesse gênero totalmente imediato e improvisado do esboço, do estudo tirado da realidade. Estamos no Palácio de Justiça, na sala do tribunal, onde está sendo julgado o caso Lemoine, durante uma suspensão de audiência. As janelas acabaram de ser fechadas por ordem do presidente. E aqui um eminente advogado me garante que o presidente não intervém nada, como de fato parece mais natural e apropriado, nesse tipo de coisas, e durante a suspensão certamente se retirou para a câmara do conselho. É apenas um detalhe, se se quiser. Mas o senhor, que vem nos dizer (como se na verdade os tivesse contado!) o número de elefantes e onagros no exército cartaginês, como espera, pergunto-lhe, ser acreditado sob palavra quando, para uma realidade tão próxima, tão facilmente verificável, tão sumária mesmo e nada detalhada, o senhor comete tais equívocos! Mas vamos em frente: o autor queria uma oportunidade de descrever o presidente, não a deixou escapar. Esse presidente tem "uma cara de gaiato (o que basta para desinteressar o leitor), uma toga apertada demais para sua corpulência (descrição bem desajeitada e que não pinta nada), suas pretensões de espírito". A "cara de gaiato" ainda passa! O autor pertence a uma escola que nunca vê nada de nobre ou estimável na humanidade. No entanto, o sr. Flaubert, por mais baixo-normando que seja, é de um país de fina chicana e alta sapiência que deu à França advogados e magistrados consideráveis, não quero fazer distinções aqui. Sem mesmo nos limitarmos às fronteiras da Normandia, a imagem de um presidente Jeannin sobre quem o sr. Villemain nos deu mais de uma indicação delicada, de um Mathieu Marais, um Saumaise, um Bouhier, mesmo o agradável Patru, desses homens distinguidos pela sabedoria do conselho e de um mérito tão necessário, seria tão interessante, creio, e tão verdadeira quanto a do presidente com "cara de gaiato" que nos é mostrada. No entanto, aceitemos a cara de gaiato! Mas se ele tem "pretensões de espírito", o que o senhor sabe, já que ainda não abriu a boca? E da mesma forma, um pouco mais adiante, o autor, no público que nos descreve, mostra com o dedo um "reacionário". É uma designação bastante comum hoje. Mas aqui, pergunto novamente ao sr. Flaubert: "Um reacionário? Como pode reconhecer de longe? Quem lhe disse isso? O que sabe a respeito?". O autor, evidentemente, se diverte, e todas essas passagens são inventadas à vontade. Mas isso ainda não é nada, sigamos. O autor continua a pintar o público, ou melhor, puros "modelos" voluntários que agrupou como quis em seu ateliê: "Tirando uma laranja do bolso, um negro...". Viajante! O senhor tem em sua boca apenas as palavras de verdade, de "objetividade", o senhor as professa, o senhor as ostenta; mas, sob essa pretensa impessoalidade, como o reconhecemos rapidamente, nem que seja apenas por esse negro, por essa laranja, daqui a pouco por esse papagaio, recém-desembarcado com o senhor, por todos esses acessórios *trazidos consigo* que o senhor se apressa bem rápido de vir *colar* em seu esboço, o mais sarapintado, eu o declaro, o menos verídico, o menos parecido que seu pincel já se esforçou por realizar.

Então o negro tira uma laranja do bolso, e ao fazer isso ele... "ganha consideração"! Entendo que o sr. Flaubert quer dizer que em uma multidão alguém que pode fazer um gesto e mostrar uma vantagem, mesmo habitual e familiar a todos, que tira um copo, por exemplo, quando alguém está bebendo perto dele diretamente na garrafa; um jornal, se for o único que pensou em comprá-lo, esse alguém é imediatamente designado para a notoriedade e distinção dos outros. Mas confesse que, no fundo, o senhor não deixou de querer, ao se aventurar nessa expressão bizarra e deslocada de "consideração", insinuar que toda consideração, mesmo a mais elevada e cobiçada, não é muito mais do que isso, que ela é feita pela inveja que os outros têm de bens que são, no fundo, sem valor. Pois bem, nós dizemos ao sr. Flaubert, isso não é verdade; a consideração — e sabemos que o exemplo o tocará, pois não pertence à escola da insensibilidade, da *impassibilidade*, a não ser em literatura — é adquirida por toda uma vida consagrada à ciência, à humanidade. As letras, outrora, também podiam outorgá-la, quando eram apenas o penhor e como que a flor da urbanidade do espírito, dessa disposição inteiramente humana que certamente pode ter sua predileção e seu objetivo, mas admite, ao lado das imagens do vício e dos ridículos, a inocência e a virtude. Sem voltar aos antigos (muito mais "naturalistas" do que o senhor jamais será, mas que, num painel recortado em um quadro real, fazem sempre descer, ao ar livre e como que ao céu aberto, um raio totalmente divino que coloca sua luz no frontão e ilumina o contraste), sem voltar a eles, quer tenham o nome de Homero ou Mosco, Bion ou Leônidas de Taranto, e para chegar a pinturas mais premeditadas, seria outra coisa, diga-nos, do que sempre fizeram esses mesmos escritores que o senhor não tem medo de reivindicar? E Saint-Simon primeiro, ao lado dos retratos atrozes e caluniosos de um Noailles ou de um Harlay, que grandes pinceladas ele não oferece para nos mostrar, em sua luz e em proporções verdadeiras, a virtude de um Montal, de um Beauvilliers, de um Rancé, de um Chevreuse? E, mesmo nessa *Comédia humana*, ou assim chamada, em que o sr. de Balzac, com uma presunção que faz sorrir, pretende traçar "cenas (na realidade todas fantasiosas) da vida parisiense e da vida da província" (ele, o homem mais incapaz de observar que jamais existiu) em relação e como que em redenção dos Hulot, dos Philippe Bridau, dos Balthazar Claes, como ele os chama, e a quem seus Narr'Havas e seus Shahabarims nada têm a invejar, confesso, não imaginou uma Adeline Hulot, uma Blanche de Mortsauf, uma Marguerite de Solis?

Decerto, se surpreenderiam, e com razão, os Jacquemont, os Daru, os Mérimée, os Ampère, todos esses homens de *finesse* e de estudo que o conheciam tão bem e que não acreditavam que houvesse necessidade, por tão pouco, de fazer tanto alarde, se lhes dissessem que o espirituoso Beyle, a quem devemos tantos pontos de vista claros e frutuosos, tantas observações apropriadas, seria considerado romancista em nossos dias. Mas, enfim, ele é ainda mais *verdadeiro* do que o senhor! Mas há mais verdade no menor estudo, digo, de Sénac de Meilhan, Ramond ou

Althon Shée, do que no seu, tão laboriosamente inexato! Tudo aquilo grita que é falso, e o senhor então não sente isso?

Enfim, a audiência é retomada (tudo isso é muito desprovido de circunstâncias e determinação), o advogado de Werner tem a palavra, e o sr. Flaubert nos avisa que, voltando-se para o presidente, ele faz, toda vez, "uma reverência tão profunda que parecia um diácono deixando o altar". Que haja tais advogados, e mesmo no tribunal de Paris, "ajoelhados", como diz o autor, diante da corte judicial e do promotor público, é bem possível. Mas há outros também — e desses, o sr. Flaubert não quer saber — e não faz muito tempo ouvimos o considerável Chaix d'Est-Ange (cujos discursos publicados certamente perderam, não o ímpeto e o sal, mas a circunstância e o tom coloquial) responder com orgulho a uma altiva intimação do promotor público: "Aqui, no tribunal, o sr. advogado-geral e eu somos iguais, exceto pelo talento!". Nesse dia, o amável jurista, que certamente não podia encontrar à sua volta a atmosfera, a ressonância divina da última época da República, soube, porém, como um Cícero, lançar a flecha de ouro.

Mas a ação, um momento deprimida, movimenta-se e acelera. O acusado foi trazido e, de início, ao vê-lo, algumas pessoas lamentam (sempre suposições!) a riqueza que teria permitido a eles viajar para longe com uma mulher amada outrora, nessas horas das quais fala o poeta, únicas dignas de serem vividas e onde nos incendiamos às vezes por toda uma vida, *vita dignior ætas!** O trecho, lido em voz alta — embora lhe falte um pouco aquele sentimento de impressões suaves e verdadeiras, às quais

---

* Verso da *Eneida*, de Virgílio: a vida em sua melhor idade. (N. T.)

um Monselet, um Frédéric Soulié, se entregaram com grande prazer – apresentaria bastante harmonia e vagueza:
"Teriam conhecido o grito dos petréis, a chegada dos nevoeiros, a oscilação dos navios, o desenrolar das nuvens."
Mas, eu pergunto, o que os petréis vêm fazer aqui? O autor visivelmente recomeça a se divertir, vamos dizer a palavra, em nos mistificar. Pode-se não se ter tirado diplomas em ornitologia e saber que o petrel é uma ave muito comum em nossas costas, e que não há necessidade de ter descoberto o diamante e feito fortuna para encontrá-lo. Um caçador que o perseguiu muitas vezes me garante que seu grito não tem absolutamente nada de especial que possa tocar assim tão profundamente quem o ouve. É claro que o autor colocou isso no acaso da frase. O grito do petrel, achou que soava bem e, sem mais aquela, serviu-nos. O sr. de Chateaubriand foi o primeiro que assim incorporou em um quadro estudado certos detalhes acrescentados posteriormente, e de cuja verdade ele não se mostrava exigente. Mas ele, mesmo em sua última anotação, tinha o dom divino, a palavra que ergue a imagem em seus pés, para sempre, em sua luz e sua designação, possuía, como dizia Joubert, o talismã do Feiticeiro. Ah! Posteridade de Atala, posteridade de Atala, hoje a encontramos por toda parte, até na mesa de dissecação dos anatomistas! Etc.

IV
Por Henri de Régnier

Não gosto muito do diamante. Não encontro beleza nele. O pouco dela que acrescenta à dos rostos é menos um efeito da sua própria do que um reflexo das deles. Não possui a transparência marinha da esmeralda nem o azul ilimitado da safira. A ele, prefiro a irradiação baia do topázio, mas sobretudo o sortilégio crepuscular das opalas. Elas são emblemáticas e duplas. Se o luar irisa a metade de suas faces, a outra parece ser colorida pelas luzes rosa e verde do sol poente. Nós nos divertimos menos com as cores que elas nos apresentam do que nos comovemos com o sonho que nós próprios representamos nelas. A quem só sabe encontrar para além de si próprio a forma do seu destino, elas mostram, dele, a face alternativa e taciturna.

Elas eram em grande número na cidade para onde Hermans me conduziu. A casa em que morávamos valia mais pela beleza do local do que pelo conforto das dependências. A perspectiva dos horizontes era mais bem disposta ali do que eram dispostos os lugares, é claro. Era mais agradável evocá-la do que dormir nela. Era mais pitoresca do que confortável. Macerados pelo calor durante o dia, os pavões emitiam durante toda a noite seu grito fatídico e sardônico que, para dizer a verdade, é mais propício ao devaneio do que é favorável ao sono. O som dos sinos impedia de encontrar ali algum durante a manhã, já que faltava aquele que só se saboreia bem antes do amanhecer, um segundo que repara, pelo menos em certa medida, o cansaço de ter sido inteiramente privado do primeiro. A majestade das cerimônias, cujas badaladas anunciavam a hora, mal compensava o percalço de ser acordado naquela em que convém dormir, se se quer, depois, poder gozar das outras. O único recurso então era deixar o linho dos lençóis e a pluma do travesseiro para passear pela casa. O ato, para falar a verdade, se oferecia encanto, também apresentava perigo. Era divertido sem deixar de ser perigoso. Preferia-se repudiar o prazer do que prosseguir na aventura. Os pisos que o sr. de Séryeuse trouxera das ilhas eram multicoloridos e soltos, escorregadios e geométricos. Seu mosaico era brilhante e desigual. O desenho de seus losangos, ora vermelhos, ora negros, oferecia aos olhares um espetáculo mais agradável do que a madeira, aqui levantada, ali quebrada, não garantia um passeio seguro para os passos.

 O prazer daquele que se podia fazer no pátio não se comprava com tantos riscos. Descia-se para ali por volta do meio-dia. O sol aquecia o pavimento, ou a chuva pingava dos telhados. Às vezes o vento fazia o cata-vento ranger. Diante da porta fechada, monumental e esverdeada, um Hermes esculpido dava à sombra que ele projetava a forma de seu caduceu. As folhas mortas das árvores vizinhas desciam, rodopiando, até seus calcanhares e redobravam suas asas de ouro sobre as asas de mármore. Votivas e bojudas, pombas vinham pousar nos arcos da arquivolta ou na espessura do pedestal, e muitas vezes deixavam cair uma bola insípida, escamosa e cinza. Ela vinha achatar sua massa intermitente e granulosa no cascalho ou no gramado, e besuntava a relva que era aquela que abundava no gramado e que não faltava na alameda do que o sr. de Séryeuse chamava de o seu jardim.

Lemoine costumava passear ali.

Foi aí que o vi pela primeira vez. Parecia mais apropriada a ele a blusa do lacaio do que o chapéu do médico. O farsante, no entanto, pretendia sê-lo, e em várias ciências nas quais é mais lucrativo ter sucesso do que muitas vezes é prudente se entregar.

Era meio-dia quando sua carruagem chegou, descrevendo um círculo na frente dos degraus. O pavimento ecoou com os cascos dos cavalos, um valete correu para a calçada. Na rua, as mulheres se benzeram. O vento frio soprava. Ao pé do Hermes de mármore, a sombra do caduceu assumira algo de fugaz e de astuto. Perseguida pelo vento, parecia rir. Sinos tocaram. Entre as badaladas de bronze do grande sino, um carrilhão se aventurou fora do compasso com sua coreografia de cristal. No jardim, um balanço rangia. Grãos secos estavam dispostos sobre o quadrante solar. O sol brilhava e desaparecia, alternadamente. Tomando tons de ágata por causa da luz, o Hermes da soleira se obscurecia mais em seu desaparecimento do que durante sua ausência. Sucessiva e ambígua, a face marmórea vivia. Um sorriso parecia alongar em forma de caduceu os lábios expiatórios. Um cheiro de vime, de pedra-pomes, de cinerária e marchetaria escapava pelas venezianas fechadas do gabinete e pela porta entreaberta do vestíbulo. Ele tornava mais pesado o tédio da hora. O sr. de Séryeuse e Lemoine continuavam a conversar nos degraus. Ouvia-se um ruído equívoco e agudo como uma gargalhada furtiva. Era a espada do fidalgo atingindo a retorta de vidro do alquimista. O chapéu de penas de um protegia melhor do vento do que o lenço de cabeça em seda do outro. Lemoine se resfriava. Do nariz, que se esquecia de assoar, um pouco desse catarro havia caído na aba e no casaco. Seu núcleo viscoso e morno escorregara no tecido de um, mas aderira ao pano do outro e manteve em suspensão sobre o vazio a franja prateada e fluida que escorria dele. O sol, ao atravessá-los, confundia a gosma pegajosa com o licor diluído. Distinguia-se apenas uma massa suculenta, convulsiva, transparente e endurecida; e no brilho efêmero com que decorava o casaco de Lemoine parecia ter imobilizado ali o prestígio de um diamante momentâneo, ainda quente, por assim dizer, do forno de onde saíra, e do qual essa gelatina instável, corrosiva e viva que era por um instante ainda, parecia, ao mesmo tempo, por sua beleza mentirosa e fascinante, apresentar a zombaria e o emblema.

V
No "Diário dos Goncourt"

21 de dezembro de 1907.

Jantei com Lucien Daudet, que fala com uma pitada de verve jocosa sobre os fabulosos diamantes vistos nos ombros da sra. X..., diamantes chamados por Lucien em uma linguagem bastante elegante, sem dúvida, sempre com um tom artista, em grafia saborosa de seus epítetos distinguindo o escritor completamente superior, de, apesar de tudo, uma pedra burguesa, um pouco boboca, que não seria comparável, por exemplo, à esmeralda ou ao rubi. E, na sobremesa, Lucien nos joga pela porta que Lefebvre de Béhaine lhe dizia naquela noite, a ele Lucien, e contrariando o julgamento da encantadora mulher que é Madame de Nadaillac, que um certo Lemoine teria encontrado o segredo da fabricação do diamante. Seria, no mundo dos negócios, segundo Lucien, uma emoção bastante furiosa diante da possível desvalorização do estoque de diamantes ainda não vendidos, emoção que poderia perfeitamente terminar por atingir a magistratura, e levar ao internamento desse Lemoine pelo resto dos seus dias em algum *in pace** por crime de lesa-joalheria. É mais forte do que a história de Galileu, mais moderna, mais propícia ao artista para a evocação de um meio, e de repente vejo um belo tema para uma peça para nós, uma peça onde poderia haver coisas fortes sobre o poder da alta indústria de hoje, potência liderando, no fundo, o governo e a justiça, e opondo-se ao que há de calamitoso para ela em qualquer nova invenção. Como cereja no bolo, trazem a Lucien a notícia, oferecendo-me o desfecho da peça já esboçada, de que seu amigo Marcel Proust teria se suicidado, por causa da queda dos valores diamantíferos, queda que aniquilou parte de sua fortuna. Um ser curioso, garante Lucien, esse Marcel Proust, um ser que viveria inteiramente no entusiasmo, na *veneração* de certas paisagens, de certos livros, um ser, por exemplo, que estaria completamente enamorado dos romances de Léon. E depois de um longo silêncio, na expansão febril do após jantar, Lucien afirma: "Não, não é porque se trata do meu irmão, não acredite nele, senhor de Goncourt, absolutamente não. Mas, enfim, é preciso dizer a verdade". E cita esse traço que se sobressai lindamente na forma em miniatura de sua fala: "Um dia, um senhor prestou um grande serviço a Marcel Proust, que, para agradecer, o levou para almoçar no campo. Mas eis que, na conversa, o cavalheiro, que não era outro senão Zola, não queria de nenhum modo reconhecer que nunca houvera na França senão um escritor absolutamente grande, e de quem só Saint-Simon se aproximava, e que esse escritor era Léon. No que, diacho! Proust, esquecendo o reconhecimento que devia a Zola, com um par de bofetadas, enviou-o a rolar dez passos adiante, com as quatro patas para

---

* Do latim, em paz, metáfora de prisão. (N. T.)

cima. No dia seguinte havia duelo, mas, apesar da intervenção de Ganderax, Proust se opunha a qualquer reconciliação". E de repente, no barulho dos *mazagrãs* que estavam sendo passados, Lucien sussurrou em meu ouvido, com um gemido cômico, esta revelação: "Veja, eu, senhor de Goncourt, se, mesmo com o *Formigueiro*,* não conheço essa voga, é porque até as palavras que as pessoas dizem, eu as *vejo*, como se eu pintasse, na *captura* de uma nuance, com a mesma *névoa* que o pagode de Chanteloup".

Deixo Lucien, com a cabeça toda quente por esse caso de diamante e suicídio, como se alguém tivesse acabado de me despejar colheradas de miolos. E, na escada, encontro o novo ministro do Japão que, com seu ar um pouquinho abortivo e *decadente*, ar que o fazia parecer com o samurai segurando, no meu biombo de Coromandel, as duas pinças de um lagostim, me disse com graça que ele esteve por muito tempo em missão entre os honolulus onde a leitura de nossos livros, de meu irmão e meus, seria a única coisa capaz de arrancar os indígenas dos prazeres do caviar, uma leitura que se estendia noite adentro, de uma só vez, com interlúdios consistindo apenas em mascar alguns charutos locais envoltos em longos estojos de vidro, estojos destinados a protegê-los durante a travessia contra uma certa doença que o mar lhes dá. E o ministro me confessa seu gosto por nossos livros, confidenciando ter conhecido em Hong-Kong uma importante grande dama de lá que só tinha duas obras em sua mesa de cabeceira: *A moça Elisa*** e *Robinson Crusoé*.

---

* *La Fourmilière*, romance de Lucien Daudet publicado em 1909. (N. T.)
** *La Fille Élisa*, romance de Edmond de Goncourt. (N. T.)

22 de dezembro.

Acordo da minha sesta de quatro horas com um pressentimento de más notícias, tendo sonhado que o dente que tanto me fez sofrer quando Cruet o arrancou, cinco anos atrás, havia crescido novamente. E logo entra Pélagie, com esta notícia trazida por Lucien Daudet, notícia que ela não tinha vindo me contar para não perturbar meu pesadelo: Marcel Proust não se matou, Lemoine não inventou nada, seria apenas um trapaceiro nem mesmo hábil, uma espécie de Robert Houdin desastrado. Era de fato nosso azar! Pela primeira vez que a vida sem relevo, e que hoje veste casaco, estava se *artistificando*, lançava-nos um assunto para uma peça! A Rodenbach, que estava esperando meu despertar, não posso conter minha decepção, voltando a me animar, lançando tiradas já todas escritas, que a falsa notícia da descoberta e do suicídio me havia inspirado, falsa notícia mais artista, mais *verdadeira*, que o desenlace excessivamente otimista e *público*, o desenlace *à la* Sarcey, contado como verdadeiro por Lucien a Pélagie. E é de minha parte toda uma revolta sussurrada por uma hora a Rodenbach sobre esse azar que sempre nos perseguiu, a meu irmão e a mim, fazendo dos maiores acontecimentos e dos pequenos, da revolução de um povo e do resfriado do ponto de um teatro, tantos obstáculos levantados contra o avanço de nossas obras. É preciso mais esta, que o sindicato dos joalheiros tenha que se envolver! Então Rodenbach começa a me confessar o fundo de seu pensamento, o de que este mês de dezembro sempre nos deu azar, a meu irmão e a mim, tendo conduzido nossos processos judiciais, o fracasso desejado pela imprensa de *Henriette Maréchal*,* a afta que eu

---

* Drama de Edmond e Jules de Goncourt, estreado em 1865, cujo fracasso foi causado por uma cabala organizada pelos adversários

tinha na língua na véspera do único discurso que tive que fazer, afta que fez as pessoas dizerem que eu não tinha ousado falar no túmulo de Vallès, quando fui eu quem havia pedido para fazê-lo; toda uma série de fatalidades que, diz supersticiosamente esse homem e artista do Norte que é Rodenbach, deveria nos fazer evitar empreender o que quer que seja nesse mês. Então eu, interrompendo as teorias cabalísticas do autor de *Bruges-a-morta*,* para ir vestir um fraque necessário ao jantar na casa da princesa, lanço para ele, deixando-o na porta do meu gabinete de toalete: "Então, Rodenbach, você me aconselha a reservar esse mês para minha morte!".

---

da princesa Mathilde Bonaparte, sob o segundo império francês. (N. T.)

* *Bruges-la-morte*, romance de Georges Rodenbach, publicado em 1892. (N. T.)

VI
O "Caso Lemoine" por Michelet

O diamante, quanto a ele, pode ser extraído em estranhas profundidades (1.300 metros). Para trazer de lá a pedra muito brilhante, a única que pode, por si só, sustentar o fogo do olhar de uma mulher (no Afeganistão, diamante se diz "olho de chama"), será necessário descer ao reino das trevas sem fim. Quantas vezes Orfeu se perderá antes de trazer Eurídice de volta à luz! Nenhum desânimo, entretanto. Se o coração titubeia, ali está a pedra que, com sua chama bem distinta, parece dizer: "Coragem, mais um golpe de picareta, sou sua". Além disso, basta uma hesitação, e é a morte. A salvação está apenas na velocidade. Tocante dilema. Para resolvê-lo, muitas vidas se esgotaram na Idade Média. Ele surgiu mais duramente no início do século XX (dezembro de 1907-janeiro de 1908). Contarei algum dia esse magnífico caso Lemoine, do qual nenhum contemporâneo percebeu a grandeza; mostrarei esse homenzinho, com mãos débeis, olhos queimados pela terrível busca, judeu provavelmente (o sr. Drumont o afirmou, não sem verossimilhança; hoje ainda os Lemoustiers – contração de Mosteiro – não são raros em Dauphiné, terra eleita por Israel durante toda a Idade Média), conduzindo por três meses toda a política da Europa, curvando a orgulhosa Inglaterra ao fazê-la consentir em um tratado de comércio ruinoso para ela, a fim de salvar suas minas ameaçadas, suas companhias em descrédito. Se entregássemos o homem, sem hesitação ela pagaria seu valor pelo peso de sua carne. A liberdade provisória, a maior conquista dos tempos modernos (Sayous, Batbie), três vezes foi recusada. O alemão, muito dedutivamente, diante de sua caneca de cerveja, vendo o curso da De Beers cair a cada dia, tomou coragem (revisão do julgamento Harden, lei polonesa, recusa em responder ao Reichstag). Comovente imolação do judeu ao longo dos tempos! "Você me calunia, me acusa obstinadamente de traição contra todas as probabilidades, em terra, no mar (caso Dreyfus, caso Ullmo); pois bem! Eu lhe dou meu ouro (veja o grande desenvolvimento dos bancos judeus no final do século XIX), e mais do que ouro, aquilo que pelo peso de ouro nem sempre se poderia comprar: o diamante." – Grave lição; muito tristemente quantas vezes meditei sobre isso durante aquele inverno de 1908, quando a própria natureza, abdicando de toda violência, fazia-se pérfida. Nunca vimos frio menos extremo, mas uma neblina que mesmo ao meio-dia o sol não conseguia penetrar. Aliás, uma temperatura muito amena –, e tanto mais assassina. Muitos mortos – mais do que nos dez anos precedentes – e, desde janeiro, havia violetas sob a neve. Com o espírito muito perturbado por esse caso Lemoine, que muito justamente me pareceu logo como um episódio da grande luta da riqueza contra a ciência, todos os dias ia ao Louvre onde, por instinto, o povo, mais frequentemente do que em frente da *Gioconda* de Vinci, para diante dos diamantes da Coroa. Mais de uma vez tive dificuldade em aproximar-me deles. Preciso dizer: esse estudo me atraía, mas não gostava dele. O segredo disso? Eu não sentia a vida ali. Sempre foi minha força, minha fraqueza também, essa necessidade de vida. Quando estava no ponto culminante do reinado de Luís XIV, quando o absolutismo parecia ter matado toda a liberdade na França, por longos anos – mais de um século – (1680-1789), estranhas dores de cabeça me faziam acreditar todos os dias que eu seria obrigado a interromper minha história. Só recuperei de fato minhas forças no juramento do Jogo de Pela (20 de junho de 1789). Da mesma forma me senti perturbado diante desse estranho reino de cristalização que é o mundo da pedra. Aqui, não resta nada da flexibilidade da flor que na mais árdua das minhas pesquisas botânicas, muito timidamente – tanto melhor – nunca deixou de me dar coragem: "Tenha confiança, não tema nada, você está sempre na vida, na história".

VII
Em uma crítica teatral do Sr. Émile Faguet

O autor de *O desvio* e de *O mercado*[1] – isto é, sr. Henri Bernstein – acaba de fazer os atores do Gymnase representarem um drama, ou melhor, um misto de tragédia e *vaudeville*, que talvez não seja sua *Atália* ou sua *Andrômaca*,[2] seu *O amor vigia*[3] ou seus *Os caminhos da virtude*,[4] mas ainda é algo como seu *Nicomedes*,[5] que não é, como talvez tenha ouvido dizer, uma peça inteiramente desprezível, e não é exatamente a desonra do espírito humano. Tanto que a peça foi elevada, não direi acima das nuvens, mas, enfim, até as nuvens, no que há um pouco de exagero, mas de um sucesso legítimo, pois a peça do sr. Bernstein está repleta de inverossimilhanças, mas com um fundo de verdade. É aqui que o

---

1 *Le Détour* e *Le Marché*, comédias de Henri Bernstein, respectivamente de 1902 e 1900. (N. T.)
2 *Athalie* e *Andromaque*, tragédias de Racine. (N. T.)
3 *L'Amour veille*, comédia por G. A. Caillavet e Robert de Flers, 1907. (N. T.)
4 *Les Sentiers de la vertu*, comédia por Robert de Flers, 1903. (N. T.)
5 Tragédia de Pierre Corneille. (N. T.)

Caso Lemoine difere de *a Rajada*,[6] e, em geral, das tragédias do sr. Bernstein, como também de boa metade das comédias de Eurípides, que fervilham de verdades, mas sobre um fundo de inverossimilhança. Além disso, é a primeira vez que uma peça do sr. Bernstein interessa a pessoas, coisa que ele até agora havia evitado. Então, o escroque Lemoine, querendo trapacear com sua suposta descoberta da fabricação do diamante, dirige-se para... o maior proprietário de minas de diamantes do mundo. Como inverossimilhança, hão de admitir que é uma inverossimilhança muito forte. Isso em primeiro. Pelo menos, pensam que esse potentado, que tem em sua cabeça todos os maiores negócios do mundo, iria mandar Lemoine passear, como o profeta Neemias dizia do alto das muralhas de Jerusalém para aqueles que punham uma escada para ele descer: *Non possum descendere, magnum opus facio?*[7] O que seria falar com justeza. De jeito nenhum, ele se apressa em tomar a escada. A única diferença é que, em vez de descer, ele sobe. Um pouco jovem, esse Werner. Não é um papel para o sr. Coquelin, o jovem, é um papel para o sr. Brûlé. E dois. Note-se que esse segredo, que naturalmente é apenas um pó de perlimpimpim insignificante, Lemoine não dá de presente. Ele vende por dois milhões e ainda deixa entender que é dado:

> Admire minhas bondades e o pouco que lhe é vendido
> O tesouro maravilhoso que minha mão entrega.
> Ó grande poder
> Da panaceia![8]

---

6 *La Rafale*, peça de Henri Bernstein. (N. T.)
7 Do Antigo Testamento: "Não posso descer, faço obra maior". (N. T.)
8 Molière, *L'Amour médecin*. (N. T.)

O que não muda muito, em suma, em relação à inverossimilhança n.1, mas não deixa de agravar consideravelmente a inverossimilhança n.2. Mas, enfim, qualquer golpe vale! Meu Deus, notem que até agora estamos seguindo o autor que, em suma, é um bom dramaturgo. Dizem-nos que Lemoine descobriu o segredo da fabricação do diamante. Afinal, nada sabemos; nos dizem, concordamos, e caímos nessa. Werner, grande conhecedor de diamantes, caiu nessa, e Werner, o financista manhoso, desembolsou. Caímos nessa cada vez mais. Um grande cientista inglês, meio físico, meio grande senhor, um lorde inglês, como diz o outro (mas não, minha senhora, todos os lordes são ingleses, portanto um lorde inglês é um pleonasmo; não diga isso de novo, ninguém ouviu), jura que Lemoine realmente descobriu a pedra filosofal. Não se podia cair mais nessa do que caímos. Tchibum! Eis que aparecem os joalheiros que reconhecem nos diamantes de Lemoine as pedras que lhe venderam e que vêm *precisamente da mina de Werner*. Duro de engolir, isso. Os diamantes *ainda têm as marcas que os joalheiros colocaram neles*. Cada vez mais enorme: "Diamante marcado que do forno sais,/ O autor de *O desvio* não reconheço mais".

Lemoine é preso, Werner pede seu dinheiro de volta, o lorde inglês não abre a boca; assim, não caímos mais nessa e, como sempre, nesses casos, ficamos furiosos por termos caído nessa e passamos nosso mau humor para... Claro! Que o autor sirva para alguma coisa, eu acho. Werner imediatamente pede ao juiz para que o envelope contendo o famoso segredo seja apreendido. O juiz concorda imediatamente, ninguém é mais amável do que esse juiz. Mas o advogado de Lemoine diz ao juiz que a coisa é ilegal. O juiz desiste imediatamente; ninguém é mais versátil do que esse juiz. Quanto a Lemoine, ele quer absolutamente dar um passeio com o juiz, com os advogados, com os peritos etc., até Amiens, onde fica sua fábrica, para provar a eles que sabe fazer diamante. E cada vez que o juiz amável e versátil lhe repete que ele enganou Werner, Lemoine responde: "Vamos deixar essa conversa e vamos ao meu passeio". Ao que o juiz, para lhe lançar a deixa, diz: "O passeio, ao meu gosto, é uma coisa sem graça".[9] Ninguém mais versado no repertório de Molière do que esse juiz. Etc.

---

9 Trocadilho intraduzível com a palavra *balade*, que quer dizer passeio e também balada, poema, canção, pois nessa citação de Molière, em *Les Femmes savantes*, tem o segundo sentido, de poema ou canção. (N. T.)

VIII
Por Ernest Renan

Se Lemoine tivesse realmente fabricado diamante, sem dúvida teria contentado com isso, em certa medida, esse materialismo grosseiro com o qual aquele que pretende se intrometer nos assuntos da humanidade terá de contar cada vez mais; não teria dado às almas tomadas pelo ideal esse elemento de primorosa espiritualidade em que, depois de tanto tempo, ainda vivemos. É, aliás, o que parece ter compreendido com rara sutileza o magistrado que foi designado para interrogá-lo. Cada vez que Lemoine, com o sorriso que podemos imaginar, lhe propunha vir a Lille, à sua fábrica, onde veriam se sabia ou não fazer diamantes, o juiz Le Poittevin, com um tato requintado, não permitia que ele continuasse, indicava-lhe com uma palavra, às vezes com uma brincadeira um pouco viva,[1] sempre contida por um raro sentimento de comedimento, de que não se tratava disso, que a causa estava em outro lugar. Nada, aliás, autoriza-nos a afirmar que, mesmo nesse momento em que, sentindo-se

---

[1] *Processo*, tomo II *passim*, e particularmente região etc. (N. A.)

perdido (a partir do mês de janeiro; a sentença já não deixava margens para dúvida, o acusado agarrava-se naturalmente à mais frágil tábua de salvação), Lemoine tenha alguma vez afirmado que sabia fabricar o diamante. O local a que propunha conduzir os peritos, e que as transposições denominam "fábrica", a partir de uma palavra que poderia se prestar ao equívoco, estava localizado no final do vale de mais de trinta quilômetros que termina em Lille. Ainda hoje, depois de todo o desmatamento que sofreu, é um verdadeiro jardim, plantado de choupos e salgueiros, pontilhado de fontes e flores. No auge do verão, o frescor ali é delicioso. Mal podemos imaginar hoje, que perdeu seus arvoredos de castanheiros, seus bosques de aveleiras e vinhas, a fertilidade que, no tempo de Lemoine, o tornara um lugar encantador. Um inglês que vivia nessa época, John Ruskin, que infelizmente só lemos na tradução de uma mediocridade lamentável que Marcel Proust nos deixou, elogia a graça de seus choupos, o frescor gelado de suas fontes. O viajante mal emergindo das solidões da Beauce e da Sologne, ainda desolado por um sol implacável, podia realmente acreditar, quando via cintilar através da folhagem suas águas transparentes, que algum gênio, tocando o solo com sua varinha mágica, fazia o diamante jorrar profusamente. Lemoine provavelmente nunca quis dizer outra coisa. Parece que ele quis, não sem sutileza, usar todos os prazos da lei francesa, que permitiam facilmente prolongar a instrução do processo até meados de abril, quando essa região é particularmente deliciosa. Nas sebes, o lilás, a rosa brava, o espinheiro branco e rosa estão em flor e estendem por todos os caminhos um bordado de frescor incomparável de tons, onde as várias espécies de aves dessa região vêm misturar os seus cantos. O papa-figos, o chapim, o rouxinol de cabeça azul, às vezes o bengali, respondem-se de galho em galho. As colinas, vestidas ao longe com flores cor-de-rosa das árvores frutíferas, desdobram-se contra o azul do céu com curvas de delicadeza encantadora. Nas margens dos rios que permanecem como o grande encanto dessa região, mas onde as serrarias produzem hoje um ruído insuportável em todas as horas, o silêncio devia ser perturbado apenas pelo mergulho repentino de uma dessas pequenas trutas cuja carne bastante insípida é, no entanto, o mais requintado dos bocados para o camponês da Picardia. Nenhuma dúvida de que, ao sair da fornalha do Palácio de Justiça, especialistas e juízes estariam subjugados, como outros, pela eterna miragem dessas belas águas que o sol do meio-dia realmente vem adiamantar. Deitar-se à beira do rio, saudar com risos um barco cujo rastro risca a seda mutante das águas, retirar alguns fragmentos azulíneos desse gorjal de safira que é a garganta do pavão, perseguir alegremente as jovens lavadeiras até o lavadouro cantando um refrão popular,[2] mergulhar na espuma do sabão um canudinho cortado no caniço à maneira da flauta de Pã, observar bolhas que unem as deliciosas cores da echarpe de íris e chamar isso de enfiar pérolas, formando, às vezes, coros de mãos dadas, ouvir cantar o rouxinol, contemplar o nascer da estrela

---

2 Alguns desses cantos de uma ingenuidade deliciosa foram preservados. Geralmente é uma cena tomada da vida cotidiana que o cantor retraça alegremente. Apenas as palavras de *Zizi Panpan*, que quase sempre as cortam em intervalos regulares, apresentam, para o espírito, um sentido bastante vago. Eram, sem dúvida, puras indicações rítmicas destinadas a marcar o andamento para um ouvido que, de outra forma, seria tentado a esquecê-lo, talvez até mesmo uma simples exclamação de admiração, proferida ao ver o pássaro de Juno, como se tenderia a fazer acreditar essas palavras repetidas várias vezes *as penas de pavão*, que as seguem em intervalos curtos. (N. A.)

da tarde, tais eram sem dúvida os prazeres a que Lemoine pretendia convidar os honoráveis senhores Le Poittevin, Bordas e consortes, prazeres de uma raça verdadeiramente idealista, onde tudo termina em canções, onde, desde o final do século XIX, a leve embriaguez do vinho de Champagne ainda parece muito grosseira, onde se pede alegria apenas ao vapor que, às vezes de profundidades incalculáveis, sobe à superfície de uma nascente fracamente mineralizada.

O nome de Lemoine não deve, aliás, dar-nos a ideia de uma dessas severas obediências eclesiásticas que o teriam tornado pouco acessível a essas impressões de uma poesia encantadora. Provavelmente era apenas uma alcunha, como costumavam usar na época, talvez um apelido simples que os modos reservados do jovem erudito, sua vida pouco dada a dissipações mundanas, tinham naturalmente trazido aos lábios de pessoas frívolas. De resto, não parece que devamos dar muita importância a esses apelidos, vários dos quais parecem ter sido escolhidos ao acaso, provavelmente para distinguir duas pessoas que, de outra forma, correriam o risco de serem confundidas. A mais leve nuança, uma distinção às vezes completamente inútil, é então perfeitamente adequada ao propósito proposto. O simples epíteto de mais *velho*, de *caçula*, acrescentado a um mesmo nome, parecia bastar. Frequentemente há menção nos documentos dessa época de um certo *Coquelin, o Velho*,[3] que parece ter sido uma espécie de personagem proconsular, talvez um rico administrador como Crassus ou Murena. Sem que nenhum texto seguro nos permita afirmar que ele havia servido pessoalmente o exército, ocupava um posto de destaque na ordem da Legião

---

3 Celebérrimo ator da época, citado aqui ironicamente. (N. T.)

de Honra, criada expressamente por Napoleão para recompensar o mérito militar. Esse apelido de velho talvez lhe tenha sido dado para distingui-lo de outro Coquelin, ator de mérito, chamado *Coquelin caçula*,[4] sem que fosse possível saber se havia uma diferença de idade bem real entre eles. Parece que a intenção era simplesmente marcar assim a distância que ainda existia naquela época entre o ator e o político, pois o homem havia ocupado cargos públicos. Talvez quisessem simplesmente evitar confusão nas listas eleitorais.

... Uma sociedade em que a bela mulher, em que os nobres de nascimento adornassem seus corpos com verdadeiros diamantes estaria fadada a uma grosseria irremediável. O homem da alta sociedade, o homem para quem basta o seco bom senso, o brilho muito superficial que a educação clássica dá, talvez gostasse disso. As almas verdadeiramente puras, as mentes apaixonadamente apegadas ao bem e à verdade experimentariam ali uma sensação insuportável de asfixia. Tais usos podem ter existido no passado. Não os veremos de novo. Na época de Lemoine, segundo toda aparência, eles haviam caído em desuso há muito tempo. A medíocre coleção de contos sem verossimilhança que leva o título de *Comédia humana*, de Balzac, talvez não seja obra de um único homem nem de uma mesma época. No entanto, seu estilo ainda informe, suas ideias completamente imbuídas de um Absolutismo ultrapassado nos permitem situar a publicação pelo menos dois séculos antes de Voltaire. Ora, a senhora de Beauséant que, naquelas insípidas e secas ficções, personifica a mulher perfeitamente distinta, já deixa desdenhosamente as mulheres dos ricos financistas aparecerem em público

---

4 Coquelin Cadet, ator, irmão de Coquelin, o Velho. (N. T.)

adornadas com pedras preciosas. É provável que, no tempo de Lemoine, uma mulher ansiosa por agradar se contentasse em adornar sua cabeleira com folhas nas quais algumas gotas de orvalho ainda tremeluzissem, tão brilhantes quanto o diamante mais raro. Na miscelânea de poemas díspares chamada *Canção das ruas e dos bosques*, que é comumente atribuída a Victor Hugo, embora seja provavelmente um pouco posterior, as palavras diamantes, pérolas, são usadas indiscriminadamente para pintar a cintilação das gotinhas que escorrem de uma fonte murmurante, às vezes de um mero aguaceiro. Numa espécie de pequena romança erótica, que lembra o *Cântico dos cânticos*, a noiva diz em termos apropriados ao esposo que ela não quer outros diamantes além das gotas de orvalho. Não há dúvida de que se trata de um costume geralmente aceito, não uma preferência individual. Esta última hipótese é, aliás, excluída de antemão pela perfeita banalidade dessas pequenas peças que foram postas sob o nome de Hugo, sem dúvida em virtude das mesmas considerações publicitárias que levaram Cohélet (o *Eclesiastes*) a cobrir com o respeitado nome de Salomão, então muito na moda, suas máximas espirituais.

Além disso, se amanhã aprendermos a fazer diamantes, sem dúvida serei uma das pessoas menos aptas a dar grande importância a isso. Isso se deve muito à minha formação. Foi só por volta dos meus quarenta anos, nas sessões públicas da Sociedade de Estudos Judaicos, que conheci algumas das pessoas capazes de se impressionarem fortemente com a notícia de tal descoberta. Em Tréguier, com meus primeiros mestres, mais tarde em Issy, em Saint-Sulpice, ela teria sido recebida com a mais extrema indiferença, talvez com desdém mal dissimulado. Quer Lemoine tivesse encontrado ou não uma maneira de fazer diamante, não se pode imaginar quão pouco isso teria perturbado minha irmã Henriette, meu tio Pierre, o sr. Le Hir ou o sr. Carbon. No fundo, sempre permaneci, nesse ponto como em muitos outros, o tardio discípulo de São Tudual e São Colombano. Isso muitas vezes me levou a cometer ingenuidades imperdoáveis em relação a todas as coisas relacionadas ao luxo. Na minha idade, eu não seria capaz de ir comprar sozinho um anel de um joalheiro. Ah! Não é no nosso Trégor que as mocinhas recebem de seus noivos, como a Sulamita, colares de pérola, joias de preço, engastadas de prata, *"vermiculata argento"*.[5] Para mim, as únicas pedras preciosas que ainda seriam capazes de me fazer deixar o Collège de France,[6] apesar de meus reumatismos, e viajar no mar, se ao menos um dos meus velhos santos bretões concordasse em me levar em seu barco apostólico, são aquelas que os pescadores de Saint-Michel-en-Grève às vezes veem no fundo das águas, com tempo calmo, onde ficava outrora a cidade de Ys, engastadas nos vitrais de suas cem catedrais submersas.

... Sem dúvida, cidades como Paris, Londres, Paris-Plage, Bucareste, se parecerão cada vez menos com a cidade que apareceu ao suposto autor do IV Evangelho, e que era construída de esmeralda, de zircão, de berilo, de crisoprásio e outras pedras preciosas, com doze portas, cada uma formada por uma única pérola fina. Mas a existência em tal cidade logo nos faria bocejar de tédio, e quem sabe se a contemplação incessante de um cenário como aquele onde se passa o *Apocalipse* de João não arriscaria

---

5 Citação do *Cântico dos cânticos*, cravejadas de prata. (N. T.)
6 Estabelecimento francês de pesquisa e ensino, sem diplomas, de enorme prestígio. (N. T.)

destruir subitamente o universo com um delírio? Cada vez mais o *"fundabo te in sapphiris et ponam jaspidem propugnacula tua et omnes terminos tuos in lapides desiderabiles"*[7] nos parecerá uma simples palavra no ar, como uma promessa que será cumprida pela última vez na Basílica de São Marcos em Veneza. É claro que se ele acreditava que não deveria desviar-se dos princípios da arquitetura urbana tal como emergem da Revelação e se afirmava aplicar à letra o *"Fundamentum primum calcedonius..., duodecimum amethystus"*,[8] meu eminente amigo M. Bouvard arriscaria adiar indefinidamente a extensão do Boulevard Haussmann.

Paciência, então! Humanidade, paciência. Acenda ainda amanhã a fornalha, que já se apagou mil vezes, da qual talvez saia um dia o diamante! Aperfeiçoe, com o bom humor que o Eterno poderia invejar, o cadinho onde você levará o carbono a temperaturas desconhecidas de Lemoine e Berthelot. Repita incansavelmente o *sto ad ostium et pulso*,[9] sem saber se uma voz lhe responderá: *"Veni, veni, coronaberis"*.[10] Sua história agora entrou em um caminho em que as tolas fantasias do vaidoso e do aberrante não conseguirão mantê-lo afastado. O dia em que Lemoine, num requintado trocadilho, chamou as pedras preciosas de uma simples gota d'água que valia apenas por seu frescor e clareza, a causa do idealismo foi conquistada para sempre. Ele não fabricou diamante: pôs acima de qualquer disputa o preço de uma imaginação ardente, da perfeita simplicidade de coração,

---

7 "Eu te edificarei com safiras, e farei as tuas torres de rubis, e todas as tuas fronteiras de pedras agradáveis." Isaías 54:11-13. (N. T.)
8 "O primeiro alicerce foi de jaspe... a décima segunda de ametista." Apocalipse 21:19-20. (N. T.)
9 "Estou na porta e bato." Apocalipse 3:20. (N. T.)
10 "Venha, venha, você usará a coroa." *Cântico dos cânticos*. (N. T.)

coisas muito mais importantes para o futuro do planeta. Eles só perderiam seu valor no dia em que um conhecimento profundo das localizações cerebrais e o progresso da cirurgia encefálica permitissem acionar sem falta as engrenagens infinitamente delicadas que despertam o pudor, o sentimento inato do belo. Nesse dia, o livre-pensador, o homem que tem uma alta ideia de virtude, veria o valor em que depositou todas as suas esperanças sofrer um irresistível movimento de depreciação. Sem dúvida, o crente, que espera trocar por uma parte das felicidades eternas uma virtude que ele comprou a preço vil com indulgências, agarra-se desesperadamente a uma tese insustentável. Mas é claro que a virtude do livre-pensador não valeria muito mais no dia em que necessariamente ela resultasse do sucesso de uma operação intracraniana.

Os homens da mesma época veem entre as personalidades diversas que solicitam alternadamente a atenção pública sobre as diferenças que julgam enormes e que a posteridade não perceberá. Somos todos esboços em que o gênio de uma época preludia uma obra-prima que provavelmente nunca executará. Para nós, entre duas personalidades como o honorável sr. Denys Cochin e Lemoine, as dessemelhanças saltam aos olhos. Elas talvez escapassem dos *Sete Adormecidos*,[11] se despertassem uma segunda vez do sono em que adormeceram sob o imperador Décio e que deveria durar apenas 372 anos. O ponto de vista messiânico não poderia ser mais o nosso. Cada vez menos a privação deste ou daquele dom do espírito nos parecerá merecer as maravilhosas maldições que inspirou ao autor desconhecido do *Livro de Jó*. "Compensação", essa palavra que domina a

---

11 Os sete adormecidos de Éfeso, lenda cristã da *Legenda áurea*. (N. T.)

filosofia de Emerson, pode muito bem ser a última palavra de qualquer julgamento sadio, o julgamento do verdadeiro agnóstico. A condessa de Noailles, se é a autora dos poemas que lhe são atribuídos, deixou uma obra extraordinária, cem vezes superior ao Cohelet, às canções de Béranger. Mas que posição falsa isso deve tê-la posto na alta sociedade! Ela também parece ter compreendido isso perfeitamente e levado, no campo, talvez não sem algum tédio,[12] uma vida inteiramente simples e retirada, no pequeno pomar que costuma lhe servir de interlocutor. O excelente cantor Polin tem falta talvez de um pouco de metafísica; ele possui um bem mil vezes mais precioso, e que nem o filho de Sirach nem Jeremias jamais conheceram: uma deliciosa jovialidade, isenta do menor traço de afetação etc.

---

12 Pode-se perguntar se esse exílio era realmente voluntário e se não deveria ser visto como uma daquelas decisões da autoridade, análoga àquela que impediu Madame de Staël de retornar à França, talvez em virtude de uma lei cujo texto não chegou até nós, e que proibia às mulheres escrever. As exclamações repetidas mil vezes nesses poemas com uma insistência tão monótona: "Ah! Partir! Ah! Partir! Tomar o trem que assobia ao caracolar!" ("Ocidente") "Deixe-me ir, deixe-me ir." ("Tumulto na aurora") "Ah! Deixe-me partir." ("Os heróis") "Ah! Voltar à minha cidade, ver o Sena fluir entre suas nobres margens. Dizer a Paris: estou chegando, estou de volta, eu chego!" etc. mostram claramente que ela não estava livre para tomar o trem. Alguns versos em que ela parece aceitar sua solidão: "E se meu céu já é divino demais para mim" etc. foram evidentemente acrescentados posteriormente para tentar desarmar os rigores da Administração por uma aparente submissão. (N. A.)

IX
Nas memórias de Saint-Simon

Casamento de Talleyrand-Périgord. — Sucessos obtidos pelos Imperiais contra Château-Thierry, muito medíocres. — Le Moine, pela Mouchi, chega ao Regente. — Conversa que tenho com o sr. duque de Orléans a esse respeito. Fica resolvido submeter o assunto ao duque de Guiche. — Quimeras dos Murât sobre o lugar de príncipe estrangeiro. — Conversa do duque de Guiche com o duque de Orléans sobre Le Moine, na tertúlia dada em Saint-Cloud para o rei da Inglaterra viajando incógnito na França. — Presença inaudita do conde de Fels nessa tertúlia. — Viagem na França de um infante de Espanha, muito singular.

Neste ano assistiu-se ao casamento da dona Blumenthal com L. de Talleyrand-Périgord, de que se falou muitas vezes, com elogios grandes, e muito merecidos, ao longo destas Memórias. Os Rohan fizeram as bodas onde se encontravam pessoas de qualidade. Ele não quis que sua esposa estivesse sentada ao se casar, mas ela se atreveu a colocar a capa em sua cadeira e se fez incontinente chamar duquesa de Montmorency, coisa de que nada lhe valeu. A campanha continuou contra os Imperiais que, apesar das revoltas na Hungria, causadas pela carestia do pão, obtiveram alguns sucessos diante de Château-Thierry. Foi lá que se viu pela primeira vez a indecência do sr. de Vendôme tratado publicamente de Alteza. A gangrena subiu até os Murât e não deixava de me causar afligimento, contra os quais eu sustentava dificilmente minha coragem, tanto e tão bem que me afastei da corte, para passar em La Ferté a quinzena da Páscoa na companhia de um fidalgo que servira em meu regimento e era muito considerado pelo falecido rei, quando na véspera de Quasimodo um correio que me enviava a senhora de Saint-Simon chegou com uma carta pela qual ela alvitrava que eu fosse a Meudon no prazo mais célere que se pudesse, por uma questão de importância que concernia ao duque de Orléans. A princípio pensei que fosse a do falso marquês de Ruffec, que foi assinalada anteriormente; mas Biron havia passado os olhos, e por umas poucas palavras escapadas da sra. de Saint-Simon, sobre pedrarias e sobre um biltre chamado Le Moine, não duvidei mais que se tratasse de um desses casos de alambiques que, sem minha intervenção junto ao chanceler, estavam tão perto de levar – mal ouso escrevê-lo – a trancar o sr. duque de Orléans na Bastilha. Sabemos, de fato, que esse infeliz príncipe, não tendo conhecimento preciso e extenso sobre os nascimentos, a história das famílias, o que há de fundamentado nas pretensões, o absurdo que irrompe em outras e deixa ver o âmago que não é nada, o brilho de alianças e cargos, ainda menos a arte de distinguir com a polidez o grau mais ou menos elevado, e de encantar com uma palavra obsequiosa que mostra que se conhece o real e o consistente, digamos o termo, o intrínseco das genealogias, nunca soube sentir-se bem na corte, viu-se abandonado, em seguida, daquilo de que primeiro havia se desviado, tanto, e tão longe, caíra, embora sendo o primeiro príncipe de sangue, para se dedicar à química, à pintura, à Ópera, cujos músicos muitas vezes vinham trazer-lhe suas solfas e seus violinos que não guardavam segredos para ele. Viu-se também com que arte perniciosa seus inimigos, e sobretudo o marechal de Villeroy, usaram contra ele esse gosto tão fora de lugar para a química, quando da estranha morte do Delfim e da Delfina. Bem longe de os horríveis rumores que foram semeados com habilidade perniciosa por todos aqueles que se aproximavam da Maintenon fizessem o duque de Orléans se arrepender de pesquisas que convinham tão pouco para um homem de sua espécie, vimos que ele as prosseguiu com Mirepoix, todas as noites, nas pedreiras de Montmartre, trabalhando no carvão, que passava por um maçarico onde, por uma contradição que só pode ser concebida como um castigo da Providência, esse príncipe, que extraía uma abominável glória de não acreditar em Deus, confessou-me, mais de uma vez, ter esperado ver o diabo.

Os negócios do Mississipi rapidamente mostraram-se infelizes, e o duque de Orléans acabara, contra minha opinião, de emitir seu inútil édito contra as pedras preciosas. Aqueles que as possuíam, depois de terem demonstrado diligência e experimentado dificuldade em oferecê-las, prefeririam guardá-las, dissimulando-as, o que é muito mais fácil do que com o dinheiro, de modo que, apesar de todos os truques de engodo e várias ameaças de prisão, a situação das finanças tinha, ligeiramente e muito passageiramente, melhorado. Le Moine soube disso e pensou em fazer o sr. duque de Orléans acreditar que ela melhoraria se ele o persuadisse de que era possível fabricar diamante. Ele esperava com isso lisonjear os detestáveis gostos pela química daquele príncipe e que assim o cortejaria. Isso não ocorreu imediatamente. No entanto, não era difícil se aproximar do sr. duque d'Orléans desde que não se tivesse nem nascimento, nem virtude. Já vimos o que eram as ceias desses devassos, das quais apenas a boa companhia era mantida afastada por uma clausura exata. Le Moine, que passara a vida sepultado na mais obscura vilania e não conhecia na corte um homem que se pudesse nomear, não sabia a quem se dirigir para entrar no Palais Royal;[1] mas no final, a Mouchi fez a passarela. Ele viu o sr. duque de Orléans, disse-lhe que sabia fabricar diamante, e esse príncipe, naturalmente crédulo, caiu na esparrela. A princípio achei que o melhor seria ir ao rei por intermédio do marechal. Mas temi fazer com que a bomba explodisse, que ela fosse atingir primeiro aquele que eu queria preservar, e resolvi dirigir-me diretamente ao Palais Royal. Ordenei que trouxessem minha carruagem, espocando de impaciência, e me joguei nela como um homem que não controla todos os seus sentidos. Eu havia dito amiúde ao sr. duque de Orléans que eu não era homem para importuná-lo com meus conselhos, mas que quando eu tivesse alguns, se me atrevesse a dizer, ele poderia pensar que eram urgentes, e lhe pedi que me fizesse a graça de me receber *incontinenti*, pois nunca tive o humor de esperar na antecâmara. Seus valetes os mais principais teriam me poupado, aliás, pelo conhecimento que eu tinha de todo o interior de sua corte. Por isso ele me fez entrar nesse dia assim que minha carruagem estacionou no último pátio do Palais Royal, que estava sempre

---

[1] Palácio situado ao lado do Louvre, que abrigou, por algumas décadas do século XVIII, a família real. Foi recebido em herança pelo duque de Orléans, que morou ali e fez dele a sede de seu governo quando regente, durante a minoridade de Luís XV. (N. T.)

cheia com aqueles a quem o acesso deveria ser proibido, desde que, por uma vergonhosa prostituição de todas as dignidades e pela fraqueza deplorável do regente, as pessoas de menor qualidade, que já não tinham medo de subir ali com longos mantos, podiam entrar com a mesma facilidade e quase na mesma posição que as dos duques. Isso são coisas que podem ser tratadas como bagatelas, mas às quais os homens do reinado precedente não poderiam acreditar, e que, para a felicidade deles, morreram cedo o bastante para não as ver. Logo que cheguei ao regente, que encontrei sem um único de seus cirurgiões ou de seus outros servos, e depois de o ter saudado com uma reverência muito medíocre e muito breve que me foi exatamente retribuída: — "Pois bem, o que há de novo?, disse-me ele com um ar de bondade e embaraço. — Há que, já que me comandais de falar, meu senhor, digo-lhe com ardor mantendo meus olhos fixos nos seus, que não puderam sustentá-los, que vós estais prestes a perder, de todos, o pouco de estima e consideração — foram estes os termos que empreguei — que ainda conservou para convosco a maioria das pessoas da boa sociedade".

E, sentindo-o tomado de dor (por isso, apesar do que eu sabia de sua tibieza, concebi alguma esperança), sem parar, para me livrar de uma vez por toda da incômoda pílula que eu tinha que fazê-lo tomar, e para não lhe dar tempo de me interromper, descrevi nos mais terríveis detalhes em que abandono ele vivia na corte, que progresso esse abandono, era preciso dizer a verdadeira palavra, esse desprezo, vinha fazendo há alguns anos; quanto ele aumentaria com todo o partido que as cabalas não deixariam de tirar celeradamente das pretensas invenções do Moine para lançar contra ele próprio acusações ineptas, mas perigosas até o último grau; lembrei-lhe — e ainda estremeço às vezes, à noite quando acordo, com a ousadia que tive em usar essas mesmas palavras – que ele havia sido repetidamente acusado de envenenar os príncipes que barravam seu caminho ao trono; que esse grande amontoado de pedras preciosas, que fariam aceitar como verdadeiras, faria facilmente alcançar a corte da Espanha, para a qual não havia dúvida de que existia um acordo entre ele, a corte de Viena, o imperador e Roma; que pela detestável autoridade desta última ele repudiaria a senhora de Orléans, de quem fora para ele uma graça da Providência que os últimos partos tivessem sido felizes, sem os quais os infames rumores de envenenamento teriam se renovado; que na verdade, por querer a morte de sua esposa, ele não estava convencido como seu irmão[2] pelo gosto italiano[3] – esses eram novamente meus termos –, mas que era o único vício do qual eles não o acusavam (assim como o de não ter as mãos limpas),[4] já que suas relações com a senhora duquesa de Berry pareciam a muitos não serem as de um pai; que se não tivesse herdado o gosto abominável de Monsieur[5] por tudo o mais, era de fato seu filho pelo hábito de perfumes que o havia colocado em dificuldades com o rei, que não os suportava, e depois favoreceu os terríveis

---

2 O irmão do regente, Felipe-Carlos de Orléans, viveu apenas dois anos, e a alusão da frase não faz sentido histórico. Possível lapso: em vez de irmão (*frère*), a palavra deveria ser pai (*père*), já que o pai do regente, Felipe de Orléans, irmão caçula de Luís XIV, é conhecido por sua bissexualidade. (N. T.)
3 Expressão empregada por Saint-Simon para significar homossexualidade. (N. T.)
4 De roubar. (N. T.)
5 Monsieur, título dado ao irmão dos reis da França, no caso, Felipe de Orléans, pai do Regente Felipe II, irmão de Luís XIV. O "gosto abominável" refere-se à homossexualidade de Monsieur. (N. T.)

rumores de ter tentado contra a vida da Delfina, e por ter sempre posto em prática a detestável máxima de dividir para reinar com a ajuda das maledicências levadas de um para o outro, que eram a praga de sua corte, como elas haviam sido da de Monsieur, seu pai, onde impediram o uníssono de reinar; que ele havia guardado para os favoritos deste uma consideração que não concedia a nenhum outro, e que foram eles – não me obriguei a citar Effiat – que, com a ajuda de Mirepoix e da Mouchi, abriram caminho para o Moine; que tendo como escudo apenas homens que já não contavam desde a morte de Monsieur e que só contaram durante sua vida por causa da horrível convicção em que cada um estava; e até mesmo o Rei, que por isso fizera o casamento da senhora de Orléans;[6] que deles tudo se obtinha por dinheiro, e dele por eles, nas mãos de quem ele estava; não temiam atingi-lo pela mais odiosa, a mais desagradável calúnia; que, se já era tempo, se ainda houvesse, que ele finalmente elevasse enfim sua grandeza, e, para isso, havia apenas um meio, tomar no maior sigilo as medidas para que Le Moine fosse preso e, assim que a coisa se decidisse, não atrasasse a execução e não permitisse que voltasse à França.

O sr. duque de Orléans, que só exclamara uma ou duas vezes no início desse discurso, tinha, em seguida, guardado o silêncio de um homem aniquilado por um golpe assim tão grande; mas minhas últimas palavras enfim o fizeram extrair algumas de sua boca. Ele não era mau e determinação não era seu forte:

– Eh, o quê! – ele me disse em tom de queixa – Prendê-lo? Mas, enfim, se sua invenção for verdadeira?

---

6 Da esposa de Monsieur. (N. T.)

— Como, meu senhor — disse-lhe eu, atônito até o último grau por uma cegueira tão extrema e perniciosa —, ainda estais numa coisa dessas, e tão pouco tempo depois de ter sido desenganado a respeito da escrita do falso marquês de Ruffec! "Mas enfim, se tiverdes nem que seja apenas uma dúvida, trazei o homem da França que mais conhece química, como todas as ciências, assim reconhecido pelas academias e pelos astrônomos, e também cujo caráter, o nascimento, a vida sem mácula que seguiu, garantem a palavra." Ele compreendeu que eu queria falar do duque de Guiche e com a alegria de um homem enredado em resoluções contrárias e de quem outro tira a preocupação de ter que escolher aquela que convém:

— Oh, bom! Tivemos a mesma ideia — disse-me. — Guiche decidirá, mas não posso vê-lo hoje. Sabeis que o rei da Inglaterra, viajando muito incógnito sob o nome de conde Stanhope, virá amanhã para conversar com o rei sobre os assuntos da Holanda e da Alemanha; vou dar a ele uma festa em Saint-Cloud, onde estará Guiche. Vós falareis com ele e eu farei isso igualmente depois do jantar. Mas tendes certeza de que ele virá? — acrescentou com ar embaraçado.

Compreendi que não ousava chamar o duque de Guiche ao Palais Royal, onde, como se pode imaginar e pelo tipo de gente que o senhor duque de Orléans via e com os quais Guiche não tinha familiaridade alguma, exceto com Besons e comigo, vinha o menos que podia, sabendo que ali eram os libertinos que ocupavam a primeira posição, e não homens da sua. Assim, o regente, sempre temendo que ele se zangasse consigo, vivia em relação a ele em perpétua ansiedade e comedimentos. Muito atento em dar a cada um o que lhe era devido e não ignorando o que era devido ao próprio filho de Monsieur, Guiche só o visitava de vez em quando, e não acredito que ele tenha sido visto no Palais Royal desde que viera prestar homenagens pela morte de Monsieur e pela gravidez da senhora de Orléans.[7] Ainda assim, permanecia apenas alguns instantes, com ar de respeito, é verdade, mas que sabia mostrar com discernimento que se dirigia não tanto à pessoa como à posição de primeiro príncipe de sangue. O sr. duque de Orléans sentia isso e não deixava de ficar desagradado por um tratamento tão amargo e cáustico.

Ao sair do Palais Royal, desesperado por ver adiar para a tertúlia de Saint-Cloud uma convicção que talvez não fosse executada senão imediatamente, tamanhas eram a versatilidade e as cavilações usuais do sr. duque de Orléans, aconteceu-me uma curiosa aventura que conto aqui apenas porque ela anunciava bem demais o que iria acontecer naquela tertúlia. Quando eu acabava de subir na carruagem onde a senhora de Saint-Simon me esperava, fui levado ao cúmulo do espanto ao ver que a carruagem de S. Murât, tão conhecido por sua bravura nos exércitos, assim como pela de todos os seus, se preparava para passar na frente da minha. Seus filhos se cobriram de honra por feitos dignos da Antiguidade; um, que perdera uma perna, brilha em toda parte com beleza; um outro morreu, deixando pais que não poderão se consolar; a tal ponto que, tendo mostrado pretensões tão insustentáveis como as dos Bouillon, não perderam, como eles, a estima das pessoas honestas.

No entanto, eu deveria ter ficado menos surpreso por esse passo da carruagem, lembrando-me de alguns propósitos

---

7 Esposa do regente. (N. T.)

bastante estranhos, como em um dos últimos *marlis*[8] em que a sra. Murât tentou o truque de trocar de lugar com a Sra. de Saint-Simon, muito equivocadamente e sem levar em consideração o lugar, dizendo que havia menos ar ali, que a senhora de Saint-Simon o temia, e que Fagon, ao contrário, o havia recomendado a ela; madame de Saint-Simon não se deixara desnortear por palavras tão ousadas e respondera vivamente que ela se pusera naquele lugar não porque tivesse medo do ar, mas porque o lugar era seu e que, se a senhora Murât tentasse tomá-lo, ela e as outras duquesas iriam pedir à senhora duquesa da Borgonha que se queixasse ao rei. Ao que a princesa Murât não disse uma palavra, exceto que ela sabia o que devia a madame de Saint Simon, que fora muito aplaudida por sua firmeza pelas duquesas presentes e pela princesa d'Espinoy. Apesar daquele *marli* muito singular, que tinha ficado na minha memória e onde eu tinha entendido que a senhora Murât tinha querido tatear o terreno, acreditei que desta vez fora um engano, tão forte me pareceu a pretensão; mas vendo que os cavalos do príncipe Murât avançavam, mandei um fidalgo pedir-lhe que os fizesse recuar, a quem foi respondido que o príncipe Murât o teria feito com grande prazer se estivesse sozinho, mas que estava com a senhora Murât, e algumas palavras vagas sobre a quimera de príncipe estrangeiro. Achando que aquele não era o lugar para mostrar a inexistência de uma pretensão tão grande, ordenei ao meu cocheiro que lançasse meus cavalos, que danificaram um pouco a carruagem do príncipe Murât ao passar. Mas, muito excitado com o caso do Moine, já tinha esquecido o da

---

8 Chamavam-se assim as recepções de Luís XIV em seu castelo de Marly. (N. T.)

carruagem, porém tão importante no que concerne ao bom funcionamento da justiça e da honra do Reino quando, no mesmo dia da tertúlia de Saint-Cloud, os duques de Montemart e de Chevreuse vieram me avisar, como pessoas que tinham no coração a mais justa preocupação dos antigos e incontestáveis privilégios dos duques, verdadeiro fundamento da monarquia, que o príncipe Murât, a quem já havia sido concedido com perigosa complacência o da água-benta, havia pretendido, para o jantar, avançar adiante do duque de Gramont, apoiando-se para essa bela pretensão de ser neto de um homem que havia sido rei das Duas Sicílias, que ele a havia exposto ao sr. de Orléans por meio de Effiat, já que este havia sido a principal referência da corte de seu pai, que o senhor duque de Orléans, embaraçado ao extremo e não tendo, além disso, aquela instrução clara, nítida, profunda, cuja determinação reduz a nada as quimeras, não tinha ousado se pronunciar com firmeza sobre esta, respondeu que veria, que falaria sobre isso com a duquesa de Orléans. Estranho disparate entregar os interesses mais vitais do Estado, que repousa sobre os direitos dos duques, enquanto não for tocado, a quem se mantinha apenas pelos laços mais vergonhosos e nunca soubera o que era devido a ele, muito menos ao senhor seu esposo e a todo o pariato. Essa resposta muito curiosa e inaudita foi dada pela princesa Soutzo aos senhores de Mortemart e de Chevreuse que, espantados ao extremo, vieram imediatamente procurar-me. Todos sabem suficientemente que ela é a única mulher que, infelizmente para mim, conseguiu me tirar do retiro em que eu vivia desde a morte do Delfim e da Delfina. Cada um mal sabe a razão para esse tipo de preferência e eu não poderia dizer no que esta foi bem-sucedida, lá, onde tantas outras falharam. Ela se assemelhava a Minerva, tal como é representada nas belas miniaturas dos brincos que minha mãe me deixou. Suas graças me acorrentaram e quase não saía do meu quarto em Versalhes, exceto para ir vê-la. Mas deixo para uma outra parte destas Memórias que será especialmente dedicada à condessa de Chevigné, para falar mais longamente dela e de seu marido, que se distinguiu muito por sua bravura e estava entre as pessoas mais honestas que conheci. Quase não tinha relações com o sr. de Mortemart desde a audaciosa cabala que ele formou contra mim no círculo da duquesa de Beauvilliers para me fazer cair em desgraça no espírito do rei. Nunca houve mente mais nula, mais pretendendo o contrário, mais tentando ornar esse contrário de dizeres sem nenhum fundamento que ele ia espalhar em seguida. O sr. de Chevreuse, pajem de Sua Alteza, era um homem de outra espécie e já se falou dele muitas vezes aqui no momento devido para que eu tenha que retornar às suas infinitas qualidades, seu conhecimento, sua bondade, sua doçura, sua palavra garantida. Mas era um homem, como se costuma dizer, com a cabeça na lua e que se embaraçava por um nada como por uma montanha. Vimos as horas que passei mostrando a ele a inconsistência de sua quimera sobre a antiguidade de Chevreuse e a fúria que ele quase provocara no chanceler pela elevação de Chaulnes. Mas, enfim, ambos eram duques e muito justamente apegados às prerrogativas da posição; e como eles sabiam que eu mesmo era mais cioso do que qualquer outro na corte, vieram me procurar porque eu era, além disso, amigo particular do duque de Orléans, que nunca tivera em vista a não ser o bem desse príncipe e nunca o abandonara quando as cabalas da Maintenon e do marechal de Villeroy o deixaram sozinho no Palais Royal. Tentei fazer que o duque de Orléans raciocinasse, apresentei-lhe o insulto que fazia não só aos duques, que se sentiriam todos agredidos na pessoa do duque de Gramont, mas ao bom senso, deixando o príncipe Murât, como outrora os duques de La Tremoïlle, sob o vão pretexto de ser um príncipe estrangeiro e seu avô, tão famoso por sua bravura, rei de Nápoles por alguns anos, tendo, durante o tertúlia de Saint-Cloud, o lugar que ele tomaria muito cuidado em não exigir depois em Versalhes, em Marly, que ele serviria de veículo à Alteza, pois sabe-se aonde levam essas surdas e profundas intrigas de principados quando não são cortadas pela raiz. Vimos o efeito disso com os senhores de Turenne e Vendôme. Teria exigido mais força de comando e conhecimento mais amplo do que o sr. duque de Orléans tinha. Nunca, porém, existiu um caso mais simples, mais claro, mais fácil de explicar, mais impossível, mais abominável de contradizer. De um lado, um homem que não pode retroceder além de duas gerações sem se perder numa noite onde nada de marcante aparece; do outro, o chefe de uma família ilustre conhecida há mil anos, pai e filho de dois marechais da França, tendo sempre contado com as maiores alianças. O caso do Moine não afetava interesses tão vitais para a França.

Ao mesmo tempo, Delaire desposou uma Rohan e muito estranhamente adotou o nome de conde de Cambacérès. O marquês d'Albuféra, que era um grande amigo meu e cuja mãe o era, fez muitas queixas que, apesar da baixa estima e, como veremos mais adiante, bem-merecidas que o rei tinha por ele, permaneceram sem efeito. E assim é agora com aqueles belos condes de Cambacérès (sem mencionar o visconde Vigier,[9] que sempre

---

9 O visconde Vigier foi um pioneiro da fotografia no século XIX. Os banhos devem se referir aos banhos de preparados em que se imergem

se imagina nos Banhos de onde veio), como condes da mesma moda que Montgomery e Brye, que o francês ignorante acredita descender de G. de Montgomery, tão célebre por seu duelo sob Henrique II e pertencente à família Briey, da qual minha amiga a condessa de Briey, que muitas vezes figurou nestas Memórias e que chamava por brincadeira os novos condes de Brye, aliás fidalgos de boa origem, embora de menos alto escalão, "os não-brils".[10]

Um outro e maior casamento retardou a vinda do rei da Inglaterra, que não interessava apenas àquele país. A senhorita Asquith, que era provavelmente mais inteligente do que qualquer um, e parecia uma daquelas belas figuras pintadas em afrescos que se veem na Itália, casou-se com o príncipe Antoine Bibesco, que fora o ídolo daqueles que ele tivera como súditos. Ele era um forte amigo de Morand, enviado do rei a suas Majestades Católicas, o que muitas vezes será discutido nestas Memórias, e meu também. Esse casamento causou grande alarido, e em todos os lugares houve aplausos. Apenas alguns ingleses mal instruídos acreditavam que a srta. Asquith não estava fazendo uma aliança suficientemente elevada. Ela, decerto, poderia reivindicar tudo, mas eles não sabiam que esses Bibesco tinham aliança com os Noailles, os Montesquiou, os Chimay, e os Bauffremont que são de raça capetiana e poderiam reivindicar com muita razão a coroa da França, como já disse muitas vezes.

---

as fotografias. Proust joga ironicamente com muitos anacronismos – Murât, por exemplo, que era um general e genro de Napoleão. Vigier também é um desses anacronismos. (N. T.)
10 Trocadilho intraduzível: *non-bril* = nombril, umbigo. (N. T.)

Nenhum dos duques nem um homem titulado foi a essa tertúlia de Saint-Cloud, exceto eu, por causa de madame de Saint-Simon pelo lugar de "dame d'atour"[11] de madame a duquesa de Borgonha, aceito por viva força, com o perigo da recusa e a necessidade de obedecer ao rei, mas com toda a dor e as lágrimas que vimos e as intermináveis súplicas do duque e da duquesa de Orléans; os duques de Villeroy e La Rochefoucauld, por não se poderem consolar de não serem mais do que pouco, pode-se dizer de nada, e querer aspirar um último cheirete de negócios, que aproveitaram também como oportunidade para cortejar o regente; o chanceler, por falta de conselho, que não havia nenhum naquele dia; por momentos, Artagnan, capitão dos guardas, quando veio pouco depois dizer que o rei estava servido, por seu benefício, de trazer biscoitinhos para suas cadelas de caça; enfim, quando anunciou que a música começara, de que desejava ardentemente tirar uma distinção que não conseguiu.

Ele era da casa de Montesquiou; uma de suas irmãs tinha sido moça da rainha, tinha se acomodado e se casara com o duque de Gesvres. Pedira a seu primo Robert de Montesquiou-Fezensac que viesse a essa tertúlia de Saint-Cloud. Mas aquele respondeu com este admirável apotegma: que descendia dos antigos condes de Fezensac, conhecidos antes de Felipe-Augusto, e que não via por que cem anos – era o príncipe Murât ao qual se referia – deveriam passar antes de mil anos. Era filho de T. de Montesquiou, que conhecia bem meu pai e de quem falei em outro lugar, e com um aspecto e um porte que indicavam fortemente o que ele era e de onde viera, o corpo sempre esbelto, e não é pouco dizer,

---

11 O mais alto posto entre as damas de honra numa corte. (N. T.)

como se jogado para trás, que se inclinava, em verdade, com grande afabilidade e reverências de todos os tipos, mas voltava bastante rápido à sua posição natural que era toda de orgulho, altivez, intransigência em não se curvar diante de ninguém e não ceder em nada, indo até a andar em frente, sem se preocupar com a passagem, acotovelando sem parecer enxergar, ou, se queria se zangar, mostrando que o via, que estava a caminho, sempre com grande ajuntamento ao seu redor de pessoas da mais alta qualidade e espírito a quem, por vezes, fazia sua reverência à direita e à esquerda, mas na maioria das vezes deixando-lhes, como se diz, a chupar o dedo, sem vê-los, com os dois olhos à sua frente, falando muito alto e muito bem para aqueles de sua familiaridade, que riam de todas as chalaças que ele dizia, e com muita razão, como já disse, pois era tão espirituoso quanto se pode imaginar, com graças que eram só dele e que todos os que se aproximavam dele tentavam, muitas vezes sem saber e às vezes até sem suspeitar, copiar e emprestar, mas nenhum conseguindo, ou outras coisas que deixava aparecer em seus pensamentos, em seus discursos e quase no jeito da escrita e no som da voz, que ambas ele tinha muito singulares e muito bonitas, como um verniz dele que se reconhecia imediatamente e que mostrava, por sua leveza e superfície indelével, que era tão difícil não buscar imitá-lo quanto alcançá-lo.

 Muitas vezes tinha junto dele um espanhol de nome Yturri e que eu conhecera durante a minha embaixada em Madri, como já contei. Numa época em que cada um quase não leva suas visões além de ostentar seus méritos, ele tinha um, aliás, muito raro, de pôr todo o seu empenho em fazer brilhar melhor aquele conde, ajudá-lo em suas pesquisas, em suas relações com as bibliotecas, até mesmo no cuidado de sua mesa, não achando tarefa tediosa, desde que poupasse alguma ao outro, que tinha apenas, para falar assim, que ouvir e fazer ressoar ao longe as observações de Montesquiou, como aqueles discípulos que costumavam ter sempre consigo os antigos sofistas, assim como parece nos escritos de Aristóteles e nos discursos de Platão. Esse Yturri conservara a atitude impetuosa dos de seu país, os quais, a propósito de qualquer coisa, não deixam de fazer tumulto, coisa que Montesquiou lhe fazia notar com muita frequência e muito prazeroso, para alegria de todos, e, em primeiro lugar, do próprio Yturri, que se desculpava rindo sobre o calor de sua raça e tinha o cuidado de nunca mudar nada, porque isso agradava assim. Era conhecedor de objetos do passado, coisa de que muitos se aproveitavam para ir vê-lo e consultá-lo a respeito, mesmo no retiro que nossos dois eremitas haviam estabelecido e que ficava, como já disse, em Neuilly, perto da casa do sr. duque de Orléans.

Montesquiou convidava muito pouco e muito bem, gente da melhor e da maior qualidade, mas nem sempre as mesmas, e de propósito, porque posava muito com atitude de rei, com favores e desgraças, chegando a injustiças de fazer chorar, mas tudo isso sustentado por um mérito tão reconhecido que o perdoavam; alguns, no entanto, vinham com tanta fidelidade e regularidade que quase sempre se estava seguro de encontrar em sua casa, quando ele dava um entretenimento, a duquesa senhora de Clermont-Tonnerre, da qual se falará bem mais longe, que era filha de Gramont, neta do célebre ministro de Estado, irmã do duque de Guiche, que era muito voltado, como vimos, para a matemática e a pintura, e a senhora Greffulhe, que era Chimay, da célebre casa principesca dos condes de Bossut. O nome deles é Hennin-Liétard e já falei disso em relação ao príncipe de Chimay, a quem o Eleitor da Baviera fez dar o Tosão de Ouro por Carlos II e que se tornou meu genro, graças à duquesa Sforza, após a morte de sua primeira esposa, filha do duque de Nevers. Não era menos apegado à senhora de Brantes, filha de Cessac, da qual já foi falado muito frequentemente e que voltará muitas vezes ao longo destas Memórias, e às duquesas de La Roche-Guyon e de Fezensac. Já falei o suficiente desses Montesquiou sobre sua agradável quimera de descender de Faramundo, como se sua própria antiguidade não fosse grande o suficiente e reconhecida o suficiente para não precisarem untá-la com fábulas, e por outro, sobre o duque de La Roche-Guyon, filho mais velho do duque de La Rochefoucauld e sucessor de seus dois encargos, do estranho presente por ele recebido do senhor duque de Orléans, de sua nobreza em evitar a armadilha que lhe foi armada pela astuta vilania do primeiro presidente de Mesmes e o casamento de seu filho com a senhorita de Toiras. Via-se também bastante a sra. de Noailles, esposa do irmão mais novo do duque d'Ayen, hoje duque de Noailles, e cuja mãe é La Ferté. Mas terei a oportunidade de falar mais longamente dela como a mulher do mais belo gênio poético que seu tempo viu, e que renovou, e pode-se dizer ampliou, o milagre da célebre Sévigné. Sabe-se que o que digo é pura equidade, sendo bastante conhecido por todos a que termos cheguei com o duque de Noailles, sobrinho do cardeal e marido da senhorita d'Aubigné, sobrinha da sra. de Maintenon, e me estendi bastante no lugar em que tratei dela, sobre suas astutas intrigas contra mim, indo até se aliar, com Canillac, advogado dos conselheiros de Estado contra as pessoas de qualidade, sua habilidade em enganar seu tio, o cardeal, em bombardear o chanceler Daguesseau, em cortejar Effiat e os Rohan, em esbanjar os enormes favores pecuniários do duque de Orléans ao conde de Armagnac para fazê-lo se casar com sua filha, depois de ter perdido para ela o filho mais velho do duque d'Albret. Mas já falei demais de tudo isso para voltar à questão, e de suas negras manobras em relação a Law tanto no caso das pedrarias quanto durante a conspiração do duque e da duquesa do Maine. Bem diferente, e para tantas gerações, era Mathieu de Noailles, que se casou com aquela que é referida aqui e a quem seu talento tornou famosa. Ela era filha de Brancovan, príncipe reinante da Valáquia, a quem chamam lá de Hospodar, e tinha tanta beleza quanto gênio. Sua mãe era Musurus, que é o nome de uma família muito nobre e primeiríssima na Grécia, muito ilustrada por várias embaixadas numerosas e eminentes e pela amizade de um desses Musurus com o célebre Erasmo. Montesquiou tinha sido o primeiro a falar de seus versos. As duquesas muitas vezes iam ouvir os seus, em Versalhes, em Sceaux, em Meudon, e há alguns anos as mulheres da cidade os imitam por um mecanismo conhecido e trazem atores que os recitam com a intenção de atrair alguma, muitas das quais iriam ao Grande Senhor[12] em vez de não os aplaudir. Havia sempre alguma recitação em sua casa de Neuilly e, também, a presença tanto dos poetas mais famosos quanto das pessoas mais honestas e da melhor companhia, e de sua parte, para cada um, e diante dos objetos de sua casa, uma multidão de comentários, nessa linguagem tão particular para ele, como já disse, que deixava todos maravilhados.

Mas toda medalha tem seu reverso. Esse homem de tão inigualável mérito, em que o brilho não impedia o profundo, esse homem, que se disse ser delicioso, que se fazia ouvir durante horas com divertimento para os outros como para si mesmo, porque ria alto do que dizia como se ele fosse o autor e o orador,

---

12 Prefeririam morrer. (N. T.)

e com proveito para eles, esse homem tinha um vício: tinha tanta sede de inimigos quanto de amigos. Insaciável com os últimos, era implacável com os outros, por assim dizer, pois, com alguns anos de distância, eram os mesmos com quem ele havia deixado de se entusiasmar. Precisava sempre de alguém, a pretexto do mais fútil ressentimento, para odiar, perseguir, acossar, pelo que era o terror de Versalhes, pois não se continha em nada e com sua voz, que possuía muito alta, lançava diante de quem não gostava as palavras mais dolorosas, as mais espirituosas, as mais injustas, como quando gritou muito distintamente diante de Diane de Peydan de Brou, estimada viúva do marquês de Saint--Paul, que era tão lamentável tanto para o paganismo quanto para o catolicismo que ela se chamasse Diana e São Paulo. Eram essas junções de palavras que ninguém esperava e que faziam tremer. Tendo passado sua juventude na mais alta sociedade, sua idade madura entre os poetas, desencantado tanto de uns quanto de outros, não temia a ninguém e vivia numa solidão que tornava cada vez mais estrita a cada velho amigo que expulsava. Ele era bastante parecido com aqueles, como a sra. Straus, filha e viúva dos famosos músicos Halévy e Bizet, esposa de Émile Straus, advogado dos tribunais de segunda instância, e cujas admiráveis réplicas estão na memória de todos. Seu aspecto permaneceu encantador e teria sido suficiente sem sua inteligência para atrair todos aqueles que a rodeavam. Foi ela que, uma vez na capela de Versalhes onde tinha o seu genuflexório, como o sr. de Noyon, cuja linguagem era sempre tão excessiva e tão distante do natural, perguntou se não lhe parecia que a música que se ouvia era octogonal, respondeu: "Ah! Meu senhor, eu ia dizer isso!", como a alguém que pronunciou antes de todos alguma coisa que surge naturalmente ao espírito.

Seria possível fazer um volume relatando tudo o que foi dito por ela e que vale a pena lembrar. Sua saúde sempre fora delicada. Aproveitou-se disso cedo na vida para dispensar os Marli e os Meudon, e só muito raramente ia fazer sua corte ao rei, quando era sempre recebida sozinha e com grande consideração. As frutas e as águas de que sempre fazia um uso surpreendente, sem licores nem chocolates, tinham-lhe afogado o estômago, coisa que Fagon não quis perceber quando começou a encolher. Chamava de charlatães aqueles que dão remédios ou não tinham sido recebidos na Faculdade, pelo que expulsou um suíço que poderia tê-la curado. No final, como seu estômago não estava acostumado aos alimentos fortes, seu corpo ao sono e às longas caminhadas, ela transformou essa fadiga em distinção. Madame a duquesa de Borgonha vinha vê-la e não queria ser conduzida para além do primeiro cômodo. Recebia as duquesas, sentada, que a visitavam mesmo assim, pois era um prazer ouvi-la. Montesquiou não faltava; também tinha forte familiaridade com a sra. Standish, sua prima, que vinha a essa tertúlia de Saint-Cloud, sendo a amiga admitida com mais antiguidade em tudo e na maior proximidade com a rainha de Inglaterra, a mais considerada por ela, onde todas as mulheres não lhe cediam o lugar como isso deveria ser e não foi pela incrível ignorância do sr. duque de Orléans, que acreditava que ela fosse pouca coisa, porque seu nome era Standish, quando ela era filha de Escars, da casa de Pérusse, neta de Brissac, e uma das maiores damas do reino como também uma das mais belas, e sempre tinha vivido na nata da sociedade, da qual era o supremo elixir. O duque de Orléans ignorava também que H. Standish era filho de uma Noailles, do ramo do marquês d'Arpajon. O sr. d'Hinnisdal teve que contar a ele. Houve, assim, nessa tertúlia o escândalo muito notável do príncipe Murât, em uma cadeira dobrável, ao lado do rei da Inglaterra. Isso causou um estranho alvoroço que ressoou até bem longe de Saint-Cloud. Aqueles que tinham fervor pelo bem do Estado sentiram que seus fundamentos estavam minados; o rei, tão pouco versado na história dos nascimentos e das classes, mas compreendendo o estigma infligido à sua coroa pela fraqueza de ter aniquilado a mais alta dignidade do reino, atacou em conversa esse ponto com o conde A. de La Rochefoucauld, que o era mais do que ninguém, e que, comandado a responder por seu mestre, que era também seu amigo, não temeu em fazê-lo em termos tão claros e cortantes que foi ouvido por toda a sala, onde, porém, se jogava um lansquenê com grande barulho. Declarou que, sendo muito apegado à grandeza de sua casa, não acreditava, porém, que esse apego o cegasse e o fizesse roubar alguma coisa de alguém, quando descobriu que era – para dizer o mínimo – um senhor tão grande quanto o príncipe Murât; que, no entanto, sempre cedera o passo ao duque de Gramont e continuaria a fazer assim. Com isso, o rei proibiu o príncipe Murât de não tomar, em circunstância alguma, nada além do que a qualidade de Alteza e a travessia do assoalho. O único que poderia ter pretendido a isso era Achille Murât, porque ele tem prerrogativas soberanas em Mingrélia, que é um estado que faz fronteira com os do tsar. Mas ele era tão simples quanto corajoso, e sua mãe, tão conhecida por seus escritos e cujo espírito encantador ele herdara, compreendeu muito rapidamente que a solidez e a realidade de sua situação estavam menos entre esses moscovitas na casa bem mais que principesca, que era dela, porque era filha do duque de Rohan-Chabot.

O príncipe J. Murât dobrou-se por um momento sob a tempestade, na hora de atravessar esse desagradável estreito, mas não foi adiante e sabe-se que agora, mesmo aos seus primos, os tenentes-generais não causam dificuldade, sem razão alguma que possa ser aprofundada, para dar o *Pour*[13] e o Vossa Alteza, e o Parlamento, quando vai cumprimentá-los, envia os seus oficiais com varas levantadas, coisa que o sr. príncipe tivera tanta dificuldade de obter, apesar do posto de príncipe de sangue. Assim, tudo declina, tudo se degrada, tudo se avilta, tudo está corroído desde o princípio, em um Estado onde o ferro em brasa não foi aplicado às pretensões para que não possam mais renascer.

O rei da Inglaterra estava acompanhado por milorde Derby, que gozava de muita consideração aqui, como em seu próprio país. Ele não tinha à primeira vista esse ar de grandeza e devaneio que tanto impressionava em B. Lytton, morto depois, nem o rosto singular que não podia ser esquecido de milorde Dufferin. Mas ele agradava talvez mais ainda do que eles por certa maneira de amabilidade que os franceses não têm e pela qual são conquistados. Louvois o quis, quase contra a sua vontade, junto ao rei por causa de suas capacidades e de seu conhecimento aprofundado dos assuntos franceses.

O rei da Inglaterra evitou qualificar o duque de Orléans ao falar com ele, mas quis que ele tivesse uma poltrona, à qual ele não reivindicava, mas que teve o cuidado de não recusar. As princesas do sangue comeram à grande mesa real por uma graça que provocou grande barulho, mas que não produzia nenhum outro fruto. O jantar foi servido por Olivier, o mordomo-chefe do rei. Seu nome era Dabescat; era respeitoso, amado por todos e tão conhecido na corte inglesa que vários dos senhores que

---

13 Distinção que, nas viagens da corte da França, se atribuía aos que tinham categoria de príncipe. (N. T.)

acompanhavam o rei o viram com mais prazer do que os cavaleiros de Saint-Louis recentemente promovidos pelo regente e que eram novidade. Mantinha grande lealdade à memória do falecido rei e ia todos os anos ao seu serviço em Saint-Denis, onde, para vergonha dos cortesãos esquecidos, encontrava-se quase sempre sozinho comigo. Demorei-me um pouco a seu respeito pois, pelo conhecimento perfeito que tinha de sua categoria, por sua bondade, por sua ligação com os maiores sem familiaridade nem vileza, ele não deixou de crescer em importância em Saint-Cloud e de se constituir como um personagem singular ali. O regente comentou com a sra. Standish, muito corretamente, que ela não usava suas pérolas como as outras damas, mas de maneira imitada pela rainha da Inglaterra. Guiche estava lá, tinha sido conduzido como por um cabresto por medo de atrair o regente para sempre e não ficava muito à vontade por se achar ali. Sentia-se muito melhor na Sorbonne e nas Academias, onde era mais procurado que ninguém. Mas, enfim, o regente mandara buscá-lo, ele percebeu o que devia ao respeito pelo nascimento, se não pela pessoa, pelo bem do Estado, talvez pela sua própria segurança, o fato de que haveria de ficar muito marcado por não vir, não havendo meio-termo entre se perder e recusar, ele atirou-se n'água. Ao ouvir a palavra pérolas, eu o procurei com os olhos. Os seus, muito parecidos com os de sua mãe, eram admiráveis, com um olhar que, embora ninguém gostasse tanto de se divertir quanto ele, parecia furar através de sua pupila, desde que seu espírito estivesse sobrecarregado com algum objeto sério. Vimos que ele era Gramont, cujo nome é Aure, daquela ilustre casa considerada por tantas alianças e atuações, desde Sanche-Garcie d'Aure e Antoine d'Aure, visconde de Aster, que tomou o nome e as armas de Gramont. Armand de

Gramont, de que se trata aqui, com toda a seriedade que o outro não tinha, recordou as graças desse galante conde de Guiche, que era tão iniciado nos primórdios do reinado de Luís XIV. Ele dominava sobre todos os outros duques, mesmo que fosse apenas por seu conhecimento infinito e suas admiráveis descobertas. Posso dizer com verdade que não falaria assim se não tivesse recebido dele tantas marcas de amizade. Sua mulher era digna dele, o que quer dizer muita coisa. A posição desse duque era única. Ele fazia as delícias da corte, a esperança justificada dos estudiosos, o amigo sem baixeza dos maiores, o protetor escolhido dos que ainda não o eram, o amigo com infinita consideração de José Maria Sert, que é um dos primeiros pintores da Europa pela semelhança dos rostos e pela decoração sábia e duradoura dos edifícios. Foi notado em outro momento como, trocando minha berlina por mulas a caminho de Madri para minha embaixada, fui admirar suas obras em uma igreja onde elas estão arranjadas com arte prodigiosa, entre a fileira de balcões de altares e colunas incrustadas com os mais preciosos mármores. O duque de Guiche conversava com Ph. de Caraman-Chimay, tio daquele que se tornara meu genro. O nome deles é Riquet e este realmente tinha o jeito do Riquet *à la* Houppe, tal como é retratado nos contos. Não obstante, seu rosto prometia simpatia e finura e cumpria suas promessas, pelo que me disseram seus amigos. Mas eu tinha pouco convívio com ele, por assim dizer, nenhum contato, e menciono nestas Memórias apenas as coisas que pude saber por mim mesmo. Levei o duque de Guiche para a galeria para que ninguém nos ouvisse. "Pois bem!, disse-lhe, o regente falou convosco sobre o Moine? Sim, respondeu-me ele, sorrindo, e depois disso, apesar de suas contemporizações, creio tê-lo persuadido." Para que nosso breve colóquio não fosse notado, aproximamo-nos bastante do regente, e Guiche fez-me notar que ainda estavam falando de pedrarias, tendo Standish contado que, num incêndio, todos os diamantes da sua mãe, a senhora de Poix, tinham queimado e enegrecido, e por essa peculiaridade, aliás muito curiosa, tinham sido levados para o gabinete do rei da Inglaterra onde eram guardados: — Mas, então, se o diamante escurece pelo fogo, não poderia o carvão ser transformado em diamante?, perguntou o regente, virando-se para Guiche com um ar embaraçado, que deu de ombros, olhando para mim, confuso com esse enfeitiçamento de um homem que ele pensara estar convencido.

Viu-se pela primeira vez em Saint-Cloud o conde de Fels, cujo nome é Frich, que veio fazer sua corte ao rei da Inglaterra. Esses Frich, embora saídos outrora da escória do povo, são bastante gloriosos. Foi a um deles que dona Cornuel respondeu, pois ele a fazia admirar a libré de um de seus lacaios e acrescentava que lhe vinha do avô: "Eh! Pois então, senhor, eu não sabia que seu avô tivesse sido um lacaio". A presença na tertúlia do conde de Fels parecia estranha aos que ainda se espantam com isso; a ausência do marquês de Castellane os surpreendeu ainda mais. Ele havia trabalhado por mais de vinte anos, com o sucesso que sabemos, pela reaproximação da França e da Inglaterra, onde foi um excelente embaixador, e já que o rei da Inglaterra vinha a Saint-Cloud, seu nome, ilustre em tantos aspectos, era o primeiro que vinha à mente. Vimos nessa tertúlia outra novidade muito singular, a de um príncipe de Orléans viajando incógnito pela França sob o nome muito estranho de infante de Espanha. Eu assinalei em vão ao sr. duque de Orléans que, por maior que fosse a casa de onde esse príncipe viesse, era inconcebível que se pudesse chamar de infante de Espanha quem não o fosse em seu próprio país, onde se dá esse nome apenas ao herdeiro da coroa, como já vimos na conversa que tive com Guelterio durante minha embaixada em Madri; e bem mais que, de infante de Espanha a apenas infante, havia apenas um passo e que o primeiro serviria de acesso para o segundo. Ao que o duque de Orléans protestou que não se diz apenas rei a não ser para o rei da França, que ele tinha ordenado ao duque de Lorena, seu tio, a não mais se permitir dizer o rei da França, ao falar do rei, caso contrário, ele nunca poderia sair de Lorena, e que, finalmente, se dizemos o papa, sem mais, é que qualquer outro nome seria inútil para ele. Eu não pude responder a todos esses belos argumentos, mas sabia onde a fraqueza do regente o conduziria, e me permiti dizê-lo a ele. Vimos o fim disso, e que faz muito tempo que se diz apenas infante. Os enviados do rei da Espanha foram buscá-lo em Paris e o levaram para Versalhes, onde foi fazer sua reverência ao rei, que permaneceu fechado com ele por uma longa hora, depois passou para a galeria e o apresentou, onde todos admiraram muito seu espírito. Ele visitou, perto da casa de campo do príncipe de Cellamare, a do conde e da condessa de Beaumont, onde o rei da Inglaterra já havia ido. Foi dito com razão que nunca marido e mulher foram feitos tão perfeitamente um para o outro, como também para sua magnífica e singular mansão situada nos caminhos das Annonciades, onde ela parecia esperá-los há cem anos. Ele elogiou a magnificência dos jardins em termos perfeitamente escolhidos e medidos, e dali seguiu a Saint-Cloud para a tertúlia, mas ali escandalizou-se com a alegação insustentável de dominar o regente. A fraqueza deste último fez que as discussões terminassem neste *mezzo termine* muito inaudito que o regente e o infante de Espanha entraram ao mesmo tempo, por uma porta diferente, na sala onde se dava a ceia. Então, julgou-se que ele cobria a mão. Voltou a encantar a todos com seu espírito, mas não beijou nenhuma das princesas e apenas a rainha da Inglaterra, o que surpreendeu muito. O rei ficou indignado ao saber da reivindicação da mão e que a fraqueza do regente tivesse permitido que ela brotasse. Ele também não admitiu o título de infante e declarou que esse príncipe seria recebido apenas segundo seu grau de antiguidade, imediatamente após o duque do Maine. O infante da Espanha tentou alcançar seu objetivo por outros meios. Eles não tiveram sucesso. Cessou de visitar o rei a não ser por um resto de hábito e com ligeira assiduidade. No final, ele aguentou desgostos com isso e não foi mais visto em Versalhes, a não ser raramente, onde sua ausência foi muito sentida e causou tristeza que ele não se tivesse mudado para lá. Mas essa digressão sobre títulos singulares nos levou muito longe do caso do Moine.

(Continua.)

Miscelânea

Em Memória das Igrejas Assassinadas

I
As igrejas salvas. Os campanários de Caen.
A catedral de Lisieux

Jornadas em automóvel

Partindo de... em hora bem avançada, não tinha tempo a perder se quisesse chegar antes do anoitecer à casa dos meus pais, mais ou menos a meio caminho entre Lisieux e Louviers. À minha direita, à minha esquerda, diante de mim, as janelas do automóvel, que mantive fechadas, punham, por assim dizer, sob vidro, o belo dia de setembro que, mesmo ao ar livre, só se enxergava através de uma espécie de transparência. Do mais longe que podiam nos ver, na estrada onde se mantinham curvadas, velhas casas instáveis corriam agilmente à nossa frente, estendendo-nos algumas rosas frescas ou mostrando-nos orgulhosamente a jovem malva-flor que haviam protegido e que já as ultrapassava em tamanho. Outras vinham, apoiando-se com ternura numa pereira que sua velhice cega tinha a ilusão de ainda sustentar, e pressionavam-na contra os seus corações sofridos, onde imobilizara e incrustara para sempre a irradiação débil e apaixonada dos seus ramos. Logo a estrada fez uma curva, e o barranco que a margeava à direita tendo se abaixado, a planície de Caen apareceu, entretanto sem a cidade que, compreendida na vastidão que tinha sob os olhos, não se deixava ver ou adivinhar, por causa da distância. Sozinhos, erguendo-se do nível uniforme da planície e como que perdidos em campo aberto, subiam para o céu os dois campanários de Saint-Étienne. Logo vimos três, o campanário de Saint-Pierre tinha se juntado a eles.[1] Aproximados em uma tripla agulha montanhosa, eles apareciam como, muitas vezes em Turner, o mosteiro ou o solar que dá nome ao quadro, mas que, no meio da imensa paisagem de céu, vegetação e água, ocupa tão pouco lugar, parece tão episódico e momentâneo quanto o arco-íris, a luz das cinco da tarde, e a pequena camponesa que, no primeiro plano, trota pelo caminho entre seus cestos. Os minutos passavam, íamos rápido, e ainda assim os três campanários estavam sempre sozinhos à nossa frente, como pássaros pousados na planície, imóveis, distinguindo-se ao sol. Depois, a distância se rompendo como uma névoa que revela por completo e em seus detalhes uma forma invisível no momento anterior, apareceram as torres da Trinité, ou melhor, uma única torre, de tanto que ela escondia a outra exatamente atrás dela. Mas ela se afastou, a outra se adiantou e as

---

[1] Naturalmente, abstive-me de reproduzir neste volume as numerosas páginas que escrevi sobre igrejas no *Figaro*, por exemplo: a igreja da aldeia (embora na minha opinião muito superior a muitas outras que leremos mais adiante). Mas elas foram incluídas em *Em busca do tempo perdido* e eu não podia me repetir. Se abri uma exceção para esta, é porque em *No caminho de Swann* ela é apenas citada, parcialmente aliás, entre aspas, como um exemplo do que escrevi na minha infância. E no volume IV (ainda não publicado) de *Em busca do tempo perdido*, a publicação no *Figaro* desta página remanejada é tema de quase um capítulo inteiro. (N. A.)

duas se alinharam. Finalmente, um campanário demoroso (o de Saint-Sauveur, suponho) veio, por uma ousada reviravolta, dispor-se em frente delas. Agora, entre os campanários multiplicados, e na encosta dos quais se distinguia a luz que se via sorrir a essa distância, a cidade, obedecendo, de baixo, ao seu impulso, sem poder alcançá-la, desenvolvia a prumo e por subidas verticais a fuga complicada, mas franca, de seus telhados. Eu havia pedido ao mecânico[2] que parasse um momento diante das torres de Saint-Étienne; mas, lembrando-me o quanto demoramos para nos aproximar delas quando, desde o início, pareciam tão próximas, tirei meu relógio para ver quantos minutos ainda levaríamos, quando o automóvel virou e me parou aos pés delas. Tendo permanecido por tanto tempo inacessíveis ao esforço de nossa máquina, que parecia patinar em vão na estrada, sempre à mesma distância delas, foi apenas nos últimos segundos que a velocidade totalizada de todo o tempo se tornava apreciável. E, gigantes, dominando com toda a sua altura, elas se atiraram tão rudemente na nossa frente que tivemos apenas tempo de frear para não bater contra o pórtico.

Prosseguimos nosso caminho; já tínhamos deixado Caen fazia tempo, e a cidade, depois de nos ter acompanhado por alguns segundos, havia desaparecido, e, permanecendo sozinhos no horizonte para nos ver fugir, os dois campanários de Saint--Étienne e o campanário de Saint-Pierre ainda agitavam seus cimos ensolarados. Às vezes um se ocultava para que os outros dois pudessem nos ver por mais um momento; logo percebi apenas dois. Então eles viraram uma última vez como dois pivôs de ouro, e desapareceram aos meus olhos. Com frequência, depois,

---

2 No sentido antigo de chofer, motorista. (N. T.)

passando ao sol poente na planície de Caen, eu os revi, às vezes de muito longe, e eles não passavam de duas flores pintadas no céu, acima da linha baixa dos campos; às vezes um pouco mais de perto e já alcançados pelo campanário de Saint-Pierre, semelhantes às três moças de uma lenda abandonadas em uma solidão onde a obscuridade começasse a cair; e enquanto me afastava, eu os via, timidamente procurando seu caminho e, depois de algumas tentativas estabanadas e tropeços desajeitados de suas nobres silhuetas, apertarem-se uns contra os outros, deslizarem um atrás do outro, formando no céu, ainda rosa, uma única forma negra, deliciosa e resignada, e apagarem-se na noite.

Começava a desesperar-me por chegar a Lisieux cedo o bastante para estar nessa mesma noite com os meus pais, que felizmente não tinham sido informados da minha chegada, quando, por volta da hora crepuscular, pegamos uma ladeira íngreme no final da qual, no vale ensanguentado pelo sol para o qual descíamos a toda velocidade, vi Lisieux, que nos precedera ali, erguendo e arrumando apressadamente suas casas feridas, suas altas chaminés tingidas de púrpura; num instante, tudo voltara ao seu lugar e quando, alguns segundos depois, paramos na esquina da rua aux Fèvres, as velhas casas cujas belas hastes de madeira nervurada florescem apoiando ogivas, cabeças de santos ou demônios, pareciam não terem se mexido desde o século XV. Um acidente de máquina nos forçou a ficar até o anoitecer em Lisieux; antes de partir, quis ver de novo na fachada da catedral algumas das folhagens de que fala Ruskin, mas os fracos cotos de velas que iluminavam as ruas da cidade cessavam na praça onde Notre-Dame estava quase mergulhada sob a obscuridade. Avancei, porém, querendo ao menos tocar com a mão o ilustre arvoredo de pedra, plantado no pórtico, e entre as duas fileiras tão nobremente talhadas de onde desfilou talvez a pompa nupcial de Henrique II da Inglaterra e de Éléonore de Guyenne. Mas assim que me aproximei dela, tateando, uma luz repentina a inundou; tronco por tronco, os pilares saíram da noite, destacando vividamente, em plena luz sobre um fundo de sombra, o amplo modelo de suas folhas de pedra. Era o meu mecânico, o engenhoso Agostinelli, que, enviando às esculturas antigas a saudação do presente, cuja luz servia apenas para ler melhor as lições do passado, dirigia sucessivamente sobre todas as partes do pórtico, na medida em que eu queria vê-las, os faróis de seu automóvel.[3] E quando voltei para o carro vi um grupo de crianças cuja curiosidade trouxera ali e que, debruçando suas cabeças sobre o farol, cujos cachos palpitavam nessa luz sobrenatural, recompuseram, como que projetada da catedral por um raio, a figuração angelical de uma Natividade. Quando saímos de Lisieux, era negra noite; o meu mecânico tinha vestido um grande manto de borracha e uma espécie de capuz que, encerrando a plenitude do seu jovem rosto imberbe, o fazia parecer, à medida que mergulhávamos cada vez mais rápido na noite, a algum peregrino ou melhor, a alguma freira da velocidade. De tempos em tempos – Santa Cecília improvisando em um instrumento mais imaterial ainda – ele tocava o teclado e extraía uma família de registros desses órgãos escondidos no automóvel e cuja música, embora contínua, mal percebemos, a não ser

---

[3] Não podia prever, quando escrevia estas linhas, que sete ou oito anos mais tarde esse jovem me pediria para datilografar um livro meu, aprenderia aviação sob o nome de Marcel Swann, no qual ele associara amigavelmente meu nome de batismo e o nome de um dos meus personagens, e encontraria a morte aos 26 anos, em um acidente de aeroplano ao largo de Antibes. (N. A.)

quando ocorrem essas mudanças de registros que são as mudanças de marcha; música por assim dizer abstrata, toda símbolo e toda número, e que faz pensar nessa harmonia que produzem, pelo que se diz, as esferas quando giram no éter. Mas na maior parte do tempo ele apenas segurava em sua mão sua roda – roda de direção (chamada de volante) – bastante parecida com as cruzes de consagração que seguram os apóstolos encostados nas colunas do coro da Sainte-Chapelle em Paris, à cruz de São Bento, e em geral a qualquer estilização da roda na arte da Idade Média. Ele não parecia servir-se dela, pois permanecia imóvel, mas a segurava como teria feito com um símbolo que devia ser acompanhado; assim os santos, nos pórticos das catedrais, um segura uma âncora, outro uma roda, uma harpa, uma foice, uma grelha, uma trompa de caça, pincéis. Mas se esses atributos geralmente se destinavam a lembrar a arte em que se destacaram durante suas vidas, às vezes era também a imagem do instrumento pelo qual pereceram; que o volante do jovem mecânico que me conduz seja sempre o símbolo do seu talento e não a prefiguração do seu tormento! Tivemos de parar numa aldeia na qual fui, por alguns momentos, para os habitantes, esse "viajante" que já não existia mais desde os trens de ferro e que o automóvel ressuscitou, aquele a quem a criada nas pinturas flamengas serve o gole de despedida, que vemos, nas paisagens de Cuyp, parando para perguntar seu caminho, como diz Ruskin, "a um passante cujo aspecto é suficiente para indicar que ele é incapaz de dar a informação", e que, nas fábulas de La Fontaine, cavalga sob o sol e sob o vento, coberto por um capote quente no começo do outono, "quando a precaução do viajante é boa" – esse "cavaleiro" que quase não existe mais hoje na realidade e que, no entanto, ainda percebemos galopar na maré baixa à beira-mar, quando o sol se põe (sem dúvida saído do passado graças às sombras da noite), fazendo da paisagem marinha que temos sob os olhos uma "marinha", que ele data e assina, pequeno personagem que parece acrescentado por Lingelbach, Wouwermans ou Adrien Van de Velde, para satisfazer o gosto de pitoresco e de figuras dos ricos mercadores de Harlem, amadores de pintura, a uma praia de Willem Van de Velde ou Ruysdaël. Mas sobretudo, desse viajante, o que o automóvel tornou mais precioso para nós é essa admirável independência que o fazia partir à hora que quisesse e parar onde bem entendesse. Todos esses compreenderão que às vezes o vento, ao passar, de repente toca com um desejo irresistível de fugir com ele até o mar, onde poderão ver, em vez dos pavimentos inertes da aldeia em vão açoitados pela tempestade, vagalhões agitados devolverem-lhe golpe por golpe e rumor por rumor; sobretudo todos os que sabem o que pode ser, algumas tardes, a apreensão de se trancar com a própria dor a noite inteira; todos os que sabem que alegria é, depois de ter lutado muito tempo contra a sua angústia e começando a subir para o quarto, sufocando as batidas do seu coração, poder parar e dizer a si mesmo: "Pois bem! Não, não vou subir; que selem o cavalo, que preparem o automóvel", e fugir a noite inteira, deixando para trás de si as aldeias onde nossa dor nos teria sufocado, onde nós a adivinhávamos sob cada teto adormecido, enquanto passamos a toda velocidade, sem sermos reconhecidos por ela, fora de seu alcance.

 Mas o automóvel tinha parado no canto de um caminho encastrado, diante de uma porta emaranhada de íris sem flores e de rosas. Havíamos chegado à casa dos meus pais. O mecânico toca a buzina para que o jardineiro venha abrir-nos a porta, essa buzina cujo som nos desagrada por sua estridência e por sua monotonia, mas que, no entanto, como toda matéria, pode tornar-se bela se impregnada de um sentimento. No coração dos meus pais ressoou alegremente como uma palavra inesperada... "Parece-me que ouvi... Mas então só pode ser ele!" Levantam-se, acendem uma vela protegendo-a do vento da porta que já abriram com impaciência, enquanto no fundo do parque a buzina, de que não podem mais ignorar o som que se tornou alegre, quase humano, não cessa mais de lançar seu apelo, uniforme como a ideia fixa da alegria que se aproxima, insistente e repetido como sua ansiedade crescente. E eu pensava que em *Tristão e Isolda* (primeiro, quando Isolda agita o lenço como sinal, no segundo ato, depois, no terceiro ato quando chega a nave) é, na primeira vez, a repetição estridente, indefinida e cada vez mais rápida de duas notas cuja sucessão é por vezes produzida por acaso no mundo desorganizado dos ruídos; na segunda vez, pela flauta campestre de um pobre pastor, na crescente intensidade, na insaciável monotonia de seu mísero canto, que Wagner, graças a uma aparente e genial abdicação de seu poder criador, confiou a expressão da mais prodigiosa espera pela felicidade que jamais preencheu a alma humana.

II
Jornadas de peregrinação

Ruskin em Notre-Dame D'Amiens, em Rouen etc.[1]

Eu gostaria de dar ao leitor o desejo e os meios de ir passar um dia em Amiens, como numa espécie de peregrinação ruskiniana. Não vale a pena começar pedindo-lhe para ir a Florença ou Veneza, já que Ruskin escreveu um livro inteiro sobre Amiens.[2] E, por outro lado, parece-me que é assim que deve ser

---

1 Parte deste estudo foi publicado no *Mercure de France*, precedendo uma tradução da *Bíblia de Amiens*. Queremos expressar nossa gratidão ao sr. Alfred Vallette, diretor do *Mercure*, que gentilmente nos autorizou a reproduzir nosso prefácio aqui. Foi e permanece oferecido como testemunho de admiração e gratidão a Léon Daudet. (N. A.)
2 Eis, de acordo com o sr. Collingwood, as circunstâncias em que Ruskin escreveu esse livro:
"O sr Ruskin não havia ido ao estrangeiro desde a primavera de 1877, mas em agosto de 1880 sentiu-se em condições de viajar novamente. Foi dar um passeio pelas catedrais do norte da França, parando junto a suas velhas conhecidas, Abbeville, Amiens, Beauvais, Chartres, Rouen, e depois voltou com o sr. A. Severn e o sr. Brabanson para Amiens, onde passou a maior parte de outubro. Ele estava escrevendo um novo livro,

o "culto dos heróis", quero dizer, em espírito e em verdade. Visitamos o lugar onde um grande homem nasceu e morreu; mas os lugares que ele admirava acima de tudo, cuja beleza adoramos em seus livros, não foram, com mais razão, suas moradas? Honramos com um fetichismo que é apenas uma ilusão um túmulo onde, de Ruskin, só resta o que não era ele próprio, e não iríamos nos ajoelhar diante dessas pedras de Amiens, às

A Bíblia de Amiens, destinado a ser para as *Seven Lamps* o que o *Repouso de São Marcos* era para as *Stones of Venice*. Ele não se sentiu em condições de dar um curso a estrangeiros em Chesterfield, mas visitou velhos amigos em Eton em 6 de novembro de 1880 para pronunciar uma palestra sobre Amiens. Por uma vez ele esqueceu suas anotações, mas o curso não foi menos brilhante e interessante. Era, na realidade, o primeiro capítulo de sua nova obra, *A Bíblia de Amiens*, ela própria concebida como o primeiro volume de *Our Fathers* etc., *Esboços da história da cristandade* etc.

"O tom nitidamente religioso da obra foi percebido como marcando, senão uma mudança nele, pelo menos o desenvolvimento muito acusado de uma tendência que devia ter se fortalecido há algum tempo. Passara da fase da dúvida ao reconhecimento da influência poderosa e salutar de uma religião grave; ele chegara a uma atitude do espírito na qual, sem desdizer de forma alguma o que havia dito contra crenças estreitas e práticas contraditórias, sem formular nenhuma doutrina definida da vida futura e sem adotar o dogma de nenhuma seita, ele considerava o temor de Deus e a revelação do Espírito Divino como grandes fatos e motivos que não devem ser negligenciados no estudo da história, como a base da civilização e guias do progresso" (Collingwood, *The Life and Work of John Ruskin*, v.II, p.206 ss.). A propósito do subtítulo de *A Bíblia de Amiens*, que o sr. Collingwood lembra (*Esboços da história da cristandade para meninos e meninas que foram levados à pia batismal*), observarei o quanto ele se assemelha a outros subtítulos de Ruskin, por exemplo àquele de *Mornings in Florence*. "Simples estudos sobre arte cristã para viajantes ingleses", e ainda mais ao de *Saint-Marks Rest*, "História de Veneza para os raros viajantes que ainda se preocupam com seus monumentos". (N. A.)

quais ele veio pedir seu pensamento, e que ainda o conservam, semelhantes à tumba da Inglaterra onde, de um poeta cujo corpo foi consumido, tudo o que resta – arrancado das chamas por outro poeta – é apenas o coração?[3]

Sem dúvida, o esnobismo que faz que tudo o que toca pareça razoável ainda não os alcançou (pelo menos para os franceses) e, portanto, preservou do ridículo esses passeios estéticos. Diga que vai a Bayreuth para ouvir uma ópera de Wagner, a Amsterdã para visitar uma exposição de primitivos flamengos, todos lamentarão não poderem acompanhá-lo. Mas se admitir que vai ver uma tempestade na Pointe du Raz, macieiras em flor na Normandia, uma amada estátua de Ruskin em Amiens, não conseguirão deixar de sorrir. Espero, no entanto, que vocês não deixem de ir a Amiens depois de me ter lido.

---

3 O coração de Shelley, arrancado das chamas diante de lorde Byron por Hunt, durante a cremação. – O sr. André Lebey (ele próprio autor de um soneto sobre a morte de Shelley) me envia uma correção interessante sobre esse assunto. Não seria Hunt, mas Trelawney quem teria tirado o coração de Shelley da fornalha, não sem queimar gravemente sua mão. Lamento não poder publicar aqui a curiosa carta de M. Lebey. Ela reproduz em particular esta passagem das memórias de Trelawney: "Byron me pediu para guardar a caveira para ele, mas lembrando que ele já havia transformado uma caveira em uma taça para bebidas, eu não queria que Shelley fosse submetido a essa profanação". Na véspera, enquanto o corpo de Williams estava sendo reconhecido, Byron teria dito a Trelawney: "Deixe-me ver o maxilar, posso reconhecer alguém pelos dentes, alguém com quem conversei". Mas, mantendo-nos nos relatos de Trelawney e sem sequer levar em conta a dureza que Childe Harold voluntariamente afetava diante do Corsário, deve-se lembrar que, algumas linhas depois, Trelawney, relatando a cremação de Shelley, declarou: "Byron não pôde suportar esse espetáculo e voltou a nado ao *Bolívar*". (N. A.)

Marcel Proust

Quando se trabalha para agradar aos outros pode ser que não tenhamos sucesso, mas as coisas que se fazem para agradar a nós mesmos têm sempre uma possibilidade de interessar a alguém. É impossível que não existam pessoas que deixem de encontrar algum prazer naquilo que tanto me deu. Porque ninguém é original e, muito felizmente para a simpatia e compreensão, que são prazeres tão grandes na vida, é numa trama universal que nossas individualidades são talhadas. Se soubéssemos analisar a alma como a matéria, veríamos que, tanto sob a aparente diversidade dos espíritos como sob a das coisas, há apenas uns poucos corpos simples e elementos irredutíveis e que entram substâncias muito comuns que se encontram em quase todos os lugares do Universo na composição do que acreditamos ser a nossa personalidade.

As indicações que os escritores nos dão em suas obras sobre os lugares que amaram são muitas vezes tão vagas que as peregrinações que tentamos fazer neles conservam algo de incerto e de hesitante e como que o medo de terem sido ilusórias. Como aquele personagem de Edmond de Goncourt à procura de um túmulo que nenhuma cruz indica, estamos reduzidos a fazer nossas devoções "ao acaso". Eis um gênero de dissabor que ninguém terá que temer com Ruskin, especialmente em Amiens; não se corre o risco de ter vindo passar uma tarde ali sem tê-lo encontrado na catedral: ele veio buscar-nos na estação. Ele perguntará não apenas nosso modo de ser para sentir as belezas de Notre-Dame, mas de quanto tempo a hora do trem que pretendemos tomar permite-nos consagrar a ela. Ele não só nos mostrará o caminho que leva à catedral, mas este ou aquele caminho, dependendo de nossa maior ou menor pressa. E como ele quer que o sigamos nas livres disposições do espírito que a satisfação do corpo oferece, talvez também para nos mostrar que, à maneira dos santos a quem vão suas preferências, não é depreciador do prazer "honesto",[4] antes de levar-nos à igreja, ele nos

---

[4] Ver o admirável retrato de São Martinho no livro I de *A Bíblia de Amiens*: "Ele aceita de bom grado o cálice da amizade, ele é o patrono de uma honesta bebida. O recheio de seu ganso do dia de São Martinho é odorante para suas narinas e sagrados para ele são os últimos raios do verão que se vai". Essas refeições evocadas por Ruskin nem sequer ocorrem sem uma espécie de cerimonial. "São Martinho estava um dia jantando na primeira mesa do mundo, a saber, com o imperador e imperatriz da Alemanha, tornando-se agradável à companhia, nem um pouco santo ao modo de São João Batista. Claro, ele tinha o imperador à sua esquerda, a imperatriz à sua direita, tudo ocorria de acordo com as regras" (*A Bíblia de Amiens*, cap.I, §30). Esse protocolo ao qual Ruskin alude parece não ter nada daquele dos terríveis chefes de família, daqueles demasiado formalistas e cujo modelo me parece ter sido traçado para sempre por estes versos de São Mateus: "O rei percebeu um homem à mesa que não tinha veste para as bodas. Ele lhe disse: 'Meu amigo, como você não tem uma roupa adequada?'. Tendo este homem mantido o silêncio, o rei disse aos servos: 'Amarrem-lhe os pés e as mãos e joguem-no nas trevas de fora'". Para voltar a essa concepção de um santo que "não gasta uma só respiração em exortações desagradáveis", parece que Ruskin não é o único a conceber seus santos favoritos com esses traços. Mesmo para os simples *clergymen* de George Eliot ou os profetas de Carlyle, vejam como são diferentes de São Firmino, que faz um barulhão e grita como um energúmeno nas ruas de Amiens, insulta, exorta, persuade, batiza etc. Em Carlyle, veja Knox: "O que eu gosto bastante nesse Knox é que existia uma veia de comicidade nele. Era um homem de coragem, honesto, fraterno, irmão do grande, irmão também do pequeno, sincero em sua simpatia por ambos; tinha seu cachimbo de Bordeaux em sua casa de Edimburgo, era um homem alegre e sociável. Enganam-se muito aqueles que pensam que esse Knox era um fanático sombrio, espasmódico e gritador. Nem um pouco: ele era um dos mais sólidos entre os homens. Prático, prudente, paciente etc.". Da mesma forma Burns: "geralmente era alegre nas palavras, companheiro de brincadeiras sem fim, risos, sentidos e coração. Não é um homem lúgubre; tem as mais graciosas

levará ao confeiteiro. Parando em Amiens com um pensamento estético, já somos bem-vindos, pois muitos não fazem como expressões de cortesia, as mais altas ondas de alegria" etc. E Maomé: "Maomé, sincero, sério, mas amável, cordial, sociável, brincalhão até, com um bom riso nele com tudo isso". Carlyle gosta de falar sobre o riso de Lutero (Carlyle, *Os heróis*, trad. Izoulet, p.85, 237, 298, 299 etc.). E em George Eliot, vejam sr. Irwine em *Adam Bede*, sr. Gilfil em *Cenas da vida do clero*, sr. Farebrother em *Middlemarch* etc. "Sou obrigado a reconhecer que o sr. Gilfil não perguntou à sra. Fripp por que ela não tinha ido à igreja e não fez o menor esforço para sua edificação espiritual. Mas no dia seguinte ele lhe mandou um grande pedaço de bacon etc. Pode-se concluir daí que esse vigário não brilhava nas funções espirituais de seu lugar, e, na verdade, o que posso dizer de melhor a seu respeito é que se empenhou em cumprir suas funções com celeridade e laconismo." Ele se esquecia de tirar suas esporas antes de subir ao púlpito e praticamente não fazia sermões. No entanto, nunca vigário foi tão amado por seu rebanho e teve uma influência melhor sobre eles. "Os fazendeiros gostavam particularmente da sociedade do sr. Gilfil, pois ele não apenas podia fumar seu cachimbo e temperar os detalhes dos assuntos paroquiais com muitas brincadeiras etc. Andar a cavalo era o principal passatempo do velho cavalheiro, agora que os dias de caça haviam terminado para ele. Não era apenas para os fazendeiros de Shepperton que a companhia do sr. Gilfil era agradável, ele era um hóspede bem-vindo nas melhores casas nessa parte do país. Se o tivéssem visto levar Lady Stiwell para a sala de jantar (como São Martinho, a imperatriz da Germânia há pouco) e o tivessem ouvido falar com ela com sua fina e graciosa galanteria etc. Mas na maioria das vezes ele permanecia fumando seu cachimbo enquanto bebia água e gim. Aqui, vejo-me levado a falar de outra fraqueza do vigário" etc. (*O romance do sr. Gifil*, trad. Albert Durade, p.116, 117, 121, 124, 125, 126). "Quanto ao ministro, o sr. Gilfil, um velho senhor que fumava cachimbos muito compridos e pregava sermões muito curtos" (*Tribulações do Rev. Amos Barton*, mesma tradução, p.4). "O sr. Irwine não tinha de fato tendências elevadas nem entusiasmo religioso, e considerava uma verdadeira perda de tempo falar de doutrina e despertar cristão com o velho Taft ou Cranage, o ferreiro. Ele não era laborioso, nem altruísta, nem muito nós: "O inteligente viajante inglês, neste século afortunado, sabe que, a meio caminho entre Bolonha e Paris, existe uma importante estação ferroviária[5] onde seu trem, diminuindo o ritmo,

    generoso em esmolas, e sua própria crença era bastante larga. Seus gostos intelectuais eram antes pagãos etc. Mas tinha aquela caridade cristã que muitas vezes falhou em ilustres virtudes. Era indulgente com as faltas de seu próximo e não se inclinava a supor o mal etc. Se o conhecesse montado em sua égua cinzenta, seus cachorros correndo ao seu lado, com um sorriso bem-humorado etc. A influência do sr. Irwine em sua paróquia foi mais útil do que a do sr. Ryde, que insistia fortemente nas doutrinas da Reforma, condenava severamente as concupiscências da carne etc., que era muito instruído. O sr. Irwine era tão diferente disso quanto podia ser, mas era tão penetrante; compreendia o que se queria dizer no minuto, conduzia-se como um cavalheiro com os meeiros etc. Não era um bom pregador, mas não dizia nada que não fosse apropriado para torná-lo mais sábio, se se lembrasse disso." (*Adam Bede*, mesma tradução, p.84, 85, 226, 227, 228, 230). (N. A.)

5 Cf. *Praeterita*: "Lá pelo momento da tarde em que o elegante viajor moderno, partindo no trem da manhã de Charing-Cross para Paris, Nice e Montecarlo, recuperou um pouco das náuseas de sua travessia e da irritação por ter tido que lutar para conseguir lugares em Bolonha, e começa a olhar o relógio para ver a que distância está do bufê do Amiens, está exposto à decepção e ao tédio de uma parada inútil do trem, em uma estação sem importância onde lê o nome 'Abbeville'. No momento em que o trem se põe novamente a avançar, ele poderá ver, se tiver o cuidado de erguer os olhos por um momento do jornal, duas torres quadradas dominadas pelos choupos e vimes do terreno pantanoso que atravessa. É provável que essa olhadela seja tudo o que lhe bastaria para chamar a sua atenção, e mal sei até que ponto conseguiria fazer, mesmo ao leitor mais simpático, compreender a influência que elas tiveram em minha própria vida... Pois o pensamento de minha vida teve três centros: Rouen, Genebra e Pisa... E Abbeville é como o prefácio e a interpretação de Rouen... Minhas felicidades as mais intensas, conheci-as nas montanhas. Mas como um prazer, alegre e sem mistura, chegar à vista de Abbeville em uma bela tarde de verão, descer no pátio do Hotel de l'Europe e correr pela rua para ver São Vulfrano antes que

avança com muito mais do que o número médio de ruídos e choques esperados na entrada de cada grande gare francesa, a fim de lembrar, por solavancos, o viajante sonolento ou distraído, o sentimento de sua situação. Ele também provavelmente se

o sol tenha deixado as torres, são coisas pelas quais devemos estimar o passado até o fim. De Rouen e sua catedral, o que tenho a dizer encontrará seu lugar, se tiver os dias para isso, em *Nossos pais no-lo disseram*".

Se, ao longo deste estudo, citei tantas passagens de Ruskin retiradas de outras obras suas além da *Bíblia de Amiens*, aqui está o motivo. Ler apenas um livro de um autor é ter apenas um encontro com esse autor. Ora, conversando uma vez com uma pessoa, podemos discernir nela traços singulares. Mas é somente pela repetição em várias circunstâncias que podemos reconhecê-los como característicos e essenciais. Para um escritor, como para um músico ou um pintor, essa variação de circunstâncias que permite discernir, por uma espécie de experimentação, os traços permanentes do caráter, é a variedade das obras. Encontramos em um segundo livro, em outro quadro, as particularidades que da primeira vez poderíamos ter pensado que pertenciam ao assunto tratado tanto quanto ao escritor ou ao pintor. E a partir da comparação das diferentes obras identificamos os traços comuns cuja montagem compõe a fisionomia moral do artista. Ao colocar uma nota de rodapé sob as passagens citadas de *A Bíblia de Amiens*, cada vez que o texto despertava por analogias, mesmo remotas, a memória de outras obras de Ruskin, e traduzindo na nota a passagem que assim me vinha à mente, tentei permitir ao leitor colocar-se na situação de alguém que não se encontraria pela primeira vez na presença de Ruskin, mas que, tendo já conversado anteriormente com ele, poderia, em suas palavras, reconhecer o que é, nele, permanente e fundamental. Assim, tentei fornecer ao leitor como que uma memória improvisada na qual organizei lembranças de outros livros de Ruskin – uma espécie de caixa de ressonância, onde as palavras de *A Bíblia de Amiens* poderão ter alguma ressonância ali, despertando ecos fraternos. Mas às palavras de *A Bíblia de Amiens*, tais ecos sem dúvida não responderão, como acontece com uma memória que se fez por si mesma, a esses horizontes desigualmente distantes, habitualmente escondidos de nossa vista e dos quais lembra que nessa parada no meio de sua viagem, há um bufê bem servido onde tem o privilégio de uma parada de dez minutos. Ele não está, no entanto, tão claramente consciente que esses dez minutos de tempo são concedidos a menos de minutos a

nossa própria vida mediu dia a dia as distâncias variadas. Eles não terão, para vir juntar-se à palavra presente cuja semelhança os atraiu, que atravessar a resistente doçura dessa atmosfera interposta que tem a própria extensão de nossa vida e que é toda a poesia da memória. No fundo, ajudar o leitor a se impressionar com esses traços singulares, colocar diante de seus olhos traços semelhantes que lhe permitam considerá-los como os traços essenciais do gênio de um escritor, deveria ser a primeira parte da tarefa de qualquer crítico.
Se ele sentiu isso e ajudou outros a sentirem, sua tarefa está bastante completa. E, se não o sentiu, poderá escrever todos os livros do mundo sobre Ruskin: "o homem, o escritor, o profeta, o artista, o alcance de sua ação, os erros da doutrina", todas essas construções se elevarão talvez muito alto, mas, fora do assunto; poderão enaltecer a situação literária do crítico, mas não valerão, para a inteligência da obra, a percepção exata de uma nuance justa, por mais tênue que pareça.
Compreendo, porém, que o crítico deveria, em seguida, ir mais longe. Tentaria reconstruir o que poderia ser a singular vida espiritual de um escritor assombrado por realidades tão especiais, sua inspiração sendo a medida pela qual teve a visão dessas realidades, seu talento a medida pela qual conseguiu recriá-las em sua obra, sua moral, enfim, o instinto que o fez considerá-las sob um aspecto de eternidade (por mais particulares que nos pareçam essas realidades), o impeliu a sacrificar-se à necessidade de vê-las e à necessidade de reproduzi-las para garantir uma visão clara e duradoura delas, todos os seus prazeres, todos os seus deveres e até a sua própria vida, que não tinha outra razão de ser senão ser a única maneira possível de entrar em contato com essas realidades, com o valor que pode ter para um físico um instrumento indispensável para seus experimentos. Não preciso dizer que essa segunda parte da tarefa do crítico nem mesmo tentei realizá-la neste pequeno estudo que terá satisfeito minhas ambições se der o desejo de ler Ruskin e rever algumas catedrais. (N. A.)

pé da praça grande de uma cidade que já foi a Veneza da França. Deixando de lado as ilhas das lagunas, a "Rainha das Águas" da França era mais ou menos tão vasta quanto a própria Veneza, e atravessada não por longas correntes de maré subindo e baixando,[6] mas por onze belos riachos cheios de trutas... tão largos quanto o Dove de Isaac Walton[7] que, reunindo-se de novo depois de serpentearem pelas suas ruas, são delimitados, à medida que descem para as areias de Saint-Valéry, por bosques de álamos e aglomerados de choupos[8] cuja graça e alegria parecem jorrar de cada magnífica avenida como a imagem da vida do homem justo: *"Erit tanquam lignum quod plantatum est secus decursus aquarum."**

Mas a Veneza da Picardia deve seu nome não apenas à beleza de seus cursos d'água, mas ao fardo que eles carregavam. Foi uma operária, como a princesa do Adriático, no ouro e no vidro, na pedra, na madeira, no marfim; ela era hábil como uma egípcia na tecelagem dos finos tecidos, e tinha a delicadeza das filhas de Judá para casar as diferentes cores de seus bordados. E destes, os frutos de suas mãos que a celebraram dentro de seus próprios portões, ela também enviou uma porção para nações estrangeiras, e sua fama se espalhou por todos os países. Veludo de todas as cores, usado para lutar, como em *Carpaccio*, contra os tapetes do Turco e brilharem nas voltas dos arabescos da Barbária. Por

---

6 Cf. em *Præterita* a impressão das lentas correntes de maré subindo e baixando ao longo dos degraus do Hotel Danielli. (N. A.)

7 Ruskin quer se referir aqui ao autor do *Perfeito pescador com vara* (Londres, 1653), Isaac Walton, famoso pescador do rio Dove, nascido em 1593, em Strefford, falecido em 1683. (N. A.)

8 Já em *Modern Painters*, Ruskin, uns trinta anos antes, fala da "serena simplicidade e graça dos álamos de Amiens". (N. A.)

* "Será como uma árvore plantada junto das correntes de água." Salmos 1:3-6. Em latim no original. (N. T.)

que essa fonte de arco-íris jorrava aqui perto do Somme? Por que uma menina francesa podia se chamar irmã de Veneza e serva de Cartago e Tiro? O inteligente viajante inglês, obrigado a comprar seu sanduíche de presunto e se preparar ao "Para o trem, senhores", naturalmente não tem tempo a perder com nenhuma dessas questões. Mas chega de falar de viajantes para quem Amiens é apenas uma estação importante, para quem quer visitar a catedral e merece que se empregue melhor seu tempo; vamos levá-lo para Notre-Dame, mas por qual caminho?

"Nunca fui capaz de decidir qual era realmente a melhor maneira de abordar a catedral pela primeira vez. Se o visitante tiver todo o tempo e o dia estiver bonito,[9] o melhor seria descer a rua principal da cidade velha, atravessar o rio e passar bem do lado de fora em direção à colina de calcário sobre a qual se ergue a cidadela. De lá, perceberá a altura real das torres e o quanto elas se elevam acima do resto da cidade; depois; na volta, encontrará o caminho por qualquer rua transversal; tome as pontes que encontrarmos; quanto mais sujas e tortuosas forem, melhor será, e se chegar primeiro à fachada oeste ou à abside, verá que são dignas de todo o esforço que teve para alcançá-las.

---

9 Talvez tenha, como eu, a ocasião (mesmo se não encontrar o caminho indicado por Ruskin) de ver a catedral, que de longe parece apenas em pedra, transfigurar-se subitamente, e – o sol atravessando por dentro, tornando visível e volatilizando seus vitrais sem pintura – manter de pé, para o céu, entre seus pilares de pedra, aparições gigantes e imateriais de ouro verde e de chamas. Pode também procurar, perto dos matadouros, o ponto de vista de onde foi tirada a gravura *Amiens, le jour des Trépassés*. (N. A.) [Trata-se de uma gravura de Ruskin, inserida em seu livro *The Bible of Amiens*. O título de Ruskin é em francês, e significa *Amiens, no dia de Finados*. (N. T.)]

"Mas se o dia estiver sombrio, como às vezes pode acontecer, mesmo na França, ou se não puder ou não quiser caminhar, o que também pode acontecer por causa de todos os nossos esportes atléticos e nossos tênis, ou se realmente precisar ir a Paris esta tarde e só quiser ver tudo o que puder em uma ou duas horas, então, supondo que, apesar dessas fraquezas, trate-se de um tipo de pessoa muito amável, para quem tem alguma importância saber por qual caminho chegar a uma coisa bonita e começar a contemplá-la, estimo que o melhor é, então, subir a rue des Trois-Cailloux. Pare um pouco no caminho para se manter de bom humor e compre tortas e doces em uma das encantadoras confeitarias à esquerda. Logo depois de ultrapassá-las, pergunte pelo teatro e subirá reto para o transepto sul, que realmente tem em si algo que agrada a todo mundo. Todos são forçados a amar a transparência aérea da flecha que o encima, e que parece curvar-se para o vento oeste, embora não seja assim; pelo menos sua curvatura é um hábito longo gradualmente contraído com graça e uma submissão crescente durante estes últimos trezentos anos — e chegando bem no adro, cada um deve amar a linda e pequena Madona francesa que ocupa o centro dele, com a cabeça um pouco para o lado, o nimbo para o lado também, como um chapéu decente. Ela é uma Madona da decadência, apesar de, ou melhor, por causa de sua lindeza[10] e seu alegre

---

10 Cf. *The Two Paths*: "Essas estátuas (as do pórtico ocidental de Chartres) foram consideradas há muito e com razão como representativas da mais alta arte do século XII ou início do século XIII na França; e, de fato, elas possuem uma dignidade e um encanto delicado de que as obras posteriores geralmente carecem. Devem-se, em parte, a uma real nobreza de feições, mas principalmente à graça misturada com severidade das linhas caídas do panejamento excessivamente *fino*; bem como

sorriso de criadinha; também nada tem o que fazer aí, pois este é o pórtico de Santo Honorato, não o dela. Santo Honorato tinha o hábito de ficar ali, rude e cinza, para recebê-lo; agora foi banido para o pórtico norte por onde nunca entra ninguém. Há muito tempo, no século XIV, quando o povo começou, pela primeira vez, a achar o cristianismo grave demais, fez uma fé mais

> a um acabamento mais estudado na composição, cada parte da ornamentação harmonizando ternamente com o resto. Na medida em que seu poder sobre certos modos do espírito religioso se deve a um grau palpável de antinaturalismo neles, não o louvo, a magreza exagerada do corpo e a rigidez de atitude são defeitos; mas são nobres defeitos, e dão às estátuas o estranho ar de fazerem parte do próprio edifício, e de sustentá-lo não como a cariátide grega sem esforço, ou como a cariátide renascentista por esforço doloroso ou impossível, mas como se tudo o que foi silencioso e grave, e posto à parte, e enrijecido com um arrepio no coração no terror da terra, havia passado para uma forma de mármore eterno; e assim o Espírito forneceu, para sustentar os pilares da igreja na terra, toda a natureza ansiosa e paciente que não era mais necessária no céu. Esta é a visão transcendental do significado dessas esculturas.
> "Eu não insisto. Aquilo em que confio são apenas suas qualidades de verdade e vida. Todas são retratos – a maioria de desconhecidos, creio –, mas retratos palpáveis e indiscutíveis; se não foram feitos a partir da própria pessoa que deveria ser representada, em todo caso foram estudadas a partir de alguma pessoa viva cujos traços podem, sem improbabilidade, representar os do rei ou do santo em questão. Acredito que vários são autênticos, há um de uma rainha que, claro, durante sua vida, foi notável por seus brilhantes olhos negros. O escultor cavou a íris profundamente na pedra e seus olhos escuros ainda brilham para nós com seu sorriso.
> "Há uma outra coisa que desejo que notem especialmente nessas estátuas, a forma como a moldura floral está associada às linhas verticais da estátua.
> "Temos assim a suprema complexidade e riqueza das curvas lado a lado com as puras e delicadas linhas paralelas, e os dois personagens ganham em interesse e beleza; mas há um significado mais profundo na coisa do que um mero efeito de composição; significado que não foi pretendido

alegre através da França e queria ter em toda parte uma madona parecida com uma criadinha de olhos brilhantes, deixando sua própria Joana d'Arc de olhos escuros ser queimada como uma bruxa; e daí por diante as coisas correram bem, em linha reta,

pelo escultor, mas que tem ainda mais valor por não ser intencional. Refiro-me à associação íntima da beleza da natureza inferior em animais e flores com a beleza da natureza mais elevada na forma humana. Nunca se tem isso na obra grega. As estátuas gregas estão sempre isoladas; brancas superfícies de pedra, ou profundidades de sombra, trazem a forma da estátua enquanto o mundo da natureza inferior, que eles desprezavam, foi retirado de seus corações na escuridão. Aqui, a estátua drapeada parece o tipo do espírito cristão, em muitos aspectos, mais fraca e mais contraída, mas mais pura, vestida com suas vestes brancas e sua coroa, e com as riquezas de toda a criação ao seu lado.

"O primeiro grau de mudança disposto diante de nossos olhos em um instante, simplesmente comparando essa estátua na fachada oeste de Chartres com a da madona na porta sul do transepto de Amiens.

"Essa madona, com a escultura que a envolve, representa o ponto culminante da arte gótica no século XIII. A escultura progrediu continuamente nesse meio-tempo; progrediu simplesmente porque se tornou mais sincera, mais terna e mais sugestiva a cada dia. Ao longo do caminho, o velho lema de Douglas, 'Terno e verdadeiro', pode, no entanto, ser adotado por todos nós para nós mesmos, não menos na arte do que em outras coisas. Acreditem, a primeira característica universal de toda grande arte é a ternura, assim como a segunda é a verdade. Acho isso cada vez mais verdadeiro a cada dia; um infinito de ternura é o dom por excelência e a herança de todos os homens verdadeiramente grandes. Certamente implica neles uma relativa intensidade de desdém por coisas baixas, e lhes dá uma aparência severa e arrogante aos olhos de todas as pessoas duras, estúpidas e vulgares, plenamente aterrorizantes para estes, se são capazes de terror, e odiosos se não forem capazes de nada mais elevado do que ódio. O espírito de Dante é o grande tipo dessa classe de espírito. Digo que a *primeira* herança é a ternura – a *segunda*, a verdade, porque a ternura está na natureza da criatura, a verdade em seus hábitos e em seus conhecimentos adquiridos; além disso, o amor vem em primeiro lugar, tanto na ordem da dignidade como na do tempo, "ia, vai",* até os dias mais alegres da guilhotina. No entanto, eles ainda sabiam esculpir no século XIV, e a Madonna e seu lintel de espinheiros floridos[11] são dignos de serem olhados e ainda mais as esculturas tão delicadas e calmas[12] que estão acima,

e é sempre puro e inteiro: a verdade, no que tem de melhor, é perfeita. "Voltando à nossa estátua, notaremos que a disposição da escultura é exatamente a mesma de Chartres. Um severo drapeado que cai, realçado nas laterais por um rico ornamento floral; mas a estátua agora está totalmente animada; não é mais imóvel como um pilar rígido, mas se inclina para fora de seu nicho e o ornamento floral, em vez de ser uma guirlanda convencional, é um requintado arranjo de espinheiros. A obra, no entanto, tomada como um todo, embora perfeitamente característica do progresso do período em estilo e intenção, é, em certas qualidades mais sutis, inferior à de Chartres. Individualmente, o escultor, embora pertencendo a uma escola de arte mais avançada, era ele próprio um homem de alma inferior àquele que trabalhava em Chartres. Mas não tenho tempo para apontar as características mais sutis nas quais reconheço isso.

"Essa estátua marca, portanto, o ponto culminante da arte gótica porque, até então, os olhos de seus artistas estavam firmemente fixados na verdade natural; eles estavam crescendo de flor em flor, de forma em forma, de rosto em rosto, sempre ganhando em conhecimento e veracidade, sempre, portanto, em força e graça. Mas, chegando a esse ponto ocorreu uma mudança fatal no ideal deles. Da estátua eles começaram a voltar sua atenção principalmente para o nicho da estátua, e do ornamento floral para as molduras que o cercavam" etc. (*The Two Paths*, §33-9). (N. A.)

* *Ça allait, ça ira*: alusão ao canto revolucionário "Ça ira". (N. T.)

11 Menos encantador do que os de Bourges. Bourges é a catedral do espinheiro. (Cf. *Stones of Venice*: "O arquiteto da catedral de Bourges adorava o espinheiro, por isso cobriu o seu pórtico de espinheiros. É uma perfeita níobe de maio. Nunca houve um espinheiro assim. Nós o colheríamos imediatamente sem medo de sermos picados". (N. A.)

12 "Observe que a calma é o mais elevado atributo da arte." (*Relações de Michelangelo e Tintoretto*, §219, a respeito de uma comparação entre os anjos de Della Robbia e de Donatello "atentos ao que cantam, ou

contando a própria história de Santo Honorato, da qual pouco se fala hoje no subúrbio de Paris que leva seu nome. "Mas devem estar impacientes para entrar na catedral. Primeiro ponham um centavo na caixa de cada um dos mendigos que ficam ali.[13] Não é da sua conta se eles deveriam ou não estar ali ou se merecem ter o tostão. Pense, apenas, se você próprio merece ter um para dar, e ofereça gentilmente, e não como se queimasse seus dedos."

É este o segundo itinerário, o mais simples, e o que, suponho, será preferido, que segui na primeira vez que estive em Amiens; e, no momento em que me apareceu o portal sul, vi à minha frente, à esquerda, no mesmo lugar que Ruskin indica, os mendigos de que fala, tão velhos que talvez ainda fossem os mesmos. Feliz por poder começar tão rapidamente a seguir as prescrições ruskinianas fui, antes de mais nada, dar-lhes esmolas, com a ilusão de que nisso entrava esse fetichismo que eu condenei há pouco, de realizar um ato sublime de piedade para com Ruskin. Associado à minha caridade, com metade na minha oferta, julguei sentir que ele conduzia o meu gesto. Eu conhecia e, com menor custo, o

---

mesmo transportados – os anjos de Bernardino Luini, cheios de uma consciência temerosa – e os anjos de Bellini que, pelo contrário, mesmo os mais jovens, cantam com tanta calma quanto as Parcas fiam". (N. A.)

13 Cf. *Mornings in Florence*: "Mas antes quero dar-lhe um bom conselho, pague bem ao seu guia ou sacristão. Ele mostrará gratidão em troca de vinte tostões... Entre meus conhecidos, de cinquenta pessoas que me escreveriam cartas cheias de sentimentos ternos, apenas uma me daria vinte tostões. Ficarei, portanto, grato a você se me der vinte tostões por cada uma dessas cartas, embora eu tenha trabalhado mais do que você jamais suspeitará para torná-las dignas, a seus olhos, dos vinte tostões". (N. A.)

estado de espírito de Frédéric Moreau em *A educação sentimental* quando no barco, diante de madame Arnoux, estende a mão fechada para o gorro do harpista e "abrindo-a com pudor" põe ali um luís de ouro. "Não era", diz Flaubert, "a vaidade que o levava a dar essa esmola diante dela, mas um pensamento de bênção ao qual ele a associava, um movimento quase religioso do coração".

Depois, estando muito perto do portal para vê-lo por inteiro, recuei e atingi a distância que me pareceu adequada, só então olhei. O dia estava esplêndido e eu chegara à hora em que o sol fazia, naquele momento, sua visita diária à Virgem outrora dourada e que só ele doura hoje durante os momentos em que lhe restitui, nos dias em que brilha, como que um fulgor diferente, fugaz e mais suave. Além disso, não há um único santo que o sol não visite, dando aos ombros deste um manto de calor, à fronte daquele uma auréola de luz. Ele nunca termina sua jornada sem ter dado a volta na enorme catedral. Era a hora de sua visita à Virgem, e era à sua carícia momentânea que ela parecia dirigir seu sorriso secular, esse sorriso que Ruskin acha, como viram, semelhante ao de uma criadinha, a qual ele prefere às rainhas, de uma arte mais ingênua e mais grave, do pórtico real de Chartres. Se citei a passagem em que Ruskin explica essa preferência, é porque *The Two Paths* é de 1850 e *A Bíblia de Amiens* de 1885, a aproximação dos textos e das datas mostra o quanto *A Bíblia de Amiens* difere desses livros que escrevemos bastante sobre as coisas que estudamos para poder falar delas (supondo mesmo que nos demos esse trabalho), em vez de falar das coisas porque as estudamos há muito tempo para satisfazer um gosto desinteressado e sem imaginar que elas poderiam mais tarde ser o assunto de um livro. Pensei que gostariam mais de *A Bíblia de Amiens*; de sentir que, folheando-a assim, eram coisas sobre as quais Ruskin sempre meditou, que descobrissem aquelas que exprimem desse modo mais profundamente seu pensamento; que o presente que ele nos dava é um dos mais preciosos para quem ama, e que consiste em objetos que há muito nós próprios usamos por muito tempo, sem a intenção de oferecê-los um dia, apenas para nós. Escrevendo seu livro, Ruskin não teve que trabalhar para nós, ele apenas publicou sua memória e nos abriu seu coração.

Achei que a Virgem Dourada assumiria alguma importância aos nossos olhos quando víssemos que, quase trinta anos antes de *A Bíblia de Amiens*, ela tinha seu lugar onde, na memória de Ruskin, quando precisava dar um exemplo aos seus ouvintes, sabia encontrá-la, cheia de graça e carregada daqueles pensamentos graves com os quais frequentemente marcava encontro diante dela. Então ela já contava entre aquelas manifestações de beleza que não ofereciam a seus olhos sensíveis apenas um deleite como jamais conheceu mais vivo, mas no qual a Natureza, oferecendo-lhe esse sentido estético, o predestinara a buscar, como em sua expressão mais tocante, o que pode ser colhido na terra de Verdadeiro e de Divino.

Sem dúvida se, como dissemos, na velhice extrema o pensamento abandonou a cabeça de Ruskin, como aquele pássaro misterioso que em uma famosa tela de Gustave Moreau não espera a chegada da morte para fugir de casa — entre as formas familiares que ainda atravessaram o confuso devaneio do velho, sem que a reflexão pudesse aplicar-se a ele de passagem, considerem provável que estivesse a Virgem Dourada. Voltada a ser maternal, como a representava o escultor de Amiens, segurando em seus braços a infância divina, deve ter sido como a ama deixada sozinha ao lado da cabeceira que embalara por muito tempo. E, como no contato com móveis familiares, na degustação dos pratos habituais, os velhos experimentam, sem quase conhecê-los, suas últimas alegrias, distinguíveis pela pena talvez funesta que sua privação lhes causaria, creiam que Ruskin sentia um prazer obscuro em ver uma reprodução em gesso da Virgem Dourada, descida, pela correnteza invencível do tempo, das alturas de seu pensamento e das predileções de seu gosto, para as profundezas de sua vida inconsciente e as satisfações do hábito.

Tal como é, com o seu sorriso tão particular, que faz da Virgem não só uma pessoa, mas faz da estátua uma obra de arte individual, ela parece rejeitar esse portal, do qual se inclina para fora, para ser apenas o museu para onde devemos ir quando a queremos ver, assim como os estrangeiros têm que ir ao Louvre para ver a Monalisa. Mas se as catedrais, como dissemos, são os museus de arte religiosa da Idade Média, são museus vivos nos quais o sr. André Hallays não encontraria nada para criticar. Não foram construídos para receber obras de arte, mas são elas — por mais individuais que sejam, aliás — que foram feitas para eles, e não poderiam ser, sem sacrilégio (falo aqui apenas do sacrilégio estético), postas em outro lugar. Tal como é, com seu sorriso tão particular, como eu amo a Virgem Dourada, com seu sorriso de dona da casa celeste; como amo sua acolhida nessa porta da catedral, em seu adorno requintado e simples de espinheiros. Como as roseiras, os lírios, as figueiras de outro pórtico, esses espinheiros esculpidos ainda estão em flor. Mas essa primavera medieval, tão prolongada, não será eterna e o vento dos séculos já desfolhou em frente à igreja, como no dia solene de um Corpus Christi sem perfumes, algumas de suas rosas de pedra. Um dia, sem dúvida, também o sorriso da Virgem Dourada (que, no entanto, já durou mais do que a nossa fé) cessará, pelo desagregar das pedras que ele afasta graciosamente, de espalhar, para nossos filhos, beleza, como, para nossos pais crentes, ela derramou coragem. Sinto que estava errado ao chamá-la de obra de arte: uma estátua que faz assim parte para sempre de um tal lugar da terra, de certa cidade, isto é, de uma coisa que tem um nome como uma pessoa, que é um indivíduo, nunca poderá ser encontrada idêntica sobre os continentes; de quem os funcionários ferroviários, gritando seu nome, no lugar a que foi preciso vir, inevitavelmente, para encontrá-la, parecem dizer-nos, sem o saber: "Ame o que nunca se verá duas vezes" — uma tal estátua talvez tenha algo de menos universal que uma obra de arte; ela nos segura, em todo caso, por um vínculo mais forte que o da própria obra de arte, um desses vínculos como tecem, para nos capturar, as pessoas e os países. A Gioconda é a Gioconda de Da Vinci. Que nos importa (sem querer desagradar ao sr. Hallays) o seu local de nascimento, que nos importa mesmo que ela seja naturalizada francesa? Ela é alguma coisa como uma admirável "Sem-pátria". Em nenhum lugar onde olhares pensativos se erguerão para ela, não será nunca uma "desenraizada". Não podemos dizer o mesmo de sua irmã sorridente e esculpida (o quanto inferior, aliás, preciso dizer?), a Virgem Dourada. Saída sem dúvida das pedreiras próximas a Amiens, tendo realizado, em sua juventude, apenas uma viagem para chegar ao pórtico de São Honorato, sem se mexer desde essa época, tendo se tisnado, pouco a pouco, graças a esse vento úmido da Veneza do Norte, que, sobre ela, curvou sua flecha, vendo, há tanto tempo, os habitantes dessa cidade, da qual ela é o mais antigo e o mais sedentário:[14] ela é realmente natural de Amiens. Não é uma obra

---

14 E olhada por eles: posso, neste exato momento, ver os homens que se apressam em direção ao Somme, cheio graças à maré, passando em frente ao pórtico que conhecem há tanto tempo, levantando os olhos para "a Estrela do Mar". (N. A.)

de arte. É uma bela amiga que devemos deixar na praça melancólica de província de onde ninguém conseguiu tirá-la e onde, para outros olhos que não os nossos, continuará a receber em cheio o vento e o sol de Amiens, a deixar os pequenos pardais pousarem com um instinto seguro de decoração na palma de sua mão acolhedora, ou beliscar os estames de pedra dos espinheiros antigos que por tantos séculos formam, para ela, um adorno juvenil. No meu quarto, uma fotografia da Monalisa conserva apenas a beleza de uma obra-prima. Perto dela, uma fotografia da Virgem Dourada toma a melancolia de uma lembrança. Mas não esperemos que, seguido por seu cortejo inumerável de raios e sombras repousando em cada relevo da pedra, o sol tenha deixado de pratear a velhice acinzentada do portal, ao mesmo tempo cintilante e embaçado. Mas já faz muito tempo que perdemos Ruskin de vista. Nós o tínhamos deixado aos pés desta mesma Virgem, diante da qual sua indulgência terá esperado pacientemente que tenhamos prestado, como quisermos, nossa homenagem pessoal. Entremos com ele na catedral.

"Não podemos entrar ali de melhor modo do que por esta porta sul, pois todas as catedrais de qualquer importância produzem quase o mesmo efeito, quando se entra pelo pórtico oeste, mas não conheço outra que descubra a tal ponto sua nobreza, quando vista do transepto sul. A rosácea que se encontra em frente é requintada e esplêndida, e os pilares dos lados inferiores do transepto formam, com os do coro e da nave, um conjunto maravilhoso. A partir daí também a abside mostra melhor a sua altura, revelando-se à medida que se avança do transepto para a nave central. Vista do extremo oeste da nave, ao contrário, uma pessoa irreverente quase poderia acreditar que não é a abside que é alta, mas a nave que é estreita. Se, aliás, ela não se sentir tomada de admiração pela capela-mor e pelo círculo luminoso que a circunda quando elevamos o olhar em direção a ela a partir do centro da cruz,* não precisa continuar viajando e procurando ver catedrais, pois a sala de espera de qualquer estação ferroviária é um lugar mil vezes mais conveniente para ela. Mas se, ao contrário, a catedral a surpreende e encanta imediatamente, então quanto melhor a conhecer, mais o encantará, porque não é possível que a aliança da imaginação e da matemática seja capaz de realizar uma coisa mais poderosa e mais nobre do que essa procissão de vitrais, casando a pedra e o vidro, nem nada que pareça mais grandioso.

"Seja o que tenha visto, ou que se seja forçado a deixar de lado, sem tê-lo visto, em Amiens, se as responsabilidades esmagadoras de sua existência e as inevitáveis necessidades de uma locomoção em que elas o precipitam deixam-lhe apenas quinze minutos – sem correria – para contemplação da capital da Picardia, consagre-os inteiramente à talha do coro da catedral. Os portais, os vitrais em ogivas, as rosáceas, podem ser vistos em outros lugares tanto quanto aqui, mas uma tal obra-prima de carpintaria não. É o *flamboyant* em seu pleno desenvolvimento bem no final do século XV. Verá ali a união da pesada mão flamenga e da chama encantadora do estilo francês: esculpir madeira era a alegria do picardo; em tudo que conheço, nunca vi nada de tão maravilhoso que tenha sido esculpido nas árvores de nenhuma outra região; é uma madeira macia, com grãos jovens; carvalho escolhido e preparado para tal trabalho e que soa do mesmo jeito agora como soou há quatrocentos anos. Sob a mão do escultor, parece se ter moldado como barro, se

---

* A cruz formada pela nave e pelo transepto, entende-se. (N. T.)

ter dobrado como seda, ter crescido como galhos vivos, ter brotado como chama viva... e se lança, se entrelaça e se ramifica em uma clareira encantada, inextricável, imperecível, mais cheia de folhagem do que qualquer floresta e mais cheia de história do que qualquer livro."[15]

Agora célebres no mundo inteiro, representadas nos museus por moldagens que os guardas não deixam tocar, essas estalas continuam, elas mesmas tão velhas, tão ilustres e tão belas, a exercer, em Amiens, suas modestas funções de estalas – coisa que cumpriram por vários séculos para grande satisfação do povo de Amiens – como esses artistas que, tendo chegado à glória, não deixam de manter um pequeno emprego ou de dar aulas. Essas funções consistem, antes mesmo de instruir as almas, em sustentar os corpos, e é a isso que, fechadas durante cada culto e apresentando seu reverso, elas as exercem modestamente.

A madeira sempre esfregada dessas estalas pouco a pouco se cobriu, ou melhor, deixou aparecer aquele púrpura sombrio que é como o coração delas e que o olho que outrora se encantou com ela prefere acima de tudo, a ponto de não poder mais mirar as cores dos quadros, que parecem, depois disso, muito

---

15 Iniciadas em 3 de julho de 1508, as 120 estalas foram concluídas em 1522, no dia de São João. O bedel lhes permitirá que passem em meio à vida de todos esses personagens que, na cor de suas pessoas, nas linhas de seus gestos, no uso de seus mantos, na solidez de sua estrutura, continuam a descobrir a essência da madeira, a mostrar sua força e cantar sua doçura. Verão José viajando na rampa, Faraó dormindo na crista, onde a figura de seus sonhos se desenrola, enquanto nos assentos inferiores os adivinhos estão ocupados interpretando-os. Permitirá que toquem, sem risco de qualquer dano para elas, as longas cordas de madeira e ouvi-las-ão soar como um som de instrumento musical, que parece dizer, e que prova, de fato, como são indestrutíveis e tênues. (N. A.)

grosseiras. É então uma espécie de embriaguez que sentimos a degustar no ardor cada vez mais inflamado da madeira que é como a seiva que, com o tempo, transborda da árvore. A ingenuidade dos personagens aqui esculpidos extrai da matéria em que vivem algo como duas vezes natural. E quanto a "estes frutos, estas flores, estas folhas e estes ramos", todos os motivos retirados da vegetação da região e que o escultor de Amiens esculpiu em madeira de Amiens, a diversidade dos planos levando, por consequência, à diferença das esfregações, vemos aí admiráveis oposições de tons, em que a folha se destaca de uma cor diferente do caule, fazendo pensar nesses nobres acentos que o sr. Gallé soube tirar do coração harmonioso dos carvalhos.

Mas é tempo de chegar ao que Ruskin chama mais particularmente *A Bíblia de Amiens*, ao pórtico ocidental. Bíblia é tomada aqui no sentido exato, não figurado. O pórtico de Amiens não é apenas um livro de pedra, no sentido vago em que teria tomado em Victor Hugo,[16] uma Bíblia de pedra: é "a Bíblia" em pedra. Sem dúvida, antes de sabê-lo, quando vemos pela primeira vez a fachada ocidental de Amiens, azul no nevoeiro, deslumbrante na manhã, tendo absorvido o sol e dourado abundantemente à tarde, rosa e já fresca da noite ao pôr do sol, em qualquer daquelas horas que seus sinos badalam no céu, e que Claude Monet fixou em telas sublimes nas quais descobrimos a vida dessa coisa que os homens fizeram, mas que a natureza retomou, mergulhando-a em si mesma, uma catedral, e cuja vida, como a da Terra em sua dupla revolução se desenvolve pelos séculos e, por

---

16 Srta. Marie Nordlinger, a eminente artista inglesa, apresentou-me uma carta de Ruskin na qual *Notre-Dame de Paris*, de Victor Hugo, é descrita como a escória da literatura francesa. (N. A.)

outro lado, se renova e se completa a cada dia – então, libertando-a das mutáveis cores com que a natureza a envolve, sentimos diante dessa fachada uma impressão confusa, mas forte. Vendo subir ao céu esse enxame monumental e rendado de figuras de tamanho humano em sua estatura de pedra segurando sua cruz nas mãos, seu filactério ou seu cetro, esse mundo de santos, essas gerações de profetas, esse conjunto de apóstolos, esse povo de reis, essa procissão de pecadores, essa assembleia de juízes, essa revoada de anjos, lado a lado, um sobre o outro, de pé perto da porta, olhando a cidade do alto dos nichos ou da beirada das galerias, mais alto ainda, recebendo apenas olhares vagos e deslumbrados dos homens ao pé das torres e no eflúvio dos sinos, sem dúvida, no calor de nossa emoção, sentimos que essa ascensão gigante, imóvel e apaixonada é uma grande coisa. Mas uma catedral não é apenas uma beleza a ser sentida. Mesmo que não seja mais, para nós, uma lição a seguir, pelo menos ainda é um livro para entender. O portal de uma catedral gótica, e mais particularmente de Amiens, a catedral gótica por excelência é a Bíblia. Antes de explicar, eu gostaria, com a ajuda de uma citação de Ruskin, fazer entender que, quaisquer que sejam nossas crenças, a Bíblia é algo real, atual, e que devemos encontrar nela outra coisa, além do sabor de seu arcaísmo e do entretenimento de nossa curiosidade.

"Os salmos I, VIII, XII, XV, XIX, XXIII e XXIV, bem aprendidos e acreditados, são suficientes para toda direção pessoal, têm neles a lei e a profecia de todo governo justo, e cada nova descoberta da ciência é antecipada no CIV. Considerem se outro grupo de literatura histórica e didática tem uma extensão semelhante à da Bíblia.

"Perguntem a si mesmos se é possível comparar seu índice, não digo a nenhum outro livro, mas a qualquer outra literatura. Tentem, tanto quanto possível para cada um de nós – seja o defensor ou o adversário da fé – desprender sua mente do hábito e da associação do sentimento moral baseado na Bíblia, e perguntem-se que literatura poderia ter tomado seu lugar ou cumprido sua função, mesmo que todas as bibliotecas do universo tivessem permanecido intactas. Não desprezo a literatura profana, a ponto de não acreditar que alguma interpretação da religião grega tenha sido tão afetuosa, alguma da religião romana tão reverente como aquela que está na base do meu ensino da arte e que atravessa todo o corpo das minhas obras. Mas foi a partir da Bíblia que aprendi os símbolos de Homero e a fé de Horácio.[17] O dever que me foi imposto desde a minha

---

17 Cf. "Podem se surpreender ao ouvir falar de Horácio como de uma pessoa piedosa. Os homens sábios sabem que ele é sábio, os homens sinceros que ele é sincero. Mas os homens piedosos, por falta de atenção, nem sempre sabem que ele é piedoso. Um grande obstáculo para que possam compreender isso é que foram obrigados a compor versos latinos sempre com a introdução forçada da palavra 'Júpiter' quando estavam com dificuldade em um dáctilo. E sempre lhe parece que Horácio só o usava quando lhe faltava um dáctilo. Notem a garantia que ele nos dá de sua piedade: *Dis pieta mea, et musa, cordi est* etc." (*Val d'Arno*, cap. IX, §218, 219, 220, 221 ss.). Vejam também: "Horácio é exatamente tão sincero em sua fé religiosa quanto Wordsworth, mas todo o poder de entender os honestos poetas clássicos foi suprimido da maioria de nossos *gentlemen* pelo exercício mecânico da versificação na escola. Em todo o curso de suas vidas, eles não podem se libertar completamente dessa ideia de que todos os versos foram escritos como exercícios e que Minerva era apenas uma palavra conveniente para colocar como penúltima em um hexâmetro e Júpiter como último. Nada poderia ser mais falso... Horácio consagra seu pinheiro favorito a Diana, canta seu hino outonal a Fauno, dirige a nobre juventude de Roma em seu hino

juventude, lendo cada palavra dos Evangelhos e das profecias, de me embeber bem do que foi escrito pela mão de Deus, deixou-me o hábito de uma atenção respeitosa que, mais tarde, tornou frívolas muitas passagens de autores profanos para leitores irreligiosos, profundamente sérias para mim. Até que ponto meu espírito ficou paralisado por causa das faltas e das tristezas de minha vida;[18] até que ponto ultrapassa minha conjectura ou

---

a Apolo e diz à neta do fazendeiro que os deuses a amarão embora ela só tenha a oferecer-lhes um punhado de sal e de farinha" (*The Queen of the Air*, v.I, p.47, 48). E enfim: "A fé de Horácio no espírito da Fonte de Brundusium, no Fauno de sua colina e na proteção dos grandes deuses é constante, profunda e eficaz" (Fors Clavigere, Carta XCII, III). (N. A.)

18 Cf. *Præterita*, I, XII: "Admiro o que eu poderia ter sido se naquele momento o amor estivesse comigo e não contra mim, se eu tivesse tido a alegria de um amor permitido e o incalculável estímulo de sua simpatia e admiração". É sempre a mesma ideia de que o luto, sem dúvida por ser uma forma de egoísmo, é um obstáculo ao pleno exercício de nossas faculdades. Da mesma forma acima (p.224 da Bíblia): "Todas as adversidades, quer elas residam na *tentação* ou na *dor*"; e no prefácio de *Arrows of the Chace*. "Falei palavras ao meu país, nenhuma das quais foi alterada pelo interesse ou enfraquecida pela dor". E no texto de que tratamos, *tristeza* é aproximada de *falta* como nestas passagens *tentação* de *sofrimento* e *interesse* de *dor*. "Nada é tão frívolo quanto os agonizantes", dizia Emerson. De outro ponto de vista, o da sensibilidade de Ruskin, a citação de *Præterita*: "O que eu teria sido se o amor estivesse comigo em vez de estar contra mim" deveria ser aproximada desta carta de Ruskin a Rossetti, dada pelo sr. Bardoux: "Se lhe disserem que sou duro e frio, fique certo de que isso não é verdade. Não tenho amizades nem amores, de fato; mas ainda assim não consigo ler o epitáfio dos espartanos nas Termópilas sem que meus olhos se encham de lágrimas, e ainda há, em uma de minhas gavetas, uma velha luva que está lá há dezoito anos e que ainda hoje tem muito valor para mim. Mas se, por outro lado, o senhor se sentir inclinado a acreditar que eu sou particularmente bom, estará tão enganado quanto aqueles que têm de mim a opinião oposta. Meus únicos prazeres consistem em ver, pensar, em ler

minha confissão; até onde meu conhecimento da vida é curto, comparado ao que eu poderia ter aprendido se tivesse andado mais fielmente na luz que me foi concedida, além de minha conjectura ou minha confissão. Mas como nunca escrevi para minha fama, fui preservado de erros perigosos para outros...[19] e as expressões fragmentárias... que fui capaz de dar... conectam-se com um sistema geral de interpretação da literatura sagrada, ao mesmo tempo clássica e cristã... Que haja uma literatura clássica sagrada paralela à dos hebreus e fundindo-se com as lendas simbólicas do cristianismo na Idade Média, é um fato que aparece da maneira mais terna e a mais marcante na influência independente e, entretanto, similar de Virgílio sobre Dante e o bispo Gawane Douglas. E a história do leão de Nemeia derrotado com a ajuda de Atenas é a verdadeira raiz da lenda do companheiro de São Jerônimo, conquistado pela doçura curativa do espírito da vida. Eu chamo isso de lenda apenas. Que Héracles nunca tenha matado[20] ou que São Jerônimo jamais tenha acarinhado a criatura selvagem ou ferida, é sem importância para nós. Mas a lenda de São Jerônimo retoma a profecia do milênio e prediz com a Sibila de Cumas,[21] e com Isaías, um dia quando o medo do homem deixará de estar nas criaturas inferiores do ódio e se espalhará sobre elas como uma bênção, quando não

---

e em fazer felizes os outros homens, na medida em que posso fazê-lo sem prejudicar o meu próprio bem". (N. A.)

19 Cf. *The Queen of the Air*: "Como amei muito – e não para fins egoístas –, a luz da manhã ainda é visível para mim nas colinas, pode acreditar em minhas palavras e depois será feliz por ter acreditado!". (N. A.)

20 Cf. *A coroa de oliveira selvagem*: "O próprio grego em sua cerâmica ou em suas ânforas colocou um Hércules matando leões". (N. A.)

21 Alusão provável a Virgílio: *"Nec magnos metuent armenta leones"*. (N. A.) [Nem os rebanhos temerão os grandes leões. (N. T.)]

mais será feito de mal ou de destruição de qualquer tipo em toda a extensão da montanha santa[22] e onde a paz da terra será libertada de sua presente mágoa, como o presente e glorioso universo animado saiu do deserto nascente, cujas profundezas eram a morada de dragões e as montanhas com domos de fogo: Naquele dia nenhum homem não o conhece,[23] mas o reino de Deus já chegou para aqueles que arrancaram de seus próprios corações o que era rastejante e de natureza inferior e aprenderam a amar o que é encantador e humano nos filhos errantes das nuvens e dos campos."[24]

E talvez agora queiram seguir o resumo que vou tentar oferecer-lhes, a partir de Ruskin, da Bíblia escrita no pórtico ocidental de Amiens.

No meio está a estátua de Cristo que é, não no sentido figural, mas literal, a pedra angular do edifício. À sua esquerda (isto é, à direita para nós que, ao olhar para o pórtico, estamos diante de Cristo, mas usaremos as palavras esquerda e direita em relação à estátua de Cristo) seis apóstolos: perto dele Pedro, depois afastando-se dele, Tiago Maior, João, Mateus, Simão. À sua direita, Paulo, depois Tiago, o bispo, Felipe, Bartolomeu, Tomás e Judas.[25]

---

22 Alusão a Isaías, XI, 9. (N. A.)
23 Alusão a São Mateus, XXIV, 36. (N. A.)
24 Cf. Bossuet, *Elevação sobre os mistérios*: "Contenhamos as vivas saliências de nossos pensamentos vagabundos, por esse meio nós comandaremos de algum modo os pássaros do céu; subjugar nossa ira impetuosa será domar leões". (N. A.)
25 Diz o sr. Huysmans: "Os Evangelhos insistem para que não se confunda São Judas com Judas, o que ocorreu, aliás; e por causa da semelhança do nome com o traidor, durante a Idade Média os cristãos o

Na sequência dos apóstolos estão os quatro grandes profetas. Depois de Simão, Isaías e Jeremias; depois de Judas, Ezequiel e Daniel; em seguida, nos pilares de toda a fachada ocidental vêm os doze profetas menores; três em cada um dos quatro tremós, e, começando pelo tremó que está mais à esquerda: Oseias, Jael, Amós, Miqueias, Jonas, Abdias, Naum, Habacuque, Sofonias, Ageu, Zacarias, Malaquias. De modo que a catedral, sempre no sentido literal, repousa sobre Cristo e sobre os profetas que o anunciaram, bem como sobre os apóstolos que o proclamaram. Os profetas de Cristo e não os de Deus Pai:

"A voz de todo o monumento é aquela que vem do céu no momento da Transfiguração.[26] 'Aqui está meu filho amado, ouçam-no.' Também Moisés, que era um apóstolo, não de Cristo, mas de Deus, também Elias, que era um profeta, não de Cristo, mas de Deus, não estão aqui. Mas, acrescenta Ruskin, há outro grande profeta que a princípio não parece estar aqui. Será que o povo entrará no templo cantando: 'Hosana ao Filho de Davi',[27] e não verá nenhuma imagem de seu pai?[28] O próprio

---

renegaram... Ele sai de seu mutismo só para perguntar ao Cristo sobre a Predestinação e Jesus responde indiretamente ou, melhor dizendo, não lhe responde" e, mais adiante, fala "da fama deplorável que lhe vale seu homônimo Judas" (*La Cathédrale*, p.354 e 455). (N. A.)

26 São Mateus, XVII, 5. (N. A.)
27 São Mateus, XXI, 7. (N. A.)
28 Esta apóstrofe permite (apesar de analogias apenas aparentes, "Isaías declarou aos conservadores de seu tempo", "um mercador judeu – o rei Salomão – que fizera uma das fortunas mais consideráveis da época *Unto this Last*") fazer sentir o quanto o gênio de Ruskin difere do de Renan. Desta mesma expressão "filho de Davi", Renan diz: "A família de Davi estava extinta havia muito tempo. Jesus, no entanto, permitiu

Cristo não declarou: 'Eu sou a raiz e o desabrochar de Davi', e a raiz não teria perto dela traços da terra que a nutria? Não é assim; David e seu filho estão juntos. Davi é o pedestal da estátua de Cristo. Ele segura o cetro na mão direita, um filactério na esquerda.

"Da própria estátua de Cristo não falarei, nenhuma escultura podendo ou devendo satisfazer a esperança de uma alma amorosa que aprendeu a acreditar nele. Mas naquela época ela ultrapassou o que já havia sido alcançado até então em ternura esculpida. E ela era conhecida a distância como: 'o belo Deus

que dessem a ele um título sem o qual não poderia esperar nenhum sucesso; terminou, ao que parece, por ter prazer nisso etc.". A oposição aparece aqui apenas a propósito de uma denominação simples. Mas quando se trata de versículos longos, ela se agrava. Sabemos com que magnificência na *Coroa de oliveira selvagem* (em *Eagles Nest* e especialmente nos *Lírios dos jardins das rainhas*, Ruskin citou as palavras relatadas por São Lucas, IX, 58: "Jesus lhe respondeu: 'As raposas têm covis e as aves do céu têm ninhos, mas o Filho do Homem não tem onde reclinar a cabeça'". Com aquela engenhosidade maravilhosa que, comentando os Evangelhos auxiliado pela história e pela geografia (história e geografia, aliás, necessariamente um pouco hipotéticas), dá às menores palavras de Cristo tal relevo de vida e parece moldá-las exatamente às circunstâncias e lugares de uma realidade indiscutível, mas que às vezes corre o risco, por isso mesmo, de restringir um pouco o sentido e o alcance, Renan, cuja glosa talvez seja interessante opor aqui à de Ruskin, pensa ver nesse versículo de São Lucas um sinal de que Jesus começava a sentir algum cansaço de sua vida errante. (*Vida de Jesus*, p.324 das primeiras edições). Parece que há em tal interpretação, retida sem dúvida por um requintado senso de proporção e uma espécie de pudor sagrado, o germe daquela ironia especial que tem prazer em traduzir, de forma simples e com palavras atuais, sagradas ou apenas clássicas. A obra de Renan é sem dúvida uma grande obra, uma obra de gênio. Mas às vezes não é preciso muito esforço para ver esboçar-se nela uma espécie de *Belle Hélène* do cristianismo. (N. A.)

de Amiens'. Além disso, ela era apenas um signo, um símbolo da presença divina e não um ídolo, em nosso sentido da palavra. E, no entanto, todos a concebiam como o Espírito vivo vindo acolhê-la na porta do templo, a Palavra de vida, o Rei da glória, o Senhor dos exércitos. O 'Senhor das Virtudes', *Dominus Virtutum*, é a melhor tradução da ideia que davam a um discípulo culto do século XIII pelas palavras do salmo XXIV."

Não podemos parar em cada uma das estátuas do pórtico ocidental. Ruskin explicará o sentido dos baixos-relevos que são colocados abaixo (dois baixos-relevos de quatro folhas colocados um abaixo do outro sob cada um deles), aqueles que são colocados sob cada apóstolo representando: o baixo-relevo superior a virtude que ele ensinou ou praticou, o inferior o vício oposto. Abaixo dos profetas, os baixos-relevos representam suas profecias.

Abaixo de São Pedro está a Coragem com um leopardo em seu escudo; abaixo da Coragem, a Covardia é representada por um homem que, assustado por um animal, larga a espada, enquanto um pássaro continua a cantar: "O poltrão não tem a coragem de um tordo". Abaixo de Santo André está a Paciência, cujo escudo traz um boi (não recuando jamais). Abaixo da Paciência,[29] a Cólera: uma mulher esfaqueando um homem com uma espada (a Cólera, um vício essencialmente feminino, que nada tem a ver com indignação). Sob São Thiago, a Suavidade, cujo escudo traz um cordeiro, e a Grosseria: uma mulher

---

[29] Cf. a descrição dos capitéis do Palácio dos Doges (em *The Stones of Venice*). (N. A.)

chutando seu copeiro, "as formas da maior grosseria francesa estão nos gestos do cancã".

Sob São João, o Amor, o Amor divino, não o amor humano: "Eu neles e tu em mim". Seu escudo sustenta uma árvore com galhos enxertados em um tronco abatido. "Naqueles dias, o Messias será abatido, mas não por ele mesmo." Abaixo do Amor, a Discórdia: um homem e uma mulher que disputam; ela deixou cair seu fuso. Sob São Mateus, a Obediência. Em seu escudo, um camelo: "Hoje é o animal mais desobediente e mais insuportável", diz Ruskin; "mas o escultor do norte sabia pouco de seu caráter. Como ele passa a vida apesar de tudo cumprindo os serviços mais penosos, penso que ele a escolheu como símbolo da obediência passiva que não experimenta nem alegria nem simpatia, como o cavalo, e que, por outro lado, não é capaz de fazer mal, como o boi.[30] É verdade que sua mordida é bastante perigosa, mas em Amiens é muito provável que isso não fosse conhecido, mesmo pelos cruzados, que só montavam seus cavalos ou nada". Abaixo da Obediência, a Rebelião,[31] um homem estalando o dedo na frente de seu bispo ("como Henrique VIII diante do Papa e os basbaques ingleses e franceses diante de todos os sacerdotes sejam eles quais forem").

---

30 Cf. Volney, *Voyage en Syrie*. (N. A.)
31 Ver Émile Mâle, *A arte religiosa no século XVIII*: "A rebelião aparece na Idade Média sob um único aspecto, a desobediência à Igreja. A rosácea de Notre-Dame de Paris (essas pequenas cenas são quase idênticas em Paris, Chartres, Amiens e Reims) oferece este curioso detalhe: o homem que se revolta contra o bispo usa o gorro cônico dos judeus. O judeu, que por tantos séculos se recusou a ouvir a palavra da Igreja, parece ser o próprio símbolo da revolta e da obstinação". (N. A.)

Sob São Simão, a Perseverança acaricia um leão e segura sua coroa. "Segure firme o que tens para que nenhum homem tome tua coroa". Abaixo, o Ateísmo deixa seus sapatos na porta da igreja. "O infiel insensato é sempre representado, nos séculos XI e XIII, descalço, tendo Cristo os pés envoltos na preparação do Evangelho da Paz. "Como são belos teus pés em seus sapatos, ó filha do Príncipe!"[32]

Abaixo de São Paulo está a Fé. Abaixo da Fé está a Idolatria adorando um monstro. Abaixo de São Tiago, o bispo, está a Esperança segurando um estandarte com uma cruz. Abaixo da Esperança, o Desespero, que se apunhala.

Abaixo de São Felipe está a Caridade dando seu manto a um mendigo nu.[33]

Sob São Bartolomeu, a Castidade com a fênix, e abaixo dela, a Luxúria, figurada por um jovem abraçando uma mulher que

---

32 *Cântico dos cânticos*, VII, 1. A citação anterior refere-se a Efésios, VI, 15. (N. A.)

33 Na *Bíblia de Amiens*, Ruskin diz: "Naqueles dias, não se dizia nenhuma bobagem sobre as consequências infelizes da caridade indistinta". Abaixo da Caridade, a Avareza tem um cofre e dinheiro, noção moderna comum aos ingleses e aos nascidos em Amiens do divino consumo da manufatura de lã. Cf. *Pleasures of England*: "Enquanto a Caridade ideal de Giotto, em Pádua, apresenta a Deus seu coração em sua mão, e pisoteia sacos de ouro, dá apenas trigo e flores; no pórtico oeste de Amiens, ela se contenta em vestir um mendigo com um pedaço de pano da manufatura da cidade". A mesma comparação veio certamente de maneira fortuita à mente do sr. Émile Mâle: "A caridade que estende seu coração inflamado a Deus", diz ele, "vem da terra de São Francisco de Assis. A caridade, que dá seu brasão aos pobres, pertence ao país de São Vicente de Paula". Cf. ainda as várias interpretações da Caridade em *The Stones of Venice*. (N. A.)

segura um cetro e um espelho. Sob São Tomás, a Sabedoria (um escudo com uma raiz comestível significando a temperança como princípio da sabedoria). Abaixo dela, a Loucura: o tipo usado em todos os saltérios primitivos: um glutão armado com um porrete. "O tolo disse em seu coração: 'Deus não existe, ele devora meu povo como um pedaço de pão' (Salmo LIII).[34] Sob São Judas, a Humildade, que carrega um escudo com uma pomba, e o Orgulho, que cai de um cavalo."

"Observem", diz Ruskin, "que os apóstolos estão todos serenos, quase todos trazem um livro, alguns uma cruz, mas todos a mesma mensagem: 'Que a paz esteja nesta casa e se o Filho da Paz estiver aqui' etc.,[35] mas os profetas todos buscando, ou pensando, ou atormentados, ou se espantando, ou orando, exceto Daniel. O mais atormentado de todos é Isaías. Nenhuma cena de seu martírio é representada, mas o baixo-relevo que está abaixo dele o mostra vendo o Senhor em seu templo e, no entanto, ele tem a sensação de que seus lábios são impuros. Jeremias também carrega sua cruz, mas com mais serenidade."

Infelizmente, não podemos nos atardar diante dois baixos-relevos que figuram, abaixo dos profetas, os versículos de suas principais profecias: Ezequiel sentado diante de duas rodas,[36]

---

34 Cf. essa expressão com a de Aquiles δημοβορot, assim comentada por Ruskin: "Mas não tenho palavras para o espanto que sinto quando ouço ainda falar da realeza, como se as nações governadas fossem uma propriedade individual e pudessem ser adquiridas como ovelhas, com a carne das quais o rei pode se alimentar e se o epíteto indicado de Aquiles: 'Devorador de povos', era o título apropriado de todos os monarcas e se a extensão dos territórios de um rei significava o mesmo que a ampliação do terras de um particular" (*Dos tesouros dos reis*). (N. A.)

35 São Lucas, X, 5. (N. A.)

36 Ezequiel, I, 16. (N. A.)

Daniel segurando um livro que leões sustentam,[37] depois sentado na festa de Baltasar; a figueira e a videira sem folhas, o Sol e a Lua sem luz como Joel profetizou,[38] Amós colhendo as folhas da videira infrutífera para alimentar suas ovelhas que não encontram capim,[39] Jonas fugindo das ondas, depois sentado debaixo de um cabaceiro; Habacuque, que um anjo segura pelos cabelos visitando Daniel que acaricia um jovem leão,[40] as profecias de Sofonias: os animais de Nínive, o Senhor com uma lanterna em cada mão, o ouriço e o alcaravão[41] etc.

Não tenho tempo para conduzi-los às duas portas secundárias do pórtico ocidental, a da Virgem[42] (que contém, além da imagem da Virgem: à esquerda da Virgem, a do Anjo Gabriel, da Virgem Anunciada, da Virgem Visitante, de Santa Isabel, da Virgem apresentando o Menino de São Simeão, e à direita os três Reis Magos, Herodes, Salomão e a Rainha de Sabá, tendo cada estátua abaixo, como as do pórtico principal, baixos-relevos cujo tema lhe diz respeito) e a de São Firmino, que contém as estátuas dos santos da diocese. Provavelmente é por isso, por

---

37 Daniel, VI, 22. (N. A.)
38 Joel, I, 7 e II, 10. (N. A.)
39 Amos, IV, 7. (N. A.)
40 Habacuque, II, I. (N. A.)
41 Sofonias, II, 15; I, 12; II, 14. (N. A.)
42 Ruskin, ao chegar a essa porta, diz: "Se a senhora vier, boa protestante, minha leitora, venha educadamente, e por favor lembre-se de que jamais o culto de nenhuma mulher, viva ou morta, jamais prejudicou uma criatura humana – mas que a adoração do dinheiro, o culto da peruca, o culto do tricórnio e do chapéu de penas, fizeram e fazem muito mais mal, e todos eles ofendem o Deus do Céu, da Terra e das Estrelas milhões de vezes mais do que todos os erros mais absurdos e encantadores cometidos pelos gerações de seus filhos simples sobre o que a Virgem Mãe poderia, ou quereria, ou faria, sentiria por eles". (N. A.)

serem "amigos do povo de Amiens", que sob eles os baixos-relevos representam os signos do Zodíaco e as obras de cada mês, baixos-relevos que Ruskin admira acima de todos. Encontrarão moldes desses baixos-relevos do portão de São Firmino no museu Trocadéro e no livro do sr. Mâle, comentários encantadores sobre a verdade local e climatérica dessas pequenas cenas de gênero.[43]

"Não cabe, aqui", disse Ruskin, "estudar a arte desses baixos-relevos. Eles nunca deveriam servir para outra coisa, além de guias para o pensamento. E se o leitor simplesmente deseja ser conduzido assim, estará livre para criar para si imagens mais belas em seu coração; e em todo caso, ele poderá ouvir as seguintes verdades que afirma o seu todo.

"Primeiro, através deste Sermão da Montanha de Amiens, Cristo nunca é representado como o Crucificado, nem por um

---

[43] "São de fato", diz ele, falando desses calendários esculpidos, "os Trabalhos e os Dias". Depois de mostrar sua origem bizantina e românica, ele diz deles: "Nesses pequenos quadros, nessas belas geórgicas da França, o homem faz gestos eternos". Em seguida, mostra, apesar disso, o lado plenamente realista e local dessas obras: "Aos pés das muralhas da pequena cidade da Idade Média começa o verdadeiro campo... o belo ritmo dos trabalhos virgilianos. Os dois campanários de Chartres erguem-se acima das colheitas de Beauce e a catedral de Reims domina os vinhedos da Champanha. Em Paris, da abside de Notre-Dame avistavam-se os prados e os bosques; os escultores, ao imaginarem suas cenas de vida rústica, souberam se inspirar na realidade vizinha", e ainda: "Tudo isso é simples, sério, muito próximo da humanidade. Não há nada das Graças um tanto insípidas dos afrescos antigos: nenhum amor da colheita de uvas, nenhum gênio alado colhendo. Estas não são as encantadoras deusas florentinas de Botticelli que dançam no festival da Primavera. É o homem sozinho, lutando com a natureza; e tão cheia de vida que conservou, depois de cinco séculos, todo o seu poder de comover". (N. A.)

Marcel Proust

momento desperta o pensamento do Cristo morto; mas aparece como o Verbo Encarnado – como o Amigo presente – como o Príncipe da Paz na terra[44] – como o Rei Eterno no céu. O que sua vida *é*, o que seus mandamentos *são* e o que seu julgamento *será*, é isto o que nos é ensinado, não o que ele fez outrora, o que ele sofreu outrora, mas o que ele faz no presente e o que nos ordena fazer. Tal é a lição pura, alegre e bela que o cristianismo nos dá; e a decadência dessa fé, e as corrupções de uma prática dissolvente podem ser atribuídas ao fato de termos nos acostumado a fixar nosso olhar na morte de Cristo, em vez de em sua vida, e substituir a meditação de seu sofrimento passado pelo de nosso dever presente.[45]

---

44 Isaías, IX, 5. (N. A.)
45 Cf. *Lectures on Art*, sobre a egéria de uma arte mórbida e realista. "Tente imaginar a quantidade de tempo e de ansiosa e vibrante emoção que foi desperdiçada por essas ternas e delicadas mulheres da cristandade nos últimos seiscentos anos. Como elas se representavam assim a si mesmas sob a influência de tais imagens, de sofrimentos corporais ocorridos há muito tempo, já que, uma vez que concebidos como tendo sido sofridos por um ser divino, não podem, por isso, terem sido mais difíceis de suportar do que as agonias de um ser humano qualquer sob a tortura; e então tentem apreciar a que resultado chegaríamos, para a justiça e a felicidade da humanidade, se tivéssemos ensinado a essas mesmas mulheres o significado profundo das últimas palavras que lhes foram ditas por seu Mestre: 'Filhas de Jerusalém, não chorem por mim, mas chorem por vós e por vossos filhos', se tivessem sido ensinadas a aplicar sua piedade a medir as torturas dos campos de batalha, os tormentos da morte lenta em crianças sucumbindo à fome, bem mais, em nossa própria vida de paz, à agonia de criaturas que não são alimentadas, nem ensinadas, nem socorridas, que acordam à beira do túmulo para aprender como deveriam ter vivido, e o sofrimento ainda mais terrível daqueles para quem a existência, e não o seu fim, é a morte; aqueles cujo berço foi uma maldição, e para quem as palavras que eles não

"Depois, em segundo lugar, embora Cristo não carregue sua cruz, os profetas aflitos, os apóstolos perseguidos, os discípulos mártires carregam as deles. Pois se é salutar lembrar o que seu criador imortal fez por nós, não é menos importante lembrar o que os homens mortais, nossos companheiros, também fizeram. Podemos, como quisermos, renegar a Cristo, renunciar a ele, mas só podemos esquecer o martírio; não podemos negá-lo. Cada pedra desta construção foi cimentada com o sangue dele. Então, mantendo essas coisas em nosso coração, voltemo-nos agora para a estátua central de Cristo; ouçamos sua mensagem e compreendamo-la. Ele segura o livro da Lei Eterna em sua mão esquerda; com a direita, ele abençoa, mas abençoa sob condições: 'Fazei isso e vivereis' ou antes, em um sentido mais estrito, mais rigoroso: 'Sede e vivereis': mostrar piedade não é nada, é nossa alma que deve estar cheia de piedade; ser puro em ação não é nada, é preciso sermos puros também no coração.

"E com esta palavra da lei inabolida:
"Se não fizeres isto, se não fores isto, 'morrerás'.[46] Morrer – qual seja o sentido atribuído à palavra – total e irrevogavelmente.

podem ouvir, 'cinzas para cinzas', são tudo o que já receberam de bênção. Aqueles, vós que, por assim dizer, chorastes a seus pés ou permanecestes junto à sua cruz, aqueles, estarão sempre juntos convosco! e não ele."
Cf. *A Bíblia de Amiens* sobre Santa Genoveva. "Existem milhares de donzelas piedosas que nunca apareceram em nenhum calendário, mas que passaram e desperdiçaram suas vidas na desolação, Deus sabe por que, porque nós não, mas aqui está uma, em todo caso, que não suspira pelo martírio e não se consome em tormentos, mas se torna uma Torre do Rebanho (alusão a *Miqueias* , IV, 8) e toda sua vida lhe construiu um aprisco". (N. A.)
46 São Lucas, X. (N. A.)

"O evangelho e sua força estão inteiramente escritos nas grandes obras dos verdadeiros crentes: na Normandia e na Sicília, nas ilhotas dos rios da França, nos vales dos rios da Inglaterra, nos rochedos de Orvieto, junto às areias do Arno. Mas o ensinamento que é ao mesmo tempo o mais simples e o mais completo, que fala com mais autoridade ao espírito ativo do Norte, é aquele que, na Europa, emerge das primeiras pedras de Amiens.

"Todas as criaturas humanas, em todos os tempos e lugares do mundo, que têm afetos calorosos, bom senso e domínio sobre si mesmos, foram e são naturalmente morais. O conhecimento e o comando dessas coisas nada têm a ver com religião.[47]

---

47 O leitor encontrará, penso eu, um certo parentesco entre a ideia expressa aqui por Ruskin (desde "Todas as criaturas humanas") e a teoria da Inspiração Divina no capítulo III: "Ele não será dotado de aptidões mais elevadas, nem chamado para uma nova função. Ele será inspirado... de acordo com as capacidades de sua natureza", e esta observação: "A forma que o espírito monástico tomou mais tarde se deveu... do que a uma modificação trazida pelo cristianismo na ideia da virtude e da felicidade humana". Sobre esta última ideia, Ruskin insistiu muitas vezes, dizendo que o culto que um pagão oferecia a Júpiter não era muito diferente daquele que um cristão etc.... Além disso, nesse mesmo capítulo III de *A Bíblia de Amiens*, o colégio dos áugures e a instituição das vestais se aproximam das ordens monásticas cristãs. Mas embora essa ideia seja, pelo vínculo que se percebe, tão próxima das precedentes e como que uma aliada, é, entretanto, uma ideia nova. Em linha direta, dá a Ruskin a ideia da Fé de Horácio e, de modo geral, todos os desenvolvimentos similares. Mas, sobretudo, está intimamente aparentada com uma ideia muito diferente daquelas que apontamos no início desta nota, a ideia (analisada na nota das páginas 244, 245, 246 [nesta tradução, p.122-3]) da permanência de um sentimento estético que o cristianismo não interrompe. E agora que, de elo em elo, chegamos a uma ideia tão diferente do nosso ponto de partida

"Mas se, amando criaturas que são como nós mesmos, sentimos que amaríamos criaturas melhores do que nós ainda mais intensamente se elas nos fossem reveladas; se, esforçando-nos

> (embora não seja novidade para nós), devemos nos perguntar se não é a ideia da continuidade da arte grega, por exemplo das métopas do Partenão aos mosaicos de São Marcos e ao labirinto de Amiens (ideia que ele provavelmente só acreditou ser verdadeira porque achou que era bela), que terá trazido Ruskin, estendendo essa visão inicialmente estética à religião e à história, a conceber de maneira semelhante o colégio dos áugures como assimilável à instituição beneditina, a devoção a Hércules como equivalente à devoção a São Jerônimo. Etc., etc.
> Mas como a religião cristã pouco diferia da religião grega (ideia: "do que a uma modificação trazida pelo cristianismo na ideia da virtude e da felicidade humana"), Ruskin não tinha necessidade, do ponto de vista lógico, de separar tão fortemente a religião da moralidade. Assim, há nessa nova ideia, se de fato foi a primeira a levar Ruskin a ela, algo mais. E é uma dessas visões bastante peculiares a Ruskin, que não são propriamente filosóficas e que não estão ligadas a nenhum sistema, que, aos olhos do raciocínio puramente lógico, podem parecer falsas, mas que imediatamente marcam qualquer pessoa capaz de, pela cor particular de uma ideia, de adivinhar, como um pescador faria pelas águas, sua profundidade. Citarei neste gênero, entre as ideias de Ruskin, que podem parecer as mais obsoletas aos espíritos banais, incapazes de compreender o verdadeiro sentido delas e de apreender a verdade, a que considera a liberdade como funesta ao artista, e a obediência e o respeito como essenciais; aquela que faz da memória o órgão intelectual mais útil ao artista etc., etc.
> Se quiséssemos tentar encontrar a conexão subterrânea, a raiz comum de ideias tão distantes umas das outras na obra de Ruskin, e talvez igualmente desconexas em seu espírito, não preciso dizer que a ideia anotada na parte inferior das páginas 212, 213 e 214 sobre "Sou o único autor a pensar com Heródoto" é uma modalidade simples de "Horácio é piedoso como Milton", ideia que é ela própria apenas um equivalente das ideias estéticas analisadas na nota das páginas 244, 245, 246 [p.122-3 desta tradução]. "Esta cúpula é unicamente um vaso grego, esta Salomé uma canéfora, este querubim uma harpia" etc. (N. A.)

com todas as nossas forças para melhorar o que é mau perto de nós e ao nosso redor, gostamos de pensar no dia em que o juiz de toda a terra tornará tudo justo[48] e quando as pequenas colinas se alegrarão por todos os lados;[49] se, separando-nos dos companheiros que nos deram toda a melhor alegria que tivemos sobre a terra, desejamos encontrar seus olhos novamente e apertar suas mãos – lá onde os olhos não serão mais velados, onde as mãos não falharão mais; se, preparando-nos para deitarmo-nos sobre a relva em silêncio e solidão, sem vermos mais a beleza, sem mais sentirmos a alegria, quisermos nos preocupar com a promessa que nos foi feita de um tempo em que veríamos a luz de Deus e conheceríamos as coisas que temos sede de conhecer e andarmos na paz do amor eterno – então a esperança dessas coisas para nós é a religião; a substância delas em nossa vida é a fé. E, em suas virtudes nos é prometido que os reinos deste mundo tornar-se-ão um dia os reinos de Nosso Senhor e de seu Cristo."[50]

Aqui termina o ensinamento que os homens do século XIII iam buscar na catedral e que, por um luxo inútil e bizarro, ela continua a oferecer numa espécie de livro aberto, escrito numa linguagem solene onde cada caráter é uma obra de arte, e que ninguém compreende mais. Dando-lhe um sentido menos literalmente religioso do que na Idade Média, ou mesmo apenas um significado estético, é possível, no entanto, ligá-lo a um daqueles sentimentos que nos aparecem para além de nossas vidas como a verdadeira realidade, a uma dessas "estrelas nas quais convém atrelar nosso carro". Compreendendo mal até então o

---

48 Gênese, XVIII, 23. (N. A.)
49 Salmos, LXV, 13. (N. A.)
50 São João, *Revelação*, XI, 15. (N. A.)

alcance da arte religiosa na Idade Média, eu tinha me dito, em meu fervor por Ruskin: Ele me ensinará, pois ele, pelo menos em algumas parcelas, não é também a verdade? Ele vai deixar meu espírito entrar onde não teve acesso, porque ele é a porta. Ele me purificará, pois sua inspiração é como o lírio do vale. Ele me embriagará e me vivificará, pois é a videira e a vida. E senti, de fato, que o perfume místico das roseiras de Saron não havia desaparecido para sempre, pois ainda o respiramos, pelo menos em suas palavras. E eis que as pedras de Amiens assumiram para mim a dignidade das pedras de Veneza, e como a grandeza que a Bíblia possuía quando ainda era verdade no coração dos homens e beleza gravada em suas obras. *A Bíblia de Amiens* era, na intenção de Ruskin, apenas o primeiro livro de uma série intitulada *Nossos pais nos disseram*; e, de fato, se os antigos profetas do pórtico de Amiens eram sagrados para Ruskin, é que o coração dos artistas do século XIII ainda estava neles. Antes mesmo de saber se eu o encontraria ali, era a alma de Ruskin que eu buscava e que ele imprimiu nas pedras de Amiens tão profundamente quanto aqueles que as esculpiram também imprimiram, pois as palavras do gênio, assim como o cinzel, dão às coisas uma forma imortal. A literatura também é uma "lâmpada do sacrifício" que se consome para iluminar os descendentes. Eu me conformava inconscientemente com o espírito do título: *Nossos pais nos disseram*, indo para Amiens com esses pensamentos e o desejo de ler a Bíblia de Ruskin ali. Pois Ruskin, tendo acreditado nesses homens de outrora, porque neles estavam a fé e a beleza, se viu escrevendo também sua Bíblia, como eles, por ter acreditado nos profetas e nos apóstolos que escreveram a deles. Para Ruskin, as estátuas de Jeremias, Ezequiel e Amós talvez não tivessem mais exatamente o mesmo sentido que para os escultores antigos as estátuas de Jeremias, Ezequiel e Amós; eram pelo menos a obra repleta de ensinamentos de grandes artistas e de homens de fé, e o significado eterno de profecias esquecidas. Para nós, se o fato de ser a obra desses artistas e o sentido dessas palavras já não basta para torná-las preciosas, que sejam ao menos para nós as coisas em que Ruskin encontrou esse espírito, irmão do seu e pai do nosso. Antes que chegássemos à catedral, ela não era para nós acima de tudo aquela que ele tinha amado? E não sentíamos que ainda existiam as Sagradas Escrituras, já que buscávamos piedosamente a Verdade em seus livros? E agora podemos parar à vontade em frente das estátuas de Isaías, de Jeremias, de Ezequiel e de Daniel e dizer a nós mesmos: "Aqui estão os quatro grandes profetas, depois vêm os profetas menores, mas há apenas quatro grandes profetas maiores", e existe um a mais, um que não está aqui e, entretanto, não podemos dizer que esteja ausente, porque o vemos em todos os lugares. É Ruskin: se sua estátua não estiver na porta da catedral, está na entrada do nosso coração. Esse profeta cessou de fazer ouvir a sua voz. Mas é que ele terminou de dizer todas as suas palavras. Cabe às gerações retomá-las em coro.

III
John Ruskin

Como "as Musas deixando seu pai Apolo para irem iluminar o mundo",[1] uma a uma as ideias de Ruskin deixaram a cabeça divina que as havia concebido e, encarnadas em livros vivos, foram ensinar os povos. Ruskin retirou-se para a solidão em que, muitas vezes, terminam as existências proféticas até que agrade a Deus chamar a ele o cenobita ou o asceta cuja tarefa sobre-humana está terminada. E só se pôde adivinhar, através do véu estendido por mãos piedosas, o mistério que se realizava, a lenta destruição de um cérebro perecível que abrigara uma posteridade imortal.

Hoje, a morte colocou a humanidade na posse da imensa herança que Ruskin lhe legou. Pois o homem de gênio só pode dar à luz obras que não morrerão a não ser criando-as à imagem não do ser mortal que é, mas da exemplar humanidade que carrega dentro de si. Seus pensamentos são, de certa forma,

---

[1] Título de um quadro de Gustave Moreau que está no Museu Moreau. (N. A.)

emprestados a ele durante sua vida, da qual são os companheiros. Com sua morte, voltam para a humanidade e a ensinam. Como essa augusta e familiar residência na rue de La Rochefoucauld que se chamava a casa de Gustave Moreau enquanto viveu e que desde que ele morreu se chama o Museu Gustave Moreau.

Há muito tempo existe um Museu John Ruskin.[2] Seu catálogo parece ser um resumo de todas as artes e todas as ciências. Fotografias de pinturas de mestres convivem com coleções de minerais, como na casa de Gœthe. Como o Museu Ruskin, a obra de Ruskin é universal. Ele buscou a verdade, encontrou a beleza até nas tabelas cronológicas e nas leis sociais. Mas, tendo os lógicos dado uma definição das "Belas Artes" que exclui tanto a mineralogia quanto a economia política, é apenas daquela parte do trabalho de Ruskin referente às "Belas Artes" como são geralmente entendidas, do Ruskin esteta e crítico de arte, que eu falarei aqui.

A princípio, dizia-se que ele era realista. E, de fato, ele repetia muitas vezes que o artista deveria se apegar à pura imitação da natureza, "sem rejeitar nada, sem desprezar nada, sem escolher nada".

Mas também foi dito que ele era um intelectualista porque escreveu que o melhor quadro era aquele que continha os pensamentos mais elevados. Falando do grupo de crianças que, no primeiro plano da *Construção de Cartago*, de Turner, se divertem navegando em pequenas embarcações, concluía: "A primorosa escolha desse episódio, como meio de indicar o gênio marítimo de onde deveria sair a grandeza futura da nova cidade, é um

---

2 Em Sheffield. (N. A.)

pensamento que não teria perdido nada ao ser escrito, que nada tem a ver com os tecnicismos da arte. Algumas palavras o teriam transmitido ao espírito tão completamente quanto a representação mais completa do pincel. Tal pensamento é algo muito superior a qualquer arte; é poesia da mais alta ordem". "Da mesma forma", acrescenta Milsand,[3] que cita essa passagem ao analisar uma *Sagrada Família*, de Tintoretto, "o traço pelo qual Ruskin reconhece o grande mestre é um muro em ruínas e o começo de uma construção, por meio dos quais o artista faz simbolicamente compreender que a natividade do Cristo foi o fim da economia judaica e o início da nova aliança. Numa composição do mesmo veneziano, uma *Crucificação*, Ruskin vê uma obra-prima da pintura porque o autor soube, por um incidente aparentemente insignificante, pela introdução de um burro pastando palmas no fundo do Calvário, afirmar a ideia profunda de que era o materialismo judaico, com sua espera de um Messias todo temporal e com a decepção de suas esperanças quando entrou em Jerusalém, que havia sido a causa do ódio desencadeado contra o Salvador e, portanto, de sua morte".

Foi dito que ele suprimia o papel desempenhado pela imaginação na arte, dando um papel grande demais à ciência. Não dizia que "cada classe de rochedos, cada variedade de solo, cada tipo de nuvem deve ser estudada e representada com precisão geológica e meteorológica?... Toda formação geológica tem suas características essenciais que pertencem apenas a ela, suas linhas

---

[3] Entre os escritores que falaram de Ruskin, Milsand foi um dos primeiros, na ordem do tempo, e pela força do pensamento. Foi uma espécie de precursor, um profeta inspirado e incompleto e não viveu o suficiente para ver desenvolver-se a obra que, em suma, ele anunciara. (N. A.)

determinadas de fratura que dão nascimento a formas constantes nos terrenos e nos rochedos, seus vegetais particulares, entre as quais se desenham diferenças ainda mais particulares em consequência das variedades de altitude e temperatura. O pintor observa na planta todas as suas características de forma e de cor... apreende suas linhas de rigidez ou repouso... observa seus hábitos locais, seu amor ou sua repugnância por tal ou tal exposição, as condições que a fazem viver ou que a fazem perecer. Ele a associa... a todos os traços dos lugares que ela habita... Ele deve retraçar a fina fenda e a curva descendente e a sombra ondulante do chão que se desfaz e fazê-lo com um dedo tão leve quanto os toques da chuva... Um quadro é admirável pelo número e pela importância das informações que nos fornece sobre as realidades".[4]

Mas foi dito, por outro lado, que ele arruinou a ciência dando muito espaço à imaginação. E, de fato, não se pode deixar de pensar no finalismo ingênuo de Bernardin de Saint-Pierre ao dizer que Deus dividiu os melões em fatias para que o homem pudesse comê-los mais facilmente, quando se leem páginas como esta: "Deus empregou a cor em sua criação como acompanhamento de tudo o que é puro e precioso, enquanto ele reservou matizes comuns para coisas de utilidade apenas material ou

---

[4] Em *The Stones of Venice*; e ele volta a isso em *Val d'Arno*; em *A Bíblia de Amiens* etc., Ruskin considera as pedras brutas como sendo já uma obra de arte que o arquiteto não deve mutilar: "Nelas já está escrita uma história e em suas veias e suas zonas, e em suas linhas quebradas, suas cores escrevem as diversas lendas sempre exatas dos antigos regimes políticos do reino das montanhas a que pertenciam esses mármores, de suas enfermidades e suas energias, de suas convulsões e suas consolidações desde o início dos tempos". (N. A.)

para as nocivas. Olhe para o pescoço de uma pomba e compare-o com as costas cinzentas de uma víbora. O crocodilo é cinza, o lagarto inocente é de um verde esplêndido".

Se foi dito que ele reduziu a arte a ser apenas vassala da ciência, assim como levou a teoria da obra de arte considerada como informação sobre a natureza das coisas a ponto de declarar que "um Turner descobre mais sobre o natureza das rochas que qualquer academia jamais conhecerá", e que "um Tintoretto só precisa soltar a mão para revelar uma infinidade de verdades sobre o jogo dos músculos que frustrarão todos os anatomistas da terra", também foi dito que ele humilhava a ciência perante a arte.

Finalmente, foi dito que ele era um esteta puro e que sua única religião era a da Beleza, porque na verdade ele a amou por toda a sua vida.

Mas, por outro lado, foi dito que ele nem sequer era um artista, porque fazia intervir em sua apreciação da beleza considerações que talvez fossem superiores, mas de qualquer forma estranhas à estética. O primeiro capítulo das *Sete lâmpadas da arquitetura* prescreve ao arquiteto o uso dos materiais mais preciosos e duráveis, e faz derivar esse dever do sacrifício de Jesus e das condições permanentes do sacrifício aceitável a Deus, condições que não há razão para considerar como modificadas, Deus não nos tendo dado a conhecer expressamente que o tenham sido. E em *Pintores modernos*, para decidir a questão de quem está certo, os partidários da cor ou os seguidores do claro-escuro, aqui está um de seus argumentos: "Olhe para toda a natureza e compare geralmente o arco-íris, o nascer do sol, as rosas, as violetas, as borboletas, os pássaros, os peixinhos dourados, os rubis, as opalas, os corais, com os jacarés, os hipopótamos, os tubarões, as lesmas, os ossos, os fungos, o nevoeiro e a massa de coisas que corrompem, que picam, que destroem, e então sentirá que surge a questão entre os coloristas e os claros-escuristas, quais têm a natureza e a vida do seu lado, quais têm o pecado e a morte."

E como tantas coisas contraditórias foram ditas sobre Ruskin, concluiu-se que ele era contraditório.

De tantos aspectos da fisionomia de Ruskin, aquele que nos é mais familiar, porque é o que possuímos, se assim se pode dizer, o retrato mais estudado, mais bem-feito, mais marcante e mais divulgado,[5] é o Ruskin que conheceu durante toda a sua vida apenas uma religião: a da Beleza.

Que a adoração da Beleza tenha sido, de fato, o ato perpétuo da vida de Ruskin, pode ser literalmente verdade; mas considero que o objetivo dessa vida, sua intenção profunda, secreta e constante, era outro, e se o digo, não é para contradizer o sistema do sr. De La Sizeranne, mas para impedir que ele seja rebaixado no espírito dos leitores por uma interpretação falsa, mas natural e como que inevitável.

Não apenas a religião principal de Ruskin era simplesmente a religião (e voltarei a este ponto mais adiante, pois ela domina e caracteriza sua estética), mas, para nos atermos à "Religião da Beleza", seria necessário alertar nosso tempo que só é possível pronunciar essas palavras, querendo fazer uma alusão justa

---

[5] O Ruskin do sr. De La Sizeranne. Ruskin foi considerado até hoje, e com razão, como o domínio próprio do sr. De La Sizeranne; se às vezes eu tento me aventurar em suas terras, certamente não será para desconhecer ou usurpar seu direito que não é só o do primeiro ocupante. No momento de entrar nesse assunto, que o magnífico monumento por ele erigido a Ruskin domina por todos os lados, eu lhe devia, portanto, prestar-lhe homenagem e pagar-lhe tributo. (N. A.).

a Ruskin, se corrigir o sentido que seu diletantismo estético está muito inclinado a lhes atribuir. Com efeito, para uma era de diletantes e estetas, um adorador da Beleza é um homem que, não praticando outro culto além do seu e não reconhecendo outro deus além dela, passaria sua vida no gozo que proporciona a contemplação voluptuosa das obras de arte.

Ora, por razões cuja pesquisa inteiramente metafísica iria além de um simples estudo de arte, a Beleza não pode ser amada de maneira fecunda se a amarmos apenas pelos prazeres que ela proporciona. E, assim como a busca da felicidade por si só leva apenas ao tédio, e para encontrá-la é preciso buscar algo diferente dela, assim também nos é dado o prazer estético se amamos a Beleza por si mesma, como algo real existente fora de nós, e infinitamente mais importante do que a alegria que nos dá. E, muito longe de ter sido um diletante ou um esteta, Ruskin foi precisamente o contrário, um desses homens *à la* Carlyle, advertidos por seu gênio da vaidade de todo prazer e, ao mesmo tempo, da presença perto deles de uma realidade eterna, intuitivamente percebida pela inspiração. O talento lhes é dado como um poder de fixar essa realidade à onipotência e à eternidade da qual, com entusiasmo e como que obedecendo a um comando de consciência, consagram, para lhe dar algum valor, sua vida efêmera. Tais homens, atentos e ansiosos diante do universo a ser decifrado, são avisados a respeito das partes da realidade sobre as quais seus dons especiais lhes dão uma luz particular, por uma espécie de demônio que os guia, por vozes que ouvem, a eterna inspiração dos seres geniais. O dom especial para Ruskin foi a sensação de Beleza, tanto na natureza quanto na arte. Foi na Beleza que seu temperamento o levou a buscar a realidade, e sua vida totalmente religiosa recebeu dela um uso totalmente estético. Mas essa Beleza à qual ele se viu devotando assim sua vida não foi concebida por ele como um objeto de gozo feito para encantá-la, mas como uma realidade infinitamente mais importante que a vida, pela qual ele teria dado a sua. A partir daí é possível ver o fluxo estético de Ruskin. Em primeiro lugar, compreenderemos que os anos em que tomou conhecimento de uma nova escola de arquitetura e pintura podem ter sido as principais datas de sua vida moral. Ele poderá falar dos anos em que o gótico lhe apareceu com a mesma gravidade, a mesma lembrança comovida, a mesma serenidade com que um cristão fala do dia em que a verdade lhe foi revelada. Os acontecimentos de sua vida são intelectuais e as datas importantes são quando ele penetra uma nova forma de arte, o ano em que compreende Abbeville, o ano em que compreende Rouen, o dia em que a pintura de Ticiano e as sombras da pintura de Ticiano lhe surgem como mais nobres do que a pintura de Rubens, do que as sombras da pintura de Rubens.

Em seguida, compreenderemos que, sendo o poeta para Ruskin, como para Carlyle, uma espécie de escriba que anota, sob o ditado da natureza, uma parte mais ou menos importante de seu segredo, o primeiro dever do artista é não acrescentar nada de sua própria crença nessa mensagem divina. Dessa altura veremos se dissolverem, como as nuvens que se arrastam no chão, tanto as censuras do realismo quanto as do intelectualismo dirigidas a Ruskin. Se essas objeções não se sustentam, é porque não miram alto o suficiente. Há, nessas críticas, um erro de altitude. A realidade que o artista deve registrar é ao mesmo tempo material e intelectual. A matéria é real porque é uma expressão do espírito. Quanto à mera aparência, ninguém zombou mais do que Ruskin daqueles que veem em sua imitação o objeto da arte.

"Quer o artista", diz ele, "tenha pintado o herói ou seu cavalo, nosso prazer, na medida em que é causado pela perfeição da falsa aparência, é exatamente o mesmo. Só a degustamos esquecendo o herói e sua montaria para considerar exclusivamente a habilidade do artista. Podemos conceber as lágrimas como o efeito de um artifício ou de uma dor, um ou outro ao bel-prazer; mas ambos ao mesmo tempo, nunca; se nos surpreendem como uma obra-prima da mímica, não poderiam nos comover como sinal de sofrimento". Se ele dá tanta importância à aparência das coisas, é porque só ela revela sua natureza profunda. O sr. De La Sizeranne traduziu admiravelmente uma página em que Ruskin mostra que as linhas mestras de uma árvore nos revelam quais árvores nefastas as empurraram para o lado, quais ventos a atormentaram etc. A configuração de uma coisa não é apenas a imagem de sua natureza, é a palavra de seu destino e o esboço de sua história.

Outra consequência dessa concepção de arte é esta: se a realidade é uma, e se o homem de gênio é quem a vê, que importa a matéria que a figura, sejam pinturas, estátuas, sinfonias, leis, atos? Em seus *Heróis*, Carlyle não distingue entre Shakespeare e Cromwell, entre Maomé e Burns. Emerson conta entre seus *Homens representativos da humanidade* tanto Swedenborg como Montaigne. O excesso do sistema é, por causa da unidade da realidade traduzida, não diferenciar de modo suficientemente profundo os vários modos de tradução. Carlyle diz que era inevitável que Boccaccio e Petrarca fossem bons diplomatas, pois eram bons poetas. Ruskin comete o mesmo erro quando diz que "uma pintura é bela na medida em que as ideias que ela traduz em imagens são independentes da linguagem das imagens". Parece-me que, se o sistema de Ruskin falha em alguma direção, é nesta. Pois a pintura só pode atingir a realidade una das coisas e assim competir com a literatura desde que não seja literária.

Se Ruskin promulgou o dever para o artista de obedecer escrupulosamente a essas "vozes" de gênio que lhe dizem o que é real e deve ser transcrito, é porque ele próprio experimentou o que é verdadeiro na inspiração, infalível no entusiasmo, frutífero no respeito. Só que, embora o que excita entusiasmo, o que impõe respeito, o que provoca inspiração seja diferente para cada um, cada um acaba atribuindo-lhe um caráter mais particularmente sagrado. Podemos dizer que para Ruskin essa revelação, esse guia, foi a Bíblia.

Paremos aqui como em um ponto fixo, no centro de gravidade da estética de Ruskin. Foi assim que seu sentimento religioso direcionou seu sentimento estético. E, antes de mais nada, a quem possa acreditar que ele a alterou, que sua apreciação artística de monumentos, estátuas, pinturas misturou considerações religiosas que aí não têm cabimento, respondamos que foi totalmente o contrário. Esse algo divino que Ruskin sentia no fundo do sentimento que as obras de arte lhe inspiravam era precisamente o que esse sentimento possuía de profundo, original e imposto ao seu gosto sem ser passível de correção. E o respeito religioso que ele trazia à expressão desse sentimento, seu medo de submetê-lo à menor deformação ao traduzi-lo, o impediu, ao contrário do que muitas vezes se pensou, de nunca misturar com suas impressões diante das obras de arte nenhum artifício de raciocínio que lhes fosse estranho. De modo que aqueles que veem nele um moralista e um apóstolo amando na arte o que não é arte estão tão enganados quanto aqueles que, negligenciando a essência profunda de seu sentimento estético, o confundem com um diletantismo voluptuoso. De modo, enfim, que seu fervor religioso, que havia sido o signo de sua sinceridade estética, o fortaleceu ainda mais e o protegeu de todo ataque estrangeiro. Que uma ou outra concepção de sua estética sobrenatural seja falsa é o que, em nossa opinião, não tem nenhuma importância. Todos aqueles que possuem alguma noção das leis do desenvolvimento do gênio sabem que sua força se mede mais pela força de suas crenças do que por aquilo que o objeto dessas crenças possa ter de satisfatório para o senso comum. Mas, já que o cristianismo de Ruskin estava na própria essência de sua natureza intelectual, suas preferências artísticas, tão profundas, deviam ter algum parentesco com ele. Além disso, assim como o amor de Turner pelas paisagens correspondia em Ruskin ao amor pela natureza que lhe deu suas maiores alegrias, também à natureza fundamentalmente cristã de seu pensamento correspondeu sua predileção permanente, que domina toda a sua vida, toda a sua obra, pelo que pode ser chamado de arte cristã: a arquitetura e escultura da Idade Média francesa, a arquitetura, escultura e pintura da Idade Média italiana. Com que paixão desinteressada ele amou as obras, não é preciso procurar vestígios disso em sua vida, pois eles se encontram em seus livros. Sua experiência era tão vasta que muitas vezes o conhecimento mais profundo que ele demonstra em um livro não é usado ou mencionado, mesmo por uma simples alusão, nos outros livros onde teriam seu lugar. Ele é tão rico que não nos empresta suas palavras; ele as dá a nós e não as retoma mais. Sabemos, por exemplo, que ele escreveu um livro sobre a catedral de Amiens. Poderíamos concluir que era a catedral de que ele mais gostava ou conhecia. No entanto, em *as Sete lâmpadas da arquitetura*, em que a catedral de Rouen é citada quarenta vezes como exemplo, a de Bayeux nove vezes, Amiens não é citada uma única vez. Em *Val d'Arno*, ele confessa que a igreja que lhe deu a mais profunda embriaguez do gótico foi Santo Urbano de Troyes. Ora, nem em as *Sete lâmpadas* nem em *A Bíblia de Amiens*, há uma única menção a Santo Urbano.⁶ Quanto à falta de referências a Amiens em as *Sete lâmpadas*, talvez se possa pensar que ele só conheceu Amiens no final de sua vida? Não é assim. Em 1859, em uma palestra proferida em Kensington, comparou longamente a Virgem Dourada de Amiens com as estátuas de uma arte menos hábil, mas de um sentimento mais profundo, que parecem sustentar o pórtico ocidental de Chartres. Ora, em *A Bíblia de Amiens*, onde poderíamos acreditar que ele reuniu tudo o que havia pensado sobre Amiens, nem uma única uma vez, nas páginas em que fala da Virgem Dourada, faz alusão às estátuas de Chartres. Tal é a riqueza infinita de seu amor, de seu saber. Normalmente, em um escritor, o retorno a certos exemplos preferidos, se não mesmo a repetição de certos desenvolvimentos, nos lembra que lidamos com um homem que teve uma certa vida, certos conhecimentos que substituem tais outros, uma experiência limitada da qual tira todo o proveito que pode. Basta consultar os índices das várias obras de Ruskin, a perpétua novidade das obras citadas, e mais ainda o desdém por um conhecimento que ele usou apenas uma vez e, frequentemente, seu abandono para sempre dão a ideia de algo mais que humano, ou melhor, a impressão de que cada livro é de um homem novo que possui um conhecimento diferente, não a mesma experiência, uma outra vida.

---

6 Para ser mais exato, há menção uma vez de Santo Urbano nas *Sete lâmpadas*, e de Amiens uma vez também (mas apenas no prefácio da 2.ed.), enquanto há referências a Abbeville, Avranches, Bayeux, Beauvais, Bourges, Caen, Caudebec, Chartres, Coutances, Falaise, Lisieux, Paris, Reims, Rouen, Saint-Lô, para falar apenas da França. (N. A.)

Era o jogo encantador de sua inesgotável riqueza tirar tesouros sempre novos dos maravilhosos cofres de sua memória: um dia a preciosa rosa de Amiens, outro a renda dourada do pórtico de Abbeville, para casá-los com as joias deslumbrantes da Itália.

Ele podia, com efeito, passar de um país para outro, pois a mesma alma que ele havia adorado nas pedras de Pisa era também aquela que tinha dado às pedras de Chartres sua forma imortal. A unidade da arte cristã na Idade Média, das margens do Somme às margens do Arno, ninguém a sentiu como ele, e ele realizou em nossos corações o sonho dos grandes papas da Idade Média: "A Europa cristã". Se, como foi dito, seu nome deve permanecer ligado ao pré-rafaelismo, devemos entender por isso não aquele a partir de Turner, mas o de antes de Rafael. Podemos esquecer hoje os serviços que prestou a Hunt, a Rossetti, a Millais; mas não os que ele fez por Giotto, por Carpaccio, por Bellini. Sua obra divina não foi a de suscitar os vivos, mas de ressuscitar os mortos.

Essa unidade da arte cristã da Idade Média não aparece a cada momento na perspectiva dessas páginas em que sua imaginação ilumina aqui e ali as pedras da França com um reflexo mágico da Itália? Nós o vimos anteriormente em *Pleasures of England* comparando a Caridade de Giotto à de Amiens. Vejamo-lo, em *Natur of Gothic*, comparando a maneira como as chamas são tratadas no gótico italiano e no gótico francês, incluindo o pórtico de Saint-Maclou em Rouen como exemplo. E, em as *Sete lâmpadas da arquitetura*, sobre esse mesmo pórtico, vemos ainda brincar sobre suas pedras cinzentas como que um pouco das cores da Itália.

"Os baixos-relevos do tímpano do portal de Saint-Maclou, em Rouen, representam o Juízo Final, e a parte do Inferno é tratada com um poder ao mesmo tempo terrível e grotesco, que eu não poderia definir melhor do que como a mistura dos espíritos de Orcagna e de Hogarth. Os demônios talvez sejam ainda mais assustadores que os de Orcagna; e em certas expressões de humanidade degradada, em seu desespero supremo, o pintor inglês é pelo menos igualado. Não menos feroz é a imaginação que expressa fúria e temor, mesmo na maneira como as figuras são dispostas. Um anjo do mal, balançando em sua asa, conduz as tropas dos condenados para fora da sede do Julgamento; são apressados por ele tão furiosamente que são levados não simplesmente ao extremo limite dessa cena, que o escultor encerrou noutro lugar, no interior do tímpano, mas fora do tímpano e *nos nichos* da abóbada; enquanto as chamas que os seguem, ativadas, ao que parece, pelo movimento das asas dos anjos, também irrompem nos nichos e jorram através de suas redes, sendo os três nichos inferiores representados como completamente em chamas, enquanto, em vez de seu dossel abobadado e com nervuras, como de costume, há um demônio no teto de cada um, com suas asas dobradas, careteando na sombra negra."

Esse paralelismo dos diferentes tipos de artes e dos diferentes países não foi o mais profundo em que ele teve que se deter. Nos símbolos pagãos e nos símbolos cristãos, a identidade de certas ideias religiosas deve tê-lo atingido.[7] O sr. Ary Renan observou, com profundidade, o que já há de Cristo no Prometeu

---

[7] No *Saint-Marks Rest*, chega a dizer que só existe uma arte grega, da batalha de Maratona até o Doge Selvo (cf. as páginas de *A Bíblia de Amiens*, em que faz descender de Dédalo, "o primeiro escultor que deu uma representação patética da vida humana", os arquitetos que cavaram o antigo labirinto de Amiens); e nos mosaicos do batistério de São Marcos reconhece uma harpia em um serafim, em uma Herodias uma canéfora, em uma cúpula de ouro um vaso grego etc. (N. A.)

de Gustave Moreau. Ruskin, cuja devoção à arte cristã nunca o fez desprezar o paganismo, comparou em um sentimento estético e religioso o leão de São Jerônimo ao leão da Nemeia, Virgílio a Dante, Sansão a Hércules, Teseu ao Príncipe Negro, as previsões de Isaías às predições da Sibila de Cumas. Certamente não há razão para comparar Ruskin a Gustave Moreau, mas podemos dizer que uma tendência natural, desenvolvida pela frequência dos primitivos, levou-os a proscrever na arte a expressão de sentimentos violentos e, na medida em que ela se dedicou ao estudo dos símbolos, a algum fetichismo na adoração dos próprios símbolos, fetichismo pouco perigoso, aliás, para espíritos tão apegados, no fundo, ao sentimento simbolizado que podiam passar de um símbolo a outro sem serem detidos pelas diversidades da pura superfície. Quanto à proibição sistemática da expressão de emoções violentas na arte, o princípio que o sr. Ary Renan chamou de princípio da Bela Inércia, onde encontrá-lo mais bem definido do que nas páginas das "Relações entre Michelangelo e Tintoretto"?[8] Quanto à

---

8 Da mesma forma em *Val d'Arno*, o leão de São Marcos descende em linha reta do leão de Nemeia, e o penacho que o coroa é o que se vê na cabeça do Hércules da Camarina (*Val d'Arno*, I, §16, p.13) com esta diferença indicada em outra parte da mesma obra (VIII, §203, p.169): "que Héracles abate a besta e faz para si um capacete e uma vestimenta de sua pele, enquanto o grego São Marcos converte a fera e faz dela um evangelista".
Não é para encontrar outra linhagem sagrada para o leão de Nemeia que citamos essa passagem, mas para enfatizar todo o pensamento do final desse capítulo de *A Bíblia de Amiens*, "que existe uma arte sacra clássica". Ruskin não queria (*Val d'Arno*) opor grego a cristão, mas a gótico (p.161), "porque São Marcos é grego como Héracles". Tocamos aqui em uma das ideias mais importantes de Ruskin, ou mais exatamente em um dos sentimentos mais originais que ele trouxe para a contemplação

adoração um tanto exclusiva dos símbolos, o estudo da arte da Idade Média italiana e francesa não deveria conduzir fatalmente a isso? E como, sob a obra de arte, era a lâmina de um tempo que ele buscava, a semelhança desses símbolos do portal de Chartres com os afrescos de Pisa devia necessariamente tocá-lo como uma prova da originalidade típica do espírito que animava então os artistas, e suas diferenças como um testemunho de sua variedade. Em qualquer outro, as sensações estéticas teriam corrido o risco de serem esfriadas pelo raciocínio. Mas tudo nele era

---

e estudo das obras de arte gregas e cristãs, e é necessário, para deixar claro, citar um passagem do *Saint-Marks Rest*, que, em nossa opinião, é uma daquelas, em todas as obras de Ruskin, nas quais se destaca mais claramente, em que melhor se vê em ação aquela disposição particular do espírito que o fez não levar em conta o advento do cristianismo, já reconhecendo uma beleza cristã nas obras pagãs, perseguindo a persistência de um ideal helênico nas obras da Idade Média. Que essa disposição do espírito, em nossa opinião totalmente estética, pelo menos logicamente em sua essência, se não cronologicamente em sua origem, foi sistematizada na mente de Ruskin e que ele a estendeu à crítica histórica e religiosa, é bastante certo. Mas mesmo quando Ruskin compara a realeza grega e a realeza franca (*Val d'Arno*, cap. Franchise), que "o cristianismo não trouxe uma grande mudança no ideal de virtude e de felicidade humanas", quando ele fala como vimos na página anterior da religião de Horácio [p.122-3 desta tradução], está apenas tirando conclusões teóricas do prazer estético que experimentou ao encontrar uma canéfora em uma Herodias, uma harpia em um serafim, um vaso grego em uma cúpula bizantina. Aqui está a passagem do *Saint-Marks Rest*: "E isso vale não apenas para a arte bizantina, mas para toda a arte grega. Deixemos de lado, hoje, a palavra bizantina. Existe apenas uma arte grega, desde a época de Homero até a do Doge Selvo" (poderíamos dizer de Teógnis à condessa Mathieu de Noailles), "e esses mosaicos de São Marcos foram executados com a própria energia de Dédalo, com o instinto construtivo grego, tão certo como sempre foi o peito de Cipselo ou a flecha de Erecteu".

amor e a iconografia, como ele a entendia, seria mais bem chamada de iconolatria. A ponto, aliás, de a crítica de arte dar lugar a algo maior, talvez; ela quase tem os processos da ciência, contribui para a história. O aparecimento de um novo atributo nos pórticos das catedrais não nos alerta menos para mudanças menos profundas na história, não só da arte, mas da civilização, do que aqueles anunciados aos geólogos pelo aparecimento de uma nova espécie na Terra. A pedra esculpida pela natureza não é mais instrutiva do que a pedra esculpida pelo artista, e não tiramos maior benefício daquilo que nos conserva um monstro antigo do que daquilo que nos mostra um novo deus.

Os desenhos que acompanham os escritos de Ruskin são, desse ponto de vista, muito significativos. Numa mesma prancha, pode-se ver o mesmo motivo arquitetônico, pois é tratado em Lisieux, Bayeux, Verona e Pádua, como se fossem variedades

---

Então Ruskin entra no batistério de São Marcos e diz: "Acima da porta está o festim de Herodes. A filha de Herodias dança com a cabeça de São João Batista em uma cesta na cabeça; é simplesmente, transportada para cá, uma simples donzela grega de um vaso grego, carregando um jarro de água na cabeça... Passemos agora à capela sob a cúpula escura. Bem escuro para meus velhos olhos, quase indecifrável para os seus, se são jovens e brilhantes, isso deve ser muito bonito, porque é a origem de todos os fundos com cúpula dourada de Bellini, Cima e de Carpaccio; em si é um vaso grego, mas com novos deuses. O Querubim de dez asas que está no recesso atrás do altar traz a escrita em seu peito: 'Plenitude da Sabedoria'. Simboliza a amplidão do Espírito, mas é apenas uma harpia grega e em seus membros muito pouca carne mal esconde as garras dos pássaros que eles foram. Acima ergue-se Cristo carregado em um turbilhão de anjos e, assim como as cúpulas de Bellini e Carpaccio são apenas a ampliação da cúpula onde se vê essa Harpia, assim o Paraíso de Tintoretto é apenas a realização final do pensamento contido nessa estreita cúpula.

da mesma espécie de borboleta sob diferentes céus. Mas nunca, entretanto, essas pedras que ele tanto amava se tornaram para ele exemplos abstratos. Em cada pedra vê-se a nuance da hora unida à cor dos séculos. "Correr para Saint-Vulfrano de Abbeville", nos diz-ele, "*antes que o sol tivesse deixado as torres,* sempre foi para mim uma daquelas alegrias pelas quais se deve amar o

---

"Esses mosaicos não são anteriores ao século XIII. No entanto, ainda são absolutamente gregos em todos os modos de pensamento e em todas as formas da tradição. As fontes de fogo e água possuem puramente a forma da Quimera e da Sereia, e da donzela dançante, embora uma princesa do século XIII, século com mangas de arminho, ainda é o fantasma de uma jovem doce carregando água de uma fonte da Arcádia." Cf. quando Ruskin diz: "Sou o único, acredito, ainda pensando com Heródoto". Qualquer um com uma mente refinada o suficiente para se impressionar com os traços característicos do semblante de um escritor, e que não se limita a Ruskin por tudo o que lhe foi dito, que ele era um profeta, um vidente, um protestante e outras coisas que não fazem muito sentido, sentirá que tais traços, embora certamente secundários, são, no entanto, muito "ruskinianos". Ruskin vive em uma espécie de sociedade fraterna com todas as grandes mentes de todos os tempos, e como ele está interessado nelas apenas na medida em que podem responder a perguntas eternas, não há, para ele, antigos e modernos e pode falar de Heródoto como faria de um contemporâneo. Como os antigos são valiosos para ele apenas na medida em que são "atuais", que podem servir de ilustração para nossas meditações diárias, ele não os trata como antigos. Mas também todas as suas palavras, não sofrendo o desperdício do recuo, não sendo mais consideradas como referentes a uma época, têm para ele uma importância maior, conservam de certa forma o valor científico que poderiam ter tido, mas que o tempo as tinha feito perder. Pela maneira como Horácio fala na Fonte de Bandusia, Ruskin deduz que ele era piedoso, "à maneira de Milton". E já aos onze anos, aprendendo as odes de Anacreonte para seu prazer, aprendeu lá: "com certeza, o que me foi muito útil em meus estudos ulteriores sobre a arte grega, que os gregos amavam as colombas, as andorinhas e as rosas, tão ternamente

passado até o fim". Ele ia mesmo mais longe; não separou as catedrais desse fundo de rios e vales onde elas aparecem ao viajante que se aproxima, como numa pintura primitiva. Um de seus desenhos mais instrutivos a esse respeito é o reproduzido na segunda gravura de *Our Fathers Have Told Us*, e que se intitula: *Amiens, no dia de Finados*. Nessas cidades de Amiens, Abbeville, Beauvais, Rouen, que uma estada de Ruskin consagrou, ele

---

quanto eu" (*Præterita*, §81). Evidentemente, para um Emerson, a "cultura" tem o mesmo valor. Mas sem sequer nos determos nas diferenças, que são profundas, notemos primeiro, para bem insistir nos traços particulares da fisionomia de Ruskin, que ciência e arte, não sendo distintas aos seus olhos, ele fala dos antigos como sábios com a mesma reverência com que fala dos antigos como artistas. Invoca o salmo CIV quando se trata de descobertas de história natural, concorda com a opinião de Heródoto (e a oporia de bom grado à opinião de um estudioso contemporâneo) em uma questão de história religiosa, admira uma pintura de Carpaccio como importante contribuição para a história descritiva dos papagaios (*Saint-Marks Rest: The Shripe of the Slaves*). Evidentemente, chegamos aqui rapidamente à ideia de arte sacra clássica (veja mais longe as notas nas páginas 244, 245, 246 e páginas 338 e 339): "há apenas uma arte grega" etc., "são Jerônimo e Hércules" etc., cada uma dessas ideias conduzindo às outras. Mas no momento ainda temos apenas um Ruskin amando ternamente sua biblioteca, não fazendo diferença entre a ciência e a arte, portanto pensando que uma teoria científica pode permanecer verdadeira como uma obra de arte pode permanecer bela (essa ideia nunca é expressa explicitamente por ele, mas governa secretamente e só ela pôde ter tornado possíveis todas as outras) e pedir a uma ode antiga ou a um baixo-relevo medieval informações sobre história natural ou filosofia crítica, convencido de que todos os sábios de todos os tempos e de todos os países são mais úteis para consultar do que os loucos, ainda que sejam de hoje. Naturalmente essa inclinação é reprimida por um senso crítico tão justo que podemos confiar nele inteiramente, e ele a exagera apenas pelo prazer de fazer pequenas brincadeiras sobre a "entomologia do século XIII" etc., etc. (N. A.)

passava o tempo desenhando ora nas igrejas ("sem ser perturbado pelo sacristão"), às vezes ao ar livre. E deve ter havido nessas cidades colônias temporárias muito encantadoras, essa tropa de desenhistas, de gravadores, que ele levou consigo, como Platão nos mostra os sofistas seguindo Protágoras de cidade em cidade, semelhantes também a andorinhas, que, ao jeito delas, prefeririam parar nos velhos telhados, nas velhas torres das catedrais. Talvez ainda pudéssemos encontrar alguns desses discípulos de Ruskin que o acompanharam até as margens desse Somme evangelizado de novo, como se os tempos de São Firmino e São Salvio tivessem voltado, e que, enquanto o novo apóstolo falava, explicava Amiens como uma Bíblia, tomavam, em vez de notas, desenhos, notas graciosas cujo arquivo está sem dúvida em alguma sala de museu inglês, e onde imagino que a realidade deve ser levemente arranjada, no gosto de Viollet-le-Duc. A gravura *Amiens, no dia de Finados* parece mentir um pouco por causa da beleza. É apenas a perspectiva que aproxima assim, das bordas de um Somme alargado, a catedral e a igreja de Saint-Leu? É verdade que Ruskin poderia nos responder retomando as palavras de Turner que ele citou em *Eagles Nest* e que o sr. De La Sizeranne traduziu: "Turner, no primeiro período de sua vida, às vezes estava de bom humor e mostrava às pessoas o que estava fazendo. Estava, um dia, esboçando o porto de Plymouth e alguns navios, a uma ou duas milhas de distância, vistos contra a luz. Tendo mostrado esse desenho a um oficial da marinha, este observou com surpresa e objetou com indignação compreensível que aqueles navios de linha não tinham escotilhas. 'Não', disse Turner, 'certamente não. Se o senhor escalar o monte Edgecumbe e olhar os navios contra a luz, ao sol poente, verá que não pode perceber as escotilhas'. 'Bem', disse o oficial, sempre indignado, 'mas o senhor sabe que existem escotilhas ali?' – 'Sim', disse Turner, 'sei, sem dúvida, mas meu negócio é desenhar o que vejo, não o que eu sei'".

Se, estando em Amiens, formos em direção ao matadouro, teremos uma visão que não é diferente daquela da gravura. Veremos a distância que dispõe, à maneira falsa e feliz de um artista, monumentos que retomarão, se nos aproximarmos, sua posição primitiva, bem diferente; veremos, por exemplo, que ela inscreve na fachada da catedral a figura de uma das máquinas de água da cidade e faz geometria plana com a geometria no espaço. Que se, no entanto, encontrarmos essa paisagem, composta com gosto pela perspectiva, um pouco diferente daquela que relata o desenho de Ruskin, poderemos assinalar sobretudo as modificações que trouxeram, no aspecto da cidade, os quase vinte anos passados desde a estada de Ruskin ali, e, como ele disse de outro sítio que amava, "todos os *embelezamentos* ocorridos desde que compus e meditei ali".[9]

Mas pelo menos essa gravura de *A Bíblia de Amiens* terá associado, em nossa lembrança, as margens do Somme e a catedral mais do que nossa visão, sem dúvida, teria sido capaz de fazer em qualquer ponto da cidade em que nos colocássemos. Isso nos provará, melhor do que qualquer outra coisa que eu poderia dizer, que Ruskin não separou a beleza das catedrais do encanto dos locais de onde elas surgiram, e que cada um daqueles que as visitam ainda saboreiam a poesia particular da região e a memória nebulosa ou dourada da tarde que passou lá. Não apenas o primeiro capítulo de *A Bíblia de Amiens* se chamava: "À beira das correntes de água viva", mas o livro que Ruskin

---

9 *Præterita*, I, cap.II. (N. A.)

planejava escrever sobre a catedral de Chartres deveria ser intitulado: *As nascentes do Eure*. Não foi, portanto, apenas em seus desenhos que ele colocava igrejas nas margens dos rios e que associava a grandeza das catedrais góticas à graça dos sítios franceses.[10] E o encanto individual, que é o encanto de uma região, nós o sentiríamos mais se não tivéssemos à nossa disposição essas botas de sete léguas que são os grandes trens expressos, e se, como outrora, para chegar a um canto da Terra fôssemos obrigados a atravessar campos cada vez mais semelhantes àquele para o qual tendemos, como zonas de harmonia graduada que, tornando-o menos facilmente penetrável ao que é diferente dele, protegendo-o com suavidade e com mistério, por semelhanças fraternas, não apenas o inserem na natureza, mas ainda o preparam em nosso espírito.

Esses estudos de Ruskin sobre a arte cristã foram para ele como a verificação e a contraprova de suas ideias sobre o cristianismo e de outras ideias que não pudemos indicar aqui e que deixaremos Ruskin definir agora: seu horror pelo maquinismo e pela arte industrial. "Todas as coisas belas foram feitas quando os homens da Idade Média *acreditavam* na pura, alegre e bela lição do cristianismo". E depois ele via a arte declinando com a fé, a habilidade tomar o lugar do sentimento. Vendo o poder de realizar a Beleza que era o privilégio das eras da fé, sua crença na bondade da fé foi encontrada reforçada. Cada volume de sua última obra: *Our Fathers Have Told Us*

---

10 Que coleção interessante se faria com as paisagens da França vistas pelos olhos ingleses: os rios da França por Turner; Versalhes, de Bonnington [*sic*]; Auxerre ou Valenciennes, Vézelay ou Amiens, de Walter Pater; Fontainebleau, de Stevenson e tantos outros! (N. A.)

(somente o primeiro está escrito) deveria conter quatro capítulos, o último dos quais foi consagrado à obra-prima que era o florescimento da fé cujo estudo compunha o tema dos três primeiros capítulos. Assim, o cristianismo, que embalara o sentimento estético de Ruskin, recebeu dele uma consagração suprema. E depois de ter zombado, na hora de conduzi-la diante da estátua da Madona, de sua leitora protestante "que deveria compreender que o culto de nenhuma Dama jamais foi pernicioso para a humanidade", ou diante da estátua de Santo Honório, depois de ter deplorado que tão pouco se falasse sobre esse santo "no subúrbio de Paris que leva seu nome", ele poderia ter dito, como no final de *Val d'Arno*:

"Quem quiser fixar seus espíritos no que exige da vida humana aquele que a deu: 'Ele mostrou a ti, homem, o que é bom e o que o Senhor pede a ti, senão agir com justiça e amar a misericórdia, andar humildemente com o teu Deus?', descobrirá que tal obediência é sempre recompensada com uma bênção. Se voltar seus pensamentos para o estado das multidões esquecidas que trabalharam em silêncio e adoraram humildemente, como as neves da cristandade traziam de volta a memória do nascimento de Cristo, ou o sol de sua primavera a lembrança de sua ressurreição, saberá que a promessa dos anjos de Belém foi literalmente cumprida, e rezará para que seus campos ingleses possam ainda dedicar, alegremente, como as margens do Arno, seus puros lírios a Santa Maria das Flores."

Enfim, os estudos medievais de Ruskin confirmaram, com sua crença na bondade da fé, sua crença na necessidade do trabalho livre, alegre e pessoal, sem intervenção de maquinismo. Para perceber isso, é melhor transcrever aqui uma página bem característica de Ruskin. Ele fala de uma pequena figura de alguns centímetros, perdida no meio de centenas de pequenas figuras, no portal dos livreiros,* da catedral de Rouen.

"O companheiro está irritado e embaraçado em sua malícia, e sua mão está fortemente apoiada sobre o osso de sua face, e a pele da face está enrugada abaixo do olho pela pressão. A coisa toda pode parecer terrivelmente rudimentar, se a compararmos com gravuras delicadas; mas, considerando-a como tendo apenas que preencher uma lacuna do lado de fora da porta de uma catedral, e como qualquer uma das trezentas ou mais figuras análogas, testemunha a respeito da mais nobre vitalidade da arte da época.

"Temos certo trabalho a fazer para ganhar nosso pão, e ele deve ser feito com ardor; outro trabalho a fazer para nossa alegria, e ele deve ser feito com o coração; nem um nem outro deve ser feito pela metade ou por meio de expedientes, mas com vontade; e o que não é digno desse esforço não deve absolutamente ser feito; talvez tudo o que temos a fazer aqui não tenha outro objetivo senão exercitar o coração e a vontade, e é em si inútil; mas em todo caso, por pouco que seja, podemos dispensá-lo se não for digno que nele coloquemos nossas mãos e nosso coração. Não convém à nossa imortalidade recorrer a meios que contrastam com sua autoridade, nem suportar que um instrumento do qual ela não precisa se interponha entre ela e as coisas que governa. Há muitos sonhos vazios, muita grosseria e sensualidade na existência humana, para transformarmos seus poucos

---

* Emprego aqui a denominação corrente hoje: *portail des libraires* – portal dos livreiros. Proust prefere "librairies", ou bibliotecas; livraria e biblioteca eram sinônimos na Idade Média. A denominação vem da presença dos prédios que abrigavam a biblioteca da catedral e que formam o lado oeste do pátio. (N. T.)

momentos brilhantes em mecanismo; e, já que nossa vida – na melhor das hipóteses – deve ser apenas um vapor que aparece por um tempo, depois desaparece, que pelo menos apareça como uma nuvem no alto do céu e não como a espessa escuridão que se reúne em torno do sopro da fornalha e das revoluções da roda."

    Confesso que ao reler essa página, no momento da morte de Ruskin, fui tomado pelo desejo de ver o homenzinho de quem ele fala. E fui a Rouen como se obedecesse a um pensamento testamentário, e como se Ruskin, ao morrer, tivesse de algum modo confiado a seus leitores a pobre criatura a quem ele tinha, ao falar dela, de sua vida restaurada e que havia acabado, sem saber, de perder para sempre aquele que fizera tanto por ela quanto seu primeiro escultor. Mas quando chegava perto da imensa catedral e em frente à porta onde os santos se aqueciam ao sol, mais alto, galerias onde irradiavam os reis até essas altitudes supremas de pedra que eu julgava desabitadas e onde, aqui, um eremita esculpido vivia isolado, deixando os pássaros pousarem em sua testa, enquanto ali um cenáculo de apóstolos ouvia a mensagem de um anjo que pousava perto deles, dobrando as asas, sob uma revoada de pombos que abriam as suas e não muito longe de um personagem que, recebendo uma criança nas costas, virava a cabeça com um gesto brusco e secular; quando vi, enfileirados diante de seus pórticos, ou debruçados sobre os balcões de suas torres, todos os hóspedes de pedra da cidade mística respirar o sol ou a sombra da manhã, compreendi que seria impossível encontrar no meio desse povo sobre-humano uma figura de poucos centímetros. No entanto, fui ao portal dos livreiros. Mas como reconhecer a pequena figura entre centenas de outras? De repente, uma jovem escultora talentosa e promissora, a sra. L. Yeatmen, me disse: "Aqui está uma que se parece com ela". Nós olhamos um pouco mais baixo, e... ali estava. Não tem sequer dez centímetros de altura. Está se desfazendo, mas ainda é seu olhar, a pedra guarda o buraco que levanta a pupila e lhe dá aquela expressão que me fez reconhecê-la. O artista que morreu há séculos deixou-a lá, entre milhares de outras, essa pequena pessoa que morre um pouco a cada dia, e que estava morta há muito tempo, perdida no meio da multidão de outros, para sempre. Mas ele a tinha posto lá.

Um dia, um homem para quem não há morte, para quem não há infinito material, nem esquecimento, um homem que, jogando fora de si esse vazio que nos oprime para alcançar objetivos que dominam sua vida, tão numerosos que não poderá atingi-los, enquanto a nós parecem faltar, este homem veio, e, nestas ondas de pedra onde cada espuma recortada parecia assemelhar-se às outras, vendo ali todas as leis da vida, todos os pensamentos da alma, nomeando-os pelo nome, disse: "Veja, é isso, é aquilo". Como no Dia do Juízo, que é representado não muito longe dali, soa em suas palavras como a trombeta do arcanjo e diz: "Os que viveram viverão, a matéria não é nada". E, com efeito, como os mortos que não muito longe da figura do tímpano, despertados pela trombeta do arcanjo, alçados, tendo retomado suas formas, reconhecíveis, vivos, eis que a figurinha encontrou seu olhar, e o Juiz disse: "Viveste, viverás". Para ele, não é um juiz imortal, seu corpo morrerá; mas, de qualquer forma!, como se não devesse morrer, cumpre sua tarefa imortal, não se importando com a grandeza da coisa que ocupa seu tempo e, tendo apenas uma vida humana para viver, passa vários dias diante de uma das dez mil figuras de uma igreja. Ele a desenhou. Correspondia para ele àquelas ideias que agitavam seu cérebro, sem se importar com a velhice próxima. Ele desenhou, ele falou a respeito dela. E a pequena figura inofensiva e monstruosa terá ressuscitado, contra toda esperança, dessa morte que parece mais total do que as outras, que é o desaparecimento no seio do infinito do número e sob o nivelamento das semelhanças, mas de onde o gênio logo nos retira também. Encontrando-a lá, não podemos deixar de nos sentir tocados. Ela parece viver e olhar, ou melhor, ter sido tomada pela morte em seu próprio olhar, como os pompeianos cujo gesto permanece interrompido. E é, com efeito, um pensamento do escultor, que foi capturado aqui em seu gesto pela imobilidade da pedra. Fiquei emocionado quando a encontrei ali; nada, portanto, morre daquilo que viveu, nem o pensamento do escultor, nem o pensamento de Ruskin.

Ao encontrá-la ali, necessária a Ruskin que, entre tão poucas gravuras que ilustram seu livro,[11] dedicou-lhe uma porque era para ele uma parte atual e duradoura de seu pensamento, e agradável a nós porque seu pensamento nos é necessário, guia do nosso que o encontrou pelo caminho, sentimo-nos em um estado de espírito mais próximo ao dos artistas que esculpiram nos tímpanos o Juízo Final e que pensavam que o indivíduo, o que há de mais particular em uma pessoa, em uma intenção, não morre, permanece na memória de Deus e será ressuscitado. Quem está certo, o coveiro ou Hamlet, quando um vê apenas uma caveira enquanto o segundo lembra-se de uma fantasia? A ciência pode dizer: o coveiro; mas ela não contava com Shakespeare, que fará a lembrança dessa fantasia durar além da poeira do crânio. Ao chamado do anjo, cada morto encontra-se

---

11 *The Seven Lamps of the Architecture.* (N. A.).

ali, em seu lugar, quando há muito acreditávamos que era pó. Ao chamado de Ruskin, vemos a figura menor, emoldurada por um minúsculo quadrilóbulo, ressuscitada em sua forma, olhando para nós com o mesmo olhar que parece caber apenas em um milímetro de pedra. Sem dúvida, pobre monstrinho, eu não teria sido capaz o suficiente, entre os bilhões de pedras da cidade, de encontrar-te, limpar teu rosto, reencontrar tua personalidade, chamar-te, trazer-te de volta à vida. Mas não é que o infinito, que o número, que o nada que nos oprime seja muito forte; é que meu pensamento não é forte o bastante. Certamente, não tinhas nada realmente bonito em ti. Teu pobre rosto, que eu nunca tinha notado, não possui uma expressão muito interessante, embora obviamente tenha, como qualquer pessoa, uma expressão que nenhum outro jamais teve. Mas, já que vivias o suficiente para continuar olhando com aquele mesmo olhar oblíquo, para Ruskin notar-te e, depois que ele disse teu nome, para que seu leitor pudesse reconhecê-lo, vives o bastante agora, és amado o suficiente? E não podemos nos impedir de pensar em ti com ternura, embora não tenhas um aspecto bom, mas porque és uma criatura viva, porque por tantos séculos morreste sem esperança de ressurreição, e porque ressuscitaste. E um dia desses talvez alguém venha encontrar-te em teu portão, olhando com ternura para tua figura medíocre e oblíqua ressuscitada, porque só o que saiu de um pensamento pode um dia fixar outro pensamento que por sua vez fascinou o nosso. Tiveste razão em ficar ali, despercebido, desmoronando. Não podias esperar nada da matéria onde eras apenas o nada. Mas os pequeninos não têm nada a temer, nem os mortos. Pois, às vezes, o Espírito visita a terra; em sua passagem, os mortos se levantam, e as figurinhas esquecidas reencontram o olhar e fixam aquele dos vivos que, por elas, descuidam-se dos vivos que não vivem e vão buscar vida apenas onde o Espírito lhes mostrou, em pedras que já são poeira e que ainda são pensamento.

Aquele que envolveu as velhas catedrais com mais amor e mais alegria do que o sol lhes dá quando acrescenta seu sorriso fugaz à beleza milenar não pode, com certeza, estar enganado. O mundo dos espíritos é como no universo físico, onde a altura de um jato de água não pode exceder a altura do lugar de onde as águas primeiro desceram. As grandes belezas literárias correspondem a alguma coisa, e talvez seja o entusiasmo pela arte o critério da verdade. Supondo que Ruskin às vezes se equivocasse, como crítico, na exata apreciação do valor de uma obra, a beleza de seu julgamento errôneo é muitas vezes mais interessante que a da obra julgada e corresponde a algo que, por ser diferente dela, não é menos precioso. Que Ruskin esteja errado quando diz que o Belo Deus de Amiens "ultrapassou em ternura esculpida tudo o que até então havia sido alcançado, embora qualquer representação de Cristo deva eternamente decepcionar a esperança que toda alma amorosa tenha depositado nele" e que seja Huysmans a ter razão quando chama esse mesmo *Deus* de Amiens de "bonitão tolo com rosto ovino", é o que não acreditamos, mas é o que pouco importa saber. Que o belo Deus de Amiens seja ou não o que Ruskin acreditava é irrelevante para nós. Como Buffon disse que "todas as belezas intelectuais que se encontram (em um belo estilo), todos os relatos do qual é composto são verdades tão úteis e talvez mais preciosas para o espírito público do que aquelas que podem constituir o conteúdo do assunto", as verdades de que se compõe a beleza das páginas da *Bíblia* sobre o Belo Deus de Amiens têm um valor independente da beleza dessa estátua, e Ruskin não as teria encontrado se tivesse falado com desdém, pois só o entusiasmo poderia dar-lhe o poder de descobri-las.

Até que ponto essa alma maravilhosa refletiu fielmente o universo, e sob que formas tocantes e tentadoras a mentira conseguiu se infiltrar apesar de tudo no seio de sua sinceridade intelectual, eis o que talvez nunca nos seja dado saber, e é o que, em todo caso, não podemos buscar aqui. Seja como for, ele terá sido um daqueles "gênios" que mesmo aqueles de nós que recebemos, ao nascer, os dons das fadas, precisam ser iniciados no conhecimento e no amor de uma nova parte da Beleza. Muitas palavras que são usadas por nossos contemporâneos para a troca de pensamentos trazem sua marca, da mesma maneira que se vê, nas moedas, a efígie do soberano da época. Morto, ele continua a nos iluminar, como aquelas estrelas extintas cuja luz ainda nos atinge, e podemos dizer dele o que disse na morte de Turner: "É por meio desses olhos, fechados para sempre no fundo da tumba, que gerações ainda não nascidas verão a natureza".

"Sob que formas magníficas e tentadoras a mentira pôde se infiltrar no seio de sua sinceridade intelectual..." Eis o que eu queria dizer: há um tipo de idolatria que ninguém definiu melhor do que Ruskin em uma página de *Lectures on Art*: "Foi, creio, não sem mistura de bem, sem dúvida, pois os maiores males trazem algum bem em seu refluxo, foi, creio eu, o papel realmente nefasto da arte de auxiliar no que, entre os pagãos como entre os cristãos – seja a miragem das palavras, das cores ou das belas formas –, deve verdadeiramente, no sentido profundo da palavra, ser chamado de idolatria, isto é, servir com o melhor de nossos corações e mentes, seja qual for a querida ou triste imagem que criamos para nós mesmos, enquanto desobedecemos ao chamado presente do Mestre, que não está morto, que não desfalece neste momento sob sua cruz, mas nos ordena carregar a nossa."[12]

Ora, bem parece que na base da obra de Ruskin, na raiz de seu talento, encontramos precisamente essa idolatria. Sem dúvida, ele nunca permitiu que ela encobrisse completamente – mesmo para embelezá-la –, que imobilizasse, paralisasse e, finalmente, matasse sua sinceridade intelectual e moral. Em cada linha de suas obras, como em todos os momentos de sua vida, sentimos essa necessidade de sinceridade que luta contra a idolatria, que proclama sua vaidade, que humilha a beleza antes do dever, ainda que inestético. Não tomarei exemplos em sua vida (que não é como a vida de um Racine, um Tolstoi, um Maeterlinck, estética primeiro e moral depois, mas onde a moral afirmou seus direitos desde o início, no próprio seio da estética – sem talvez livrar-se dela tão completamente como nas vidas dos Mestres que acabei de mencionar). Ela é bem conhecida, não preciso recordar as etapas, desde os primeiros escrúpulos que sentiu ao tomar chá enquanto olhava Ticianos até o momento em que, tendo engolido em obras filantrópicas e sociais os cinco milhões que seu pai lhe deixara, ele decidiu vender seus Turner. Mas há um diletantismo mais interior do que o diletantismo da ação (sobre o qual ele havia triunfado) e o verdadeiro duelo entre sua idolatria e sua sinceridade se desenrolava não em certas horas de sua vida, não em certas páginas de seus livros, mas em cada momento, naquelas regiões profundas e secretas, quase desconhecidas

---

12 Esta frase de Ruskin aplica-se, aliás, melhor à idolatria tal como a entendo, se tomada assim isoladamente, do que lá onde é colocada em *Lectures on Art*. Além disso, dei mais tarde, em nota, o início do desenvolvimento. (N. A.)

para nós mesmos, onde nossa personalidade recebe imagens da imaginação, ideias da inteligência, palavras da memória, se afirmando, ela própria, na escolha incessante que faz, e tira, de algum modo, na sorte, incessantemente, o destino de nossa vida espiritual e moral. Nessas regiões, tenho a impressão de que o pecado da idolatria não cessou de ser cometido por Ruskin. E, no próprio momento em que pregava a sinceridade, ele mesmo falhava, não no que disse, mas na maneira como disse. As doutrinas que professava eram doutrinas morais e não doutrinas estéticas, no entanto, ele as escolhia por sua beleza. E como não queria apresentá-las como belas, mas como verdadeiras, foi obrigado a mentir para si mesmo sobre a natureza das razões que o levaram a adotá-las. Daí um tão incessante compromisso de consciência que doutrinas imorais sinceramente professadas talvez tivessem sido menos perigosas para a integridade do espírito do que aquelas doutrinas morais em que a afirmação não é absolutamente sincera, sendo ditadas por uma preferência estética não reconhecida. E o pecado era cometido de maneira constante, na própria escolha de cada explicação dada de um fato, de cada apreciação dada a uma obra, na própria escolha das palavras empregadas — e terminava por dar ao espírito, que assim constantemente se entregava, uma atitude enganosa. Para colocar o leitor em melhor posição de julgar a espécie de *trompe-l'oeil* que uma página de Ruskin é para todos e que evidentemente era para o próprio Ruskin, vou citar uma daquelas que acho mais bonitas e onde esse defeito é, no entanto, o mais flagrante. Veremos que, se a beleza está nela *em teoria* (quer dizer em aparência, o fundo das ideias sendo sempre num escritor a aparência e a forma da realidade) subordinada ao sentimento moral e à verdade, em realidade a verdade e o sentimento moral estão aí subordinados ao sentimento estético, e a um sentimento estético um pouco falsificado por esses compromissos perpétuos. Trata-se das *Causas da decadência de Veneza*.[13]

"Não foi no capricho da riqueza, pelo prazer dos olhos e pelo orgulho da vida, que esses mármores foram talhados em sua força transparente e esses arcos foram adornados com as cores do quartzo irisado. Uma mensagem está em suas cores que foi escrita uma vez com sangue; e um som nos ecos de suas abóbadas, que um dia encherá a abóbada do céu: 'Ele virá para fazer julgamento e justiça'. A força de Veneza lhe foi dada há tanto tempo quanto era possível se lembrar; e o dia de sua destruição chegou quando ela o esqueceu; veio irrevogável, porque ela não tinha desculpa alguma para esquecê-la. Nunca uma cidade teve uma Bíblia mais gloriosa. Para as nações do Norte, uma escultura rude e escura preenchia seus templos de imagens confusas e pouco legíveis; mas, para ela, a arte e os tesouros do Oriente haviam dourado cada letra, iluminado cada página, até que o Templo-Livro brilhasse ao longe como a estrela dos Magos. Em outras cidades, as assembleias do povo eram muitas vezes realizadas em lugares distantes de qualquer associação religiosa, palco de violência e revoltas; na relva da perigosa muralha, na poeira da rua conturbada, houve atos realizados, conselhos reunidos aos quais não podemos encontrar justificativa, mas aos quais às vezes podemos dar nosso perdão. Porém, os pecados de Veneza, cometidos em seu palácio ou em sua praça, foram

---

13 Como pôde o sr. Barrès, ao eleger, num capítulo admirável de seu último livro, um senado ideal de Veneza, omitir Ruskin? Não era ele mais digno de ter ali um assento do que Léopold Robert ou Théophile Gauthier, e não estaria ele ali bem em seu lugar, entre Byron e Barrès, entre Goethe e Chateaubriand? (N. A.)

realizados na presença da Bíblia que estava à sua direita. As paredes nas quais o livro da lei foi escrito estavam separadas apenas por algumas polegadas de mármore daquelas que protegiam os segredos de seus concílios ou mantinham prisioneiras as vítimas de seu governo. E quando, em suas últimas horas, ela rejeitou toda vergonha e restrição, e a grande praça da cidade se encheu com a loucura de toda a terra, lembremo-nos de que seu pecado foi tanto maior porque foi cometido diante da casa de Deus onde brilhavam as letras da sua lei.

"Os saltimbancos e os mascarados riram seus risos e seguiram caminho; e um silêncio os sucedeu, que não foi sem ter sido predito; pois no meio de todos eles, através dos séculos e séculos em que se tinham amontoado vaidades e crimes, aquele domo branco de São Marcos havia pronunciado estas palavras no ouvido morto de Veneza: "Saiba que por todas essas coisas Deus te chamará em julgamento'."[14]

Ora, se Ruskin tivesse sido inteiramente sincero consigo mesmo, não teria pensado que os crimes dos venezianos fossem mais imperdoáveis e punidos com mais severidade do que os de outros homens porque eles tinham uma igreja de mármore de todas as cores no lugar de uma catedral de pedra calcária, porque o Palácio Ducal ficava ao lado de São Marcos em vez de ficar do outro lado da cidade, e porque nas igrejas bizantinas o texto bíblico, em vez de ser simplesmente figurado como na escultura das igrejas do norte, é acompanhado, nos mosaicos, por letras que formam uma citação do Evangelho ou das profecias. Não é menos verdadeiro que essa passagem das *Stones of*

---

14 *Stones of Venice*, I, IV, §71. – Este versículo é retirado de *Eclesiástico*, XII, 9. (N. A.)

Venice é de grande beleza, embora seja bastante difícil perceber as razões dessa beleza. Parece-nos que se baseia em algo falso e temos alguns escrúpulos em nos entregarmos a ela.

No entanto, deve haver nela alguma verdade. A rigor, não há beleza inteiramente mentirosa, porque o prazer estético é justamente o que acompanha a descoberta de uma verdade. A que ordem de verdade pode corresponder o prazer estético muito vivo que se tem ao ler uma página dessas, é bastante difícil dizer. Ela própria é misteriosa, cheia de imagens de beleza e religião como essa igreja de São Marcos onde todas as figuras do Antigo e do Novo Testamento aparecem contra o fundo de uma espécie de esplêndida escuridão e de brilho variável. Lembro-me de tê-la lido pela primeira vez na própria São Marcos, durante uma hora de tempestade e obscuridade, quando os mosaicos brilhavam apenas com sua própria luz material e com um ouro interno, terrestre e antigo, ao qual o sol veneziano, que inflama até os anjos dos campanários, nada mais misturava de si mesmo; a emoção que sentia ao ler essa página, entre todos esses anjos que se iluminavam dentro da escuridão circundante, foi muito grande, no entanto, talvez não fosse muito pura. Enquanto a alegria de ver as belas figuras misteriosas aumentava, mais se alterava o prazer de algum modo erudito que eu sentia compreendendo os textos surgidos em letras bizantinas ao lado de suas frontes nimbadas, de modo que a beleza das imagens de Ruskin era avivada e corrompida pelo orgulho de se referir ao texto sagrado. Uma espécie de retorno egoísta a si mesmo é inevitável nessas alegrias misturadas com erudição e arte em que o prazer estético pode se tornar mais agudo, mas não permanecer tão puro. E talvez essa página das *Stones of Venice* era bela sobretudo por dar-me precisamente aquelas alegrias mescladas que eu experimentava em São Marcos, ela que, como a igreja bizantina, também tinha no mosaico seu estilo deslumbrante nas sombras, junto de suas imagens sua citação bíblica inscrita. Não era ela, aliás, como aqueles mosaicos de São Marcos que se propunham a ensinar e a baratear sua beleza artística? Hoje elas nos dão apenas prazer. E ainda, o prazer que sua didática dá ao erudito é egoísta, e o mais desinteressado ainda é aquele que oferece ao artista essa beleza desprezada ou ignorada até mesmo por aqueles que apenas se propunham a instruir o povo e que, além disso, a entregavam.

Na última página de *A Bíblia de Amiens*,[15] o "se se lembrar da promessa que lhe foi feita" é um exemplo do mesmo tipo. Quando, ainda em *A Bíblia de Amiens*, Ruskin termina o trecho sobre o Egito dizendo: "Ele foi o educador de Moisés e o Hospedeiro de Cristo", é aceitável ser o educador de Moisés: para educar é preciso certas virtudes. Mas o fato de ter sido "*o hospedeiro*" de Cristo, se acrescenta beleza à frase, pode realmente ser levada em conta em uma apreciação justificada das qualidades do gênio egípcio?

É com minhas mais caras impressões estéticas que quis lutar aqui, tentando levar a sinceridade intelectual aos seus últimos e mais cruéis limites. Preciso acrescentar que, se faço, de algum modo *em absoluto*, essa reserva geral menos sobre as obras de Ruskin do que sobre a essência de sua inspiração e a qualidade de sua beleza, ele não deixa de ser para mim um dos maiores escritores de todos os tempos e de todos os países. Tentei apreender nele, como em um "tema" particularmente favorável a essa observação, uma enfermidade essencial ao espírito humano, em vez de querer denunciar uma falta pessoal em Ruskin. Uma vez

---

15 Capítulo III, §27. (N. A.)

que o leitor tenha bem entendido em que consiste essa "idolatria", ele compreenderá a excessiva importância que Ruskin atribui em seus estudos de arte à letra das obras, importância da qual assinalei, muito sumariamente, uma outra causa no prefácio e também esse abuso das palavras "irreverente", "insolente", "um mistério que não nos foi pedido esclarecer" (*Bíblia de Amiens*, p.239), "que o artista desconfie do espírito exigente, é um espírito insolente" (*Modern Painters*), "a abside poderia quase parecer grande demais para um espectador irreverente" (*Bíblia d'Amiens*) etc. etc. – e o estado de espírito que eles revelam. Eu pensava nessa idolatria (pensava também no prazer que Ruskin sente em balancear suas frases em um equilíbrio que parece impor ao pensamento uma ordem simétrica em vez de recebê-la dele[16]) quando eu disse: "Sob que formas tocantes e tentadoras a mentira pôde, apesar de tudo, escorregar para o coração de sua sinceridade intelectual, é isso que eu não tenho que procurar". Mas, ao contrário, eu deveria tê-la procurado e pecaria precisamente por idolatria se continuasse a me refugiar por trás dessa fórmula essencialmente ruskiniana.[17] De respeito. Não é que eu entenda mal as virtudes do respeito, ele é a própria condição do amor. Mas nunca deve, ali onde o amor cessa, substituí-lo para nos permitir acreditar sem exame e admirar por confiança.

---

16 Não tenho tempo para me explicar hoje sobre esse defeito, mas me parece que, por intermédio de minha tradução, por mais inexpressiva que seja, o leitor poderá perceber através do vidro grosseiro, mas repentinamente iluminado de um aquário, o rapto rápido mas visível que a frase faz do pensamento, e a perda imediata que o pensamento sofre com isso. (N. A.)

17 No decorrer de *A Bíblia d'Amiens*, o leitor encontrará muitas vezes fórmulas análogas. (N. A.)

Ruskin, aliás, teria sido o primeiro a aprovar que não concedêssemos aos seus escritos uma autoridade infalível, já que a recusava até às Sagradas Escrituras. "Não há forma de linguagem humana onde o erro não possa escorregar" (*Bíblia de Amiens*, III, 49). Mas a atitude da "reverência" de quem se considera "insolente para esclarecer um mistério" lhe agradava. Para terminar com a idolatria e ficar mais seguro de que não resta sobre isso nenhum mal-entendido entre o leitor e eu, gostaria de trazer aqui um de nossos contemporâneos mais justamente famosos (por mais diferente que seja de Ruskin!), mas que em sua conversa, não em seus livros, deixa transparecer esse defeito e, levado a um tal excesso que é mais fácil reconhecê-lo e mostrá-lo nele, sem precisar se esforçar para ampliá-lo. Quando fala, é contaminado – deliciosamente – pela idolatria. Aqueles que o ouviram uma vez acharão muito grosseira uma "imitação" na qual nada resta de sua aprovação, mas entretanto saberão a quem me refiro, quando o tomo aqui como exemplo, ao lhes dizer que ele reconhece com admiração no panejamento com que uma atriz trágica se veste, o mesmo panejamento que vemos em *A morte*, em *O jovem e morte*, de Gustave Moreau, ou nas vestes de uma de suas amigas: "o próprio vestido e penteado que a princesa de Cadignan usava no dia em que viu d'Arthez pela primeira vez". E olhando para o drapeado da atriz trágica ou para o vestido da mulher da alta sociedade, tocado pela nobreza de sua lembrança, exclama: "É muito bonito!" não porque o tecido é belo, mas porque é aquele pintado por Moreau ou descrito por Balzac e, portanto, ela é para sempre sagrada... aos idólatras. Em seu quarto, vivas em um vaso ou pintadas em afresco na parede por algum amigo artista, verão dicentras, porque é a própria flor que vemos representada na abadia de Vézelay. Quanto a um objeto que pertenceu a Baudelaire, a Michelet, a Hugo, ele o cerca de um respeito religioso. Saboreio profundamente demais, e até a embriaguez, as espirituais improvisações a que o prazer de um gênero particular que ele encontra nessas venerações conduz e inspira nosso idólatra para não querer chicaneá-lo de modo algum.

Mas, no auge do meu prazer, me pergunto se o incomparável conversador — e o ouvinte indulgente — não pecam igualmente por insinceridade; se porque uma flor (a passiflora) carrega em si os instrumentos da paixão, é um sacrilégio oferecê-la a uma pessoa de outra religião, e se o fato de uma casa ter sido habitada por Balzac (se não resta ali, aliás, mais nada que possa nos informar dele) a torna mais bonita. Devemos realmente, a não ser para fazer-lhe um elogio estético, preferir uma pessoa porque ela tem o nome de Bathilde como a heroína de *Lucien Leuwen*?

A toalete da senhora de Cadignan é uma deliciosa invenção de Balzac porque dá uma ideia da arte da senhora de Cadignan, porque nos revela a impressão que deseja produzir em d'Arthez e alguns de seus "segredos". Mas uma vez despojada do espírito que se encontra nela, é apenas um sinal despojado de seu significado, isto é, nada; e continuar a adorá-la, a ponto de se extasiar ao encontrá-la na vida em um corpo de mulher, isso é idolatria propriamente dita. É o pecado intelectual favorito dos artistas e ao qual muito poucos não sucumbiram. *Felix culpa!* Somos tentados a dizer, vendo quão frutífero foi para eles em invenções encantadoras. Mas é preciso, pelo menos, não sucumbir sem ter lutado. Não há forma particular na natureza, por mais bela que seja, que valha de outro modo a não ser a parte de infinita beleza que nela pôde encarnar: nem mesmo a flor da macieira, nem mesmo a flor da roseira. O meu amor por elas é infinito e o sofrimento (febre do feno) que sua proximidade me causa permite-me dar-lhes a cada primavera provas desse amor que não está ao alcance de todos. Mas mesmo em relação a elas, que são tão pouco literárias, tão pouco relacionadas com uma tradição estética, que não são "a mesma flor que há em tal pintura de Tintoretto", como diria Ruskin, ou em tal desenho de Leonardo, como diria o nosso contemporâneo (que nos revelou entre tantas outras coisas, de que todos agora falam e que ninguém tinha olhado antes dele – os desenhos da Academia de Belas Artes de Veneza), sempre me precaverei contra um culto exclusivo que se dirigiria, nelas, a outra coisa além da alegria que nos dão, um culto em nome do qual, por um retorno egoísta a nós mesmos, faríamos delas "nossas" flores, e tomaríamos cuidado em honrá-las ornando nosso quarto com as obras de arte em que são representadas. Não, não acharei um quadro mais bonito porque o artista terá pintado um espinheiro em primeiro plano, embora eu não conheça nada mais bonito do que o espinheiro, pois quero permanecer sincero e sei que a beleza de uma pintura não depende das coisas representadas nela. Eu não colecionarei imagens do espinheiro. Não venero o espinheiro, vou vê-lo e respirá-lo. Permiti-me esta breve incursão no campo da literatura contemporânea – que nada tem de ofensivo – porque me parecia que os traços de idolatria em germe em Ruskin apareceriam claramente ao leitor aqui onde estão ampliados, e ainda mais por serem aqui diferenciados. Em todo caso, rogo ao nosso contemporâneo, se ele se reconheceu neste desenho bem desajeitado, que pense que foi feito sem malícia, e que me foi preciso, como disse, chegar aos últimos limites da sinceridade comigo mesmo, para fazer essa crítica a Ruskin e para encontrar, em minha admiração absoluta por ele, essa parte frágil.

Ora, não apenas "um compartilhamento com Ruskin nada tem de desonroso", mas ainda, eu nunca poderia encontrar um elogio maior para fazer a esse contemporâneo do que ter dirigido a ele a mesma censura que a Ruskin. E se tive a discrição de não o nomear, quase me arrependo. Pois, quando alguém é admitido junto a Ruskin, mesmo que fosse na atitude do doador e apenas para segurar seu livro e ajudar a lê-lo mais de perto, não estamos no sofrimento, mas na honra.

Volto para Ruskin. Essa idolatria e o que ela às vezes mistura de maneira um tanto factícia com os mais vivos prazeres literários que nos dá, preciso descer às profundezas de mim mesmo para captar seu traço, estudar seu caráter, de tanto que hoje estou "acostumado" a Ruskin. Mas ela deve ter me chocado muitas vezes quando comecei a gostar de seus livros, antes de fechar os olhos, pouco a pouco, aos seus defeitos, como acontece em todo amor. Os amores pelas criaturas vivas têm, às vezes, uma origem vil, que purificam depois. Um homem conhece uma mulher porque ela pode ajudá-lo a atingir um objetivo estranho a ela própria. Depois, uma vez que ele a conhece, ele a ama por si mesma e, sem hesitação, sacrifica a ela esse objetivo que ela deveria apenas ajudá-lo a alcançar. Meu amor pelos livros de Ruskin foi assim originalmente misturado com algo de interessado, a alegria do benefício intelectual que eu iria obter deles. É certo que nas primeiras páginas que li, sentindo o seu poder e o seu encanto, esforçava-me para não lhes resistir, não discutir demasiado comigo mesmo, porque sentia que se um dia o encanto do pensamento de Ruskin se espalhasse por mim em tudo o que ele havia tocado, em uma palavra, se eu me apaixonasse completamente por seu pensamento, o universo seria enriquecido com tudo o que eu ignorava até então, catedrais góticas, e quantos quadros da Inglaterra e da Itália que ainda não haviam despertado em mim aquele desejo sem o qual nunca há conhecimento verdadeiro. Pois o pensamento de Ruskin não é como o pensamento de Emerson, por exemplo, que está inteiramente contido em um livro, ou seja, algo abstrato, um puro signo de si mesmo. O objeto ao qual se aplica um pensamento como o de Ruskin, e do qual é inseparável, não é imaterial, está espalhado aqui e ali na superfície da Terra. É preciso ir buscá-lo onde ele está, em Pisa, em Florença, em Veneza, na National Gallery, em Rouen, em Amiens, nas montanhas da Suíça. Tal pensamento que tem um objeto diferente de si mesmo, que se realiza no espaço, que não é mais pensamento infinito e livre, mas limitado e subjugado, que se encarna em corpos de mármore esculpidos, de montanhas nevadas, em rostos pintados, talvez seja menos divino que um pensamento puro. Mas embeleza mais o universo para nós, ou pelo menos certas partes individuais, certas partes nomeadas, do universo, porque ele o tocou, e nos iniciou a elas, obrigando-nos, se quisermos entendê-las a amá-las.

E foi assim, com efeito; o universo de repente assumiu um valor infinito aos meus olhos. E minha admiração por Ruskin dava tanta importância às coisas que ele me fizera amar que elas me pareciam carregadas de um valor ainda maior que o da vida. Foi literalmente, e em uma circunstância em que eu acreditava que meus dias estavam contados; parti para Veneza a fim de poder, antes de morrer, aproximar, tocar, ver encarnados, em palácios frágeis, mas ainda de pé e cor-de-rosa, as ideias de Ruskin sobre a arquitetura doméstica na Idade Média. Que importância, que realidade pode ter aos olhos de alguém que, em breve, deverá deixar a terra, uma cidade tão especial, tão localizada no tempo, tão particularizada no espaço como Veneza e como as teorias da arquitetura doméstica que eu podia ali estudar e verificar em exemplos vivos poderiam ser uma dessas "verdades que dominam a morte, impedem de temê-la e a tornam quase amada"?[18] É o poder do gênio nos fazer amar uma beleza, que sentimos mais real do que nós, naquelas coisas que aos olhos dos outros são tão particulares e tão perecíveis quanto nós mesmos.

O "Eu direi que eles são belos quando seus olhos o disserem" do poeta não é muito verdadeiro, se se refere aos olhos de uma mulher amada. Em certo sentido, e quais possam ser, mesmo nesse terreno da poesia, as magníficas desforras que nos prepara, o amor despoetiza a natureza para nós. Ao enamorado, a terra não passa de "o tapete para os belos pés de uma criança" de sua amante, a natureza não é mais que "seu templo". O amor que nos faz descobrir tantas verdades psicológicas profundas, ao contrário, nos exclui do sentimento poético da natureza,[19] porque nos põe em disposições egoístas (o amor está no grau mais elevado da escala dos egoísmos, mas é egoísta ainda) onde

---

18 Renan. (N. A.)
19 Eu ainda tinha alguma ansiedade sobre a correção perfeita dessa ideia, mas isso foi rapidamente tirado de mim pelo único modo de verificação que existe para nossas ideias, quero dizer, o encontro fortuito com um grande espírito. Quase na época, de fato, em que acabava de escrever estas linhas, os versos da condessa de Noailles que dou abaixo apareceram na *Revue des Deux Mondes*. Ver-se-á que, sem o saber, eu tinha, para dizer como o sr. Barrès em Combourg, "colocado os meus passos nas pegadas do gênio":
Crianças, olhem bem todas as planícies redondas;
A capuchinha com suas abelhas ao redor;
Olhem bem a lagoa, nos campos, antes do amor;
Porque depois disso, nunca vemos mais nada do mundo.

o sentimento poético se produz dificilmente. A admiração por um pensamento, ao contrário, traz beleza a cada passo, porque a cada momento desperta o desejo por ela. As pessoas medíocres geralmente acreditam que deixar-se guiar dessa maneira pelos livros que admiramos rouba nossa capacidade de julgar uma parte de sua independência. "Que pode lhe importar o que sente Ruskin: sinta por si mesmo". Tal opinião repousa sobre um erro psicológico ao qual farão justiça todos aqueles que, tendo assim aceitado uma disciplina espiritual, sentem que seu poder de compreensão e de sentir foi infinitamente aumentado por ela, e seu senso crítico nunca paralisado. Estamos simplesmente então em um estado de graça onde todas as nossas faculdades, nosso senso crítico, tanto quanto os outros, são aguçados. Assim, essa servidão voluntária é o começo da liberdade. Não há melhor maneira de chegar a tomar consciência daquilo que se sente do que tentar recriar em si mesmo o que um mestre sentia. Nesse esforço profundo, é o nosso próprio pensamento que trazemos à luz, junto com o dele. Somos livres na vida, mas tendo objetivos: o sofisma da liberdade da indiferença há muito foi revelado. É um sofisma igualmente ingênuo que os escritores que criam um vácuo em seus espíritos a todo momento obedecem sem saber, acreditando que estão se livrando de toda influência externa, para ter certeza de permanecerem pessoais. Na realidade, os únicos casos em que realmente dispomos de todo o nosso poder mental são aqueles em

---

Depois, só vemos nosso coração diante de nós;
Vemos apenas uma pequena chama na estrada;
Não ouvimos nada, não sabemos nada, e ouvimos
Os pés do triste amor que corre ou se senta. (N. A.)

que não acreditamos estar trabalhando de modo independente, em que não escolhemos arbitrariamente o objetivo de nosso esforço. O tema do romancista, a visão do poeta, a verdade do filósofo, se impõem a eles de maneira quase necessária, exterior, por assim dizer, ao seu pensamento. E é submetendo seu espírito a recriar essa visão, a se aproximar dessa verdade, que o artista se torna verdadeiramente ele próprio.

Mas ao falar dessa paixão, um pouco factícia no início, tão profunda depois, que tive pelo pensamento de Ruskin, falo com a ajuda da memória e de uma memória que lembra apenas os fatos, "mas do passado profundo nada pode recapturar". É somente quando certos períodos de nossa vida estão fechados para sempre, quando, mesmo nas horas em que o poder e a liberdade nos parecem dados, somos proibidos de reabrir furtivamente as portas, é quando somos incapazes de nos colocar de volta, mesmo por um instante, no estado em que estivemos por tanto tempo, é só então que nos recusamos a que tais coisas sejam totalmente abolidas. Não podemos mais cantá-las, por ter entendido mal a sábia advertência de Goethe de que não há poesia a não ser de coisas que ainda sentimos. Mas, incapazes de despertar as chamas do passado, queremos ao menos recolher suas cinzas. Na ausência de uma ressurreição da qual não temos mais o poder, com a memória gélida que guardamos dessas coisas – a memória dos fatos que nos dizem: "eras assim", sem permitir que voltemos a sê-lo, que nos afirma a realidade de um paraíso perdido em vez de devolvê-lo a nós na lembrança – queremos pelo menos descrevê-lo e constituir sua ciência. É quando Ruskin está bem longe de nós que traduzimos seus livros e tentamos fixar em uma imagem semelhante os traços de seu pensamento. Então, não conhecerás os acentos de nossa fé ou de nosso amor, e é somente nossa piedade que perceberás aqui e ali, fria e furtiva, ocupada, como a Virgem Tebana, a restaurar um túmulo.

A morte das catedrais[1]

Suponhamos por um momento que o catolicismo esteja extinto há séculos e perdidas as tradições de seu culto. Únicas permanecem as catedrais, monumentos que se tornaram ininteligíveis, de uma crença esquecida, em desuso e mudas. Um dia, os eruditos conseguem reconstituir as cerimônias que ali se celebravam no passado, para as quais essas catedrais foram

---

[1] Sob este título, uma vez publiquei no *Figaro* um estudo que visava combater um dos artigos da lei da separação [da Igreja e do Estado]. É um estudo muito medíocre; dou aqui um pequeno trecho apenas para mostrar como, a alguns anos de distância, as palavras mudam de sentido e como, no caminho curvo do tempo, não podemos ver o futuro de uma nação, não mais do que o de uma pessoa. Quando falava da morte das catedrais, temia que a França se transformasse numa praia onde gigantescas conchas cinzeladas pareceriam ter chegado à costa, esvaziadas da vida que as habitou e nem mais trazendo ao ouvido que atentaria a elas o vago rumor de outrora, meras peças de muscu, congeladas em si próprias. Dez anos se passaram, "a morte das catedrais" é a destruição de suas pedras pelos exércitos alemães, não do espírito delas por uma Câmara anticlerical que se uniu intimamente a nossos bispos patriotas. (N. A.)

construídas e sem as quais não se achava mais nelas além de uma letra morta; quando os artistas, seduzidos pelo sonho de trazer momentaneamente de volta à vida esses grandes navios que se calaram, querem refazer por uma hora o teatro do drama misterioso que ali se desenrolava, em meio a cantos e perfumes, empreendem, em uma palavra, para a missa e as catedrais, o que os félibres* conseguiram para o teatro de Orange e as tragédias antigas. Decerto, o governo não deixaria de subvencionar tal tentativa. O que ele fez por ruínas romanas não falharia para os monumentos franceses, por essas catedrais que são a expressão mais alta e original do gênio da França.

Assim, portanto, eis eruditos que souberam redescobrir o significado perdido das catedrais: as esculturas e os vitrais recuperam seus sentidos, um odor misterioso flutua novamente no templo, um drama sagrado representa-se aí, a catedral começa a cantar novamente. O governo subsidia com razão, com mais razão do que as apresentações do Teatro de Orange, da Opéra-Comique e da Opéra, essa ressurreição das cerimônias católicas, de tamanha importância histórica, social, plástica, musical e de cuja beleza só Wagner aproximou-se, imitando-a, em *Parsifal*.

Caravanas de esnobes vão à cidade sagrada (seja Amiens, Chartres, Bourges, Laon, Reims, Beauvais, Rouen, Paris), e uma vez por ano sentem a emoção que outrora buscaram em Bayreuth e Orange: saborear a obra de arte no próprio cenário que foi construído para ela. Infelizmente, lá, como em Orange,

---

* Membros do Félibrige, movimento cultural da Occitânia, criado em 1854, do qual fez parte o grande poeta Fréderic Mistral. Foram eles que fizeram reviver o grande teatro romano de Orange com as *Chorégies d'Orange* (Coregias de Orange), festival criado em 1868, existente até hoje, e consagrado sobretudo à representação de óperas. (N. T.)

eles só podem ser curiosos, diletantes; façam o que fizerem, neles não habita a alma de outrora. Os artistas que vieram cantar os cantos, os artistas que representam o papel de sacerdotes podem ser instruídos, podem tem penetrado o espírito dos textos. Mas, apesar de tudo, não se deixa de pensar o quanto mais belas devem ter sido essas festas na época em que eram os padres que celebravam os ofícios, não para dar aos cultos uma ideia dessas cerimônias, mas porque tinham na virtude delas a mesma fé dos artistas que esculpiram o Juízo Final no tímpano do pórtico, ou pintaram a vida dos santos nos vitrais da abside. O quanto a obra toda inteira deve ter falado mais alto, com mais precisão, quando todo um povo respondia à voz do padre, curvava-se, ajoelhado, quando a campainha da elevação tilintava, não como nessas representações retrospectivas, com figurantes frios e no estilo, mas porque eles também, como o padre, como o escultor, acreditavam.

Eis o que diríamos se a religião católica estivesse morta. Ora, ela existe, e para imaginarmos o que era, viva e no pleno exercício das suas funções, uma catedral do século XIII, não precisamos fazer dela o cenário de reconstituições, de retrospectivas exatas talvez, mas congeladas. Temos apenas que entrar a qualquer momento, enquanto um ofício é celebrado. A mímica, a salmodia e o canto não são confiados aqui aos artistas. São os próprios ministros do culto que oficiam, em um sentimento não de estética, mas de fé, e por isso mesmo mais estético. Não poderíamos desejar figurantes mais animados e mais sinceros, já que é o povo que se dá ao trabalho de fazer, para nós, a figuração sem suspeitar. Pode-se dizer que, graças à persistência na Igreja Católica dos mesmos ritos e, por outro lado, da crença católica no coração dos franceses, as catedrais não são apenas os mais belos monumentos de nossa arte, mas os únicos que vivem ainda sua vida integral, aqueles que permaneceram em relação com o objetivo para os quais foram construídos.

Ora, a ruptura entre o governo francês e Roma parece tornar próxima a discussão e provável aprovação de um projeto de lei, nos termos do qual, ao final de cinco anos, as igrejas poderão ser, e muitas vezes serão, postas fora de uso; o governo não só deixará de subsidiar a celebração de cerimônias rituais nas igrejas, mas poderá transformá-las no que quiser: museu, sala de conferências ou cassino.

Quando o sacrifício da carne e do sangue de Cristo não for mais celebrado nas igrejas, não haverá mais vida nelas. A liturgia católica compõe uma unidade com a arquitetura e a escultura de nossas catedrais, porque ambas derivam do mesmo simbolismo. Vimos no estudo precedente que quase não há escultura nas catedrais, por mais secundária que possa parecer, que não tenha seu valor simbólico.

Ora, é a mesma coisa com as cerimônias do culto.

Em um admirável livro, *A arte religiosa no século XIII*, o sr. Émile Mâle analisa a primeira parte da festa do Sábado Santo, a partir de o *Racional dos ofícios divinos*, de Guillaume Durand:

"Pela manhã, começamos apagando todas as lâmpadas da igreja, para assinalar que a velha Lei, que iluminou o mundo, está doravante revogada.

"Depois, o celebrante abençoa o novo fogo, figura da nova Lei. Ele a faz brotar da pederneira, para nos lembrar que Jesus Cristo é, como diz São Paulo, a pedra angular do mundo. Então, o bispo e o diácono dirigem-se ao altar-mor e param em frente ao círio pascal."

Esse círio, ensina Guillaume Durand, é um símbolo triplo. Extinto, simboliza tanto a coluna escura que guiava os hebreus durante o dia, a antiga Lei e o corpo de Jesus Cristo. Aceso, significa a coluna de luz que Israel via durante a noite, a nova Lei e o corpo glorioso de Jesus Cristo ressuscitado. O diácono alude a esse triplo simbolismo recitando, diante da vela, a fórmula do *Exsultet*.

Mas insiste sobretudo na semelhança da vela e do corpo de Jesus Cristo. Ele lembra que a cera imaculada foi produzida pela abelha, casta e fecunda como a Virgem que deu à luz o Salvador. Para tornar perceptível aos olhos a semelhança entre a cera e o corpo divino, ele crava na vela cinco grãos de incenso que lembram tanto as cinco chagas de Jesus Cristo quanto os perfumes comprados pelas santas mulheres para perfumá-lo. Por fim, ele acende o círio com o novo fogo e, por toda a igreja, as lâmpadas são reacendidas, para representar a difusão da nova Lei no mundo.

Mas isso, poder-se-ia dizer, é apenas uma celebração excepcional. Eis aqui a interpretação de uma cerimônia cotidiana, a missa, que, como veremos, não é menos simbólica.

"O canto grave e triste do Introito abre a cerimônia; afirma a expectativa dos patriarcas e dos profetas. O coro dos clérigos é o próprio coro dos santos da antiga Lei, que suspiram pela vinda do Messias, a quem não deverão ver. O bispo então entra e aparece como a imagem viva de Jesus Cristo. Sua chegada simboliza a vinda do Salvador, esperada pelas nações. Nas grandes festas, sete tochas são carregadas diante dele para nos lembrar que, de acordo com a palavra do profeta, os sete dons do Espírito Santo repousam sobre a cabeça do Filho de Deus. Ele avança sob um dossel triunfal cujos quatro carregadores podem ser comparados aos quatro evangelistas. Dois acólitos caminham à sua direita e à sua esquerda e representam Moisés e Elias, que apareceram no Tabor ao lado de Jesus Cristo. Eles nos ensinam que Jesus tinha por si a autoridade da Lei e a autoridade dos profetas.

"O bispo senta-se em seu trono e permanece silencioso. Ele não parece participar da primeira parte da cerimônia. Sua atitude contém um ensinamento: ele nos lembra com seu silêncio que os primeiros anos da vida de Jesus Cristo se passaram na obscuridade e no recolhimento. O subdiácono, porém, dirige-se ao púlpito e, voltado para a direita, lê a Epístola em voz alta. Vislumbramos aqui o primeiro ato do drama da Redenção.

"A leitura da Epístola é a pregação de São João Batista no deserto. Ele fala antes que o Salvador comece a fazer ouvir sua voz, mas só fala aos judeus. Então o subdiácono, imagem do precursor, volta-se para o norte, que é o lado da antiga Lei. Quando a leitura termina, ele se inclina diante do bispo, como o precursor se humilhou diante de Jesus Cristo.

"O canto do Gradual que se segue à leitura da Epístola refere-se novamente à missão de São João Batista, simbolizando as exortações à penitência que dirige aos judeus, nas vésperas dos novos tempos.

"Por fim, o celebrante lê o Evangelho. Momento solene, porque é aqui que começa a vida ativa do Messias; sua palavra se faz ouvir pela primeira vez no mundo. A leitura do Evangelho é a própria figura de sua pregação.

"O Credo segue o Evangelho como a fé segue o anúncio da verdade. Os doze artigos do Credo referem-se à vocação dos doze apóstolos.

"O próprio traje que o padre usa no altar", acrescenta o sr. Mâle, "os objetos que servem ao culto são também símbolos. A casula que se reveste sobre as outras vestimentas é a caridade que é superior a todos os preceitos da lei e que é ela mesma a lei suprema. A estola, que o sacerdote passa ao pescoço, é o jugo leve do Senhor; e como está escrito que todo cristão deve amar esse jugo, o padre beija a estola ao colocá-la e tirá-la. A mitra de duas pontas do bispo simboliza o conhecimento que ele deve ter de ambos os Testamentos; duas fitas estão amarradas a ela para lembrar que a Escritura deve ser interpretada de acordo com a letra e de acordo com o espírito. O sino é a voz dos pregadores. A estrutura à qual está suspenso é a figura da cruz. A corda, feita de três fios torcidos, significa a tríplice inteligência da Escritura, que deve ser interpretada no triplo sentido histórico, alegórico e moral. Quando alguém pega a corda na mão para balançar o sino, expressa simbolicamente essa verdade fundamental de que o conhecimento das Escrituras deve levar à ação."

Assim, tudo, até o menor gesto do padre, até a estola que ele usa, está em harmonia para simbolizá-lo com o sentimento profundo que anima toda a catedral.

Nunca um espetáculo comparável, espelho tão gigante da ciência, da alma e da história, foi oferecido aos olhos e à inteligência do homem. O mesmo simbolismo abrange até a música que então se ouve na imensa nave e da qual os sete tons gregorianos representam as sete virtudes teologais e as sete idades do mundo. Podemos dizer que uma representação de Wagner em Bayreuth (e mais ainda de Émile Augier ou Dumas em um palco de teatro subsidiado) é bem pouca coisa, comparada à celebração de uma missa solene na catedral de Chartres.

Sem dúvida, apenas aqueles que estudaram a arte religiosa da Idade Média são capazes de analisar plenamente a beleza de tal espetáculo. E isso bastaria para que o Estado tivesse a obrigação de zelar pela sua perenidade. Ele subvenciona os cursos do Collège de France, que, no entanto, são destinados a apenas um número reduzido de pessoas e que, comparados a essa ressurreição completa que é uma grande missa em uma catedral, parecem bastante frios. E ao lado da execução de tais sinfonias, as apresentações de nossos teatros igualmente subvencionados correspondem a necessidades literárias muito mesquinhas. Mas apressemo-nos a acrescentar que aqueles que sabem ler abertamente na simbólica da Idade Média não são os únicos para quem a catedral viva, quer dizer, a catedral esculpida, pintada, cantante, é o maior dos espetáculos. É assim que é possível sentir a música sem conhecer a harmonia. Bem sei que Ruskin, mostrando que razões espirituais explicam a disposição das capelas na abside das catedrais, disse: "nunca poderás encantar-te com as formas da arquitetura sem saberes de onde vieram". Não é menos verdade que todos nós conhecemos o fato de um ignorante, um simples sonhador, entrando em uma catedral, sem tentar compreender, dando vazão às suas emoções, e experimentando uma impressão mais confusa, sem dúvida, mas talvez igualmente forte. Como testemunho literário desse estado de espírito, certamente muito diferente daquele do erudito de que falávamos anteriormente, que percorre a catedral como se estivesse numa "floresta de símbolos que o observam com olhares familiares", que, no entanto, se permite encontrar na catedral, na hora dos ofícios, uma emoção vaga, mas poderosa, citarei a bela página de Renan chamada "A dupla oração":

"Um dos mais belos espetáculos religiosos que ainda hoje podemos contemplar (e que não poderemos mais contemplar, se a Câmara votar o projeto em questão) é o apresentado ao anoitecer pela antiga catedral de Quimper. Quando a sombra preenche os lados inferiores do vasto edifício, os fiéis de ambos os sexos se reúnem na nave e entoam a oração da noite na língua bretã num ritmo simples e tocante. A catedral é iluminada apenas por duas ou três lâmpadas. Na nave, de um lado, estão os homens, de pé; do outro, as mulheres ajoelhadas formam uma espécie de mar imóvel de toucas brancas. As duas metades cantam alternadamente, e a frase iniciada por um coro é completada pelo outro. O que eles cantam é muito bonito. Quando ouvi, parecia-me que, com algumas pequenas transformações, poderia adaptar-se a todos os estados da humanidade. Isso, sobretudo, me fez sonhar com uma oração que, com algumas variações, poderia convir igualmente a homens e mulheres."

Entre esse vago devaneio que não é sem encanto e as alegrias mais conscientes do "conhecedor" da arte religiosa, há muitos graus. Recordemos, para constar, o caso de Gustave Flaubert estudando, mas para interpretá-la num sentimento moderno, uma das mais belas partes da liturgia católica:

"O padre mergulhou o polegar no óleo sagrado e começou as unções em seus olhos primeiro... em suas narinas gulosas por brisas quentes e perfumes amorosos, em suas mãos que se deleitaram com contatos suaves... em seus pés, enfim, tão rápidos quando corriam para satisfazer seus desejos, e que agora não andariam mais."

Dizíamos antes que quase todas as imagens de uma catedral são simbólicas. Algumas não são. São aquelas dos seres que, tendo contribuído com o seu dinheiro para a decoração da catedral, quiseram conservar ali, para sempre, um lugar para poder, desde os balaústres do nicho ou do recesso do vitral, seguir silenciosamente os cultos e participar silenciosamente das orações, *in saecula saeculorum*. Os próprios bois de Laon, tendo subido à colina onde a catedral se ergue de forma cristã com os materiais que serviram para construí-la, foram recompensados pelo arquiteto elevando suas estátuas ao pé das torres, de onde ainda hoje podem ser vistas, ao som dos sinos e da estagnação do sol, levantando suas cabeças chifrudas acima da arca santa e colossal para o horizonte das planícies da França, seu "sonho interior". Ai de mim, se não foram destruídos, o que não viram nesses campos onde cada primavera só vêm florescer túmulos? Para animais, colocá-los assim do lado de fora, saindo como que de uma gigantesca arca de Noé que teria parado nesse monte Ararat, no meio do dilúvio de sangue! Concedia-se mais aos homens.

Entravam na igreja, tomavam lugar, que conservavam até depois da morte e de onde podiam continuar, como no tempo em que viviam, a seguir o divino sacrifício, seja porque, debruçados para fora de suas sepulturas de mármore, viram levemente a cabeça do lado do evangelho ou do lado da epístola, podendo observar, como em Brou, e sentir em volta de seus nomes o enlaçamento estreito e infatigável de flores emblemáticas e de iniciais adoradas, mantendo, até no túmulo, como em Dijon, as brilhantes cores da vida; seja porque, no fundo do vitral, em seus mantos de púrpura, de ultramar ou de azul que aprisionam o sol, se incendeiam, enchem de cores seus raios transparentes e bruscamente as libertam, multicores, errando sem direção no meio da nave, que eles tingem; em seu esplendor desnorteado e preguiçoso, em sua palpável irrealidade, continuam sendo os doadores que, por isso mesmo, ganharam a concessão de uma oração perpétua. E todos eles querem que o Espírito Santo, quando ele descer da igreja, reconheça bem os seus. Não são apenas a Rainha e o Príncipe que usam suas insígnias, coroa ou colar do velocino de ouro. Os banqueiros se fizeram representar verificando o título das moedas, os peleiros vendendo suas peles (ver a reprodução desses dois vitrais no livro do sr.

Mâle), os açougueiros abatendo bois, os cavaleiros sustentando seus brasões, os escultores talhando capitéis. De seus vitrais de Chartres, Tours, Sens, Bourges, Auxerre, Clermont, Toulouse, Troyes, tanoeiros, peleiros, merceeiros, peregrinos, operários, armeiros, tecelões, pedreiros, açougueiros, cesteiros, sapateiros, cambistas, ouvindo o ofício, não ouvirão mais a missa que eles haviam garantido ao doar para a construção da igreja seu melhor dinheiro. Os mortos não governam mais os vivos. E os vivos, esquecidos, deixam de cumprir os desejos dos mortos.

Sentimentos filiais de um parricida

Quando o sr. Van Blarenberghe pai morreu há alguns meses, lembrei-me de que minha mãe conhecia muito bem sua mulher. Desde a morte de meus pais que eu sou (em um sentido que não caberia especificar aqui) menos eu mesmo e mais filho deles. Sem me afastar dos meus amigos, volto-me mais voluntariamente para os deles. E as cartas que escrevo agora são principalmente as que acho que eles teriam escrito, as que não podem mais escrever e que escrevo no lugar deles, parabéns, pêsames principalmente para amigos deles que muitas vezes mal conheço. Então, quando a senhora Van Blarenberghe perdeu o marido, eu queria que um testemunho da tristeza que meus pais haviam experimentado chegasse a ela. Lembrava-me que tinha, já há muitos anos, jantado às vezes em casa de amigos em comum com o filho deles. Foi para ele que escrevi, em nome dos meus pais falecidos, por assim dizer, muito mais do que no meu. Recebi como resposta a seguinte bela carta, marcada com tão grande amor filial. Achei que tal testemunho, com a significação que recebe do drama que o acompanha tão de perto, sobretudo com o sentido que lhe atribui, devia ser tornado público. Aqui está essa carta:

"Les Timbrieux, por Josselin (Morbihan),
24 de setembro de 1906.

"Lamento profundamente, caro senhor, não ter podido agradecer ainda pela simpatia que o senhor me testemunhou em minha dor. Queira me desculpar, a dor era tanta que, a conselho dos médicos, durante quatro meses, viajei constantemente. Estou apenas começando, e com extrema dificuldade, a retomar minha vida habitual.

"Por mais tardiamente que seja, quero dizer-lhe hoje que fui extremamente sensível às lembranças fiéis que o senhor guardou de nossas antigas e excelentes relações e profundamente tocado pelo sentimento que o inspirou a falar comigo, assim como com minha mãe, em nome de seus pais que faleceram tão prematuramente. Pessoalmente, tive a honra de conhecê-los muito pouco, mas sei o quanto meu pai apreciava os seus e o prazer que minha mãe sempre teve em ver a senhora Proust. Achei extremamente delicado e sensível que o senhor nos tenha enviado uma mensagem deles, vinda do além-túmulo.

"Voltarei a Paris muito em breve e se conseguir em pouco tempo superar a necessidade de isolamento que me causou até agora o desaparecimento daquele a quem eu vinculava todo o interesse da minha vida, que fez toda a alegria dela, eu ficaria muito feliz em ir apertar sua mão e conversar consigo sobre o passado.

"Muito afetuosamente seu.

H. van Blarenberghe."

Essa carta me tocou muito, lamentei aquele que sofria assim; lamentava e invejava: ele ainda tinha a mãe para se consolar ao consolá-la. E se eu não pude responder às tentativas que ele queria fazer para me ver, era porque fui materialmente impedido. Mas, sobretudo, essa carta modificou, num sentido mais simpático, a memória que eu tinha dele. As boas relações às quais ele aludiu em sua carta eram, na realidade, relações mundanas muito banais. Mal tivera a oportunidade de conversar com ele à mesa onde às vezes jantávamos juntos, mas a extrema distinção de espírito dos donos da casa foi e continua sendo uma garantia segura para mim de que Henri van Blarenberghe, sob um exterior ligeiramente convencional, talvez mais representativo do meio em que vivia do que significativo de sua própria personalidade, escondia uma natureza mais original e viva. De resto, entre esses estranhos instantâneos de memória que nosso cérebro, tão pequeno e tão vasto, armazena em números prodigiosos, se procuro, entre aqueles que figuram Henri van Blarenberghe, o instantâneo que me parece ter permanecido o mais claro, é sempre um rosto sorridente que vejo, sorridente com um olhar, sobretudo, que tinha singularmente fino, a boca ainda entreaberta depois de ter dado uma réplica fina. Agradável e bastante distinto, é assim que o "revisto", como dizem, com razão. Nossos olhos têm mais a ver do que pensamos nessa exploração ativa do passado que chamamos a lembrança. Se, no momento em que o pensamento vai buscar alguma coisa do passado para fixá-lo, trazê-lo por um momento à vida, olharmos os olhos daquele que faz o esforço de se lembrar, veremos que eles imediatamente se esvaziaram das formas que os cercam e que refletiram há pouco. "Está com um olhar ausente, está em outro lugar", dizemos, mas só vemos o outro lado do fenômeno que se faz no pensamento naquele momento. Então os olhos mais belos do mundo não nos tocam mais com sua beleza, não são mais, para desviar uma expressão de Wells de seu significado, do que "máquinas de explorar o tempo", telescópios do invisível, que se tornam mais distantes à medida que se envelhece. Sentimos tão bem, vendo se armar pela lembrança o olhar cansado por tanta adaptação a tempos tão diferentes, muitas vezes tão distantes, o olhar enferrujado dos velhos, sentimos tão bem que a trajetória deles, atravessando "a sombra dos dias" vividos vai aterrissar a alguns passos à frente deles; na realidade, parece estar a cinquenta ou sessenta anos atrás deles. Lembro-me de o quanto os olhos encantadores da princesa Mathilde mudavam de beleza quando se fixavam nesta ou naquela imagem que haviam depositado, *eles próprios*, em sua retina e em sua lembrança, tão grandes homens, tão grandes espetáculos do início do século, e é essa imagem, que deles emana, que ela viu e que nós nunca veremos. Eu sentia uma impressão do sobrenatural naqueles momentos em que meu olhar encontrava o dela que, com uma linha curta e misteriosa, em uma atividade de ressureição, juntava o presente ao passado.

Agradável e bastante distinto, eu dizia, foi assim que vi Henri van Blarenberghe de novo em uma daquelas melhores imagens que minha memória conservou dele. Mas, depois de ter recebido aquela carta, retoquei essa imagem no fundo da minha memória, interpretando, no sentido de uma sensibilidade mais profunda, de uma mentalidade menos mundana, certos elementos do olhar ou dos traços que podiam, com efeito, ter um significado mais interessante e mais generoso do que aquele em que eu me havia, de início, fixado. Finalmente, tendo-lhe pedido recentemente informações sobre um funcionário das Ferrovias do Leste (o sr.

van Blarenberghe era presidente do conselho de administração) por quem um amigo meu se interessava, recebi dele a seguinte resposta que, escrita em 12 de janeiro último, chegou até mim, em decorrência de mudanças de endereço que ele ignorava, apenas em 17 de janeiro, não faz quinze dias, menos de oito dias antes do drama:

148, rue de La Bienfaisance,
12 de janeiro de 1907.

"Caro senhor,
"Perguntei na Companhia do Leste sobre a possível presença de X no pessoal... e seu eventual endereço. Não descobrimos nada. Se o senhor tem certeza do nome, aquele que o porta desapareceu da Companhia sem deixar vestígios; ele deve ter-se vinculado a ela apenas de maneira muito provisória e acidental.

"As notícias que o senhor me dá do estado de sua saúde desde a morte tão prematura e cruel de seus pais angustiam-me. Se lhe servir de consolo, direi que também eu tenho grande dificuldade física e moral para me recuperar do choque que me causou a morte de meu pai. Devemos sempre ter esperança... Não sei o que o ano de 1907 me reserva, mas esperemos que nos traga, a ambos, alguma paz, e que, em poucos meses, possamos nos ver.

"Rogo-lhe que aceite meus sentimentos os mais simpáticos.

H. van Blarenberghe."

Cinco ou seis dias depois de receber essa carta, lembrei-me, ao acordar, que queria respondê-la. Fazia um daqueles grandes frios inesperados, que são como as "marés altas" do céu, recobrindo todos os diques que as grandes cidades ergueram entre nós e a natureza e, vindo bater em nossas janelas fechadas, penetram até em nossos quartos, fazendo sentir aos nossos ombros friorentos, por um contato revigorante, o retorno ofensivo das forças elementares. Dias conturbados de bruscas mudanças barométricas, de abalos mais graves. Nenhuma alegria, aliás, em tanta força. Chorava-se de antemão pela neve que ia cair e as próprias coisas, como no belo verso de André Rivoire, tinham o ar de "esperar a neve". Que uma "depressão está avançando em direção às Ilhas Baleares", como dizem os jornais, que só a Jamaica está tremendo e, no mesmo instante, em Paris, os enxaquecosos, os reumáticos, os asmáticos, os loucos sem dúvida também, entram em suas crises, de tanto que os nervosos são unidos aos pontos mais distantes do universo pelos laços de uma solidariedade que muitas vezes gostariam que fosse menos estreita. Se a influência dos astros, pelo menos em alguns deles, deve um dia ser reconhecida (Framery, Pelletan, citado pelo sr. Brissaud) a quem melhor aplicar do que a uma pessoa tão nervosa, o verso do poeta: "E longos fios sedosos o unem às estrelas".

Ao acordar, preparei-me para responder a Henri van Blarenberghe. Mas, antes de fazê-lo, quis dar uma olhada no *Figaro*, para realizar aquele ato abominável e voluptuoso que se chama *ler o jornal* e graças ao qual todos os infortúnios e cataclismos do universo durante as últimas 24 horas, as batalhas que custaram a vida de 50 mil homens, os crimes, as greves, as falências, os incêndios, os envenenamentos, os suicídios, os divórcios, as emoções cruéis do estadista e do ator, transmutadas para nosso uso pessoal, para nós que não nos interessamos por isso, em um deleite matinal, associam-se excelentemente, de maneira muito excitante e tônica, com a ingestão recomendada de alguns goles de café com leite. Logo depois de rompida com um gesto indolente, a frágil banda do *Figaro* que, por si só, ainda nos separava de toda a miséria do globo, e desde as primeiras notícias sensacionais em que a dor de tantos seres "entra como elemento", essas notícias sensacionais que teremos tanto prazer em comunicar daqui a pouco aos que ainda não leram o jornal, de repente sentimo-nos alegremente vinculados à existência que, no primeiro momento de despertar, parecia-nos bem inútil de recapturar. E se, por vezes, algo como uma lágrima umedeceu nossos olhos satisfeitos, foi ao ler uma frase como esta: "Um silêncio impressionante abraça todos os corações, os tambores batem nos campos, as tropas apresentam suas armas, um clamor imenso ressoa: 'Viva Fallières!'". Eis o que nos arranca uma lágrima, uma lágrima que recusaríamos a um infortúnio próximo de nós. Vis atores, que só a dor de Hércules faz chorar, ou, menos do que isso, a viagem do presidente da República! Naquela manhã, porém, a leitura do *Fígaro* não foi suave para mim. Eu tinha acabado de olhar as erupções vulcânicas, as crises ministeriais e os duelos de apaches com um olhar encantado e começava a ler calmamente uma notícia da crônica policial cujo título: "Um drama da loucura" poderia convir particularmente à estimulação viva das energias matinais, quando de repente vi que a vítima era a sra. van Blarenberghe, que o assassino, que havia se matado em seguida, era seu filho Henri van Blarenberghe, cuja carta ainda tinha comigo, para responder: "*Devemos sempre ter esperança... Não sei o que o ano de 1907 me reserva, mas esperemos que nos traga, a ambos, alguma paz*" etc. Devemos sempre ter esperança! Não sei o que 1907 me reserva! A vida não demorou muito para lhe responder. 1907 ainda não havia deixado cair no passado seu primeiro mês de futuro, quando ela lhe trouxera seu presente, fuzil, revólver e punhal, com, em seu espírito, a venda que Atenas amarrava no espírito de Ajax para que ele massacrasse pastores e rebanhos no acampamento dos gregos sem saber o que fazia. "Fui eu que lancei imagens mentirosas em seus olhos. E ele correu, golpeando aqui e ali, pensando em matar os átridas com a mão atirando-se, ora contra um, ora contra outro. E eu, eu excitava o homem nas garras da demência furiosa e o empurrava para ciladas; e ele acabou de entrar ali, com a cabeça encharcada de suor e as mãos ensanguentadas." Enquanto os loucos atacam, eles não sabem, depois, uma vez terminada a crise, que dor! Tecmessa, esposa de Ajax, diz: "Sua demência terminou, sua fúria caiu como o sopro do Motos. Mas tendo recuperado o espírito, agora ele é atormentado por uma nova dor, porque contemplar os próprios males quando ninguém mais os causou a não ser nós mesmos aumenta amargamente as dores. Desde que descobriu o que aconteceu, ele se lamenta em uivos lúgubres, ele, que costumava dizer que chorar era indigno de um homem. Permanece sentado, imóvel, uivando, e certamente medita contra si mesmo algum destino funesto". Mas quando o acesso passou para Henri van Blarenberghe não são rebanhos e pastores degolados que ele tem diante de si. A dor não mata em um instante, pois ele não morreu ao ver sua mãe assassinada à sua frente, pois não morreu ouvindo sua mãe moribunda dizer-lhe, como a princesa Andreia em Tolstoi: "Henrique, o que fizeste de mim! O que fizeste de mim!". "Chegando ao patamar que interrompe a subida da escada entre o primeiro e o segundo andar", diz o *Matin*, eles (os criados que, nesse relato, talvez aliás impreciso, só são percebidos correndo e descendo as escadas a quatro degraus por vez) "viram a sra. van Blarenberghe, com o rosto transtornado pelo terror, descendo dois ou três degraus, gritando: 'Henri! Henri!

O que fizeste!'. Então a infeliz, coberta de sangue, ergueu os braços no ar e caiu de bruços... Os criados aterrorizados desceram para pedir ajuda. Pouco depois, quatro policiais, que foram chamados, arrombaram as portas trancadas do quarto do assassino. Além dos ferimentos que tinha feito com seu punhal, teve todo o lado esquerdo do rosto arrebentado por um tiro. *O olho pendia sobre o travesseiro*." Aqui não é mais em Ajax que penso. Nesse olho "que pende sobre o travesseiro" reconheço arrancado, no gesto mais terrível que a história do sofrimento humano nos legou, o próprio olho do infeliz Édipo! "Édipo se precipita com grandes gritos, vai, vem, pede uma espada... Com horríveis gritos, ele se joga contra as duplas portas, arranca as folhas das dobradiças frágeis, corre para o quarto onde vê Jocasta pendurada na corda que a estrangulava. E, ao vê-la assim, o infeliz estremece de pavor, desamarra a corda, o corpo de sua mãe, não mais sustentado, cai ao chão. Então ele arranca os broches de ouro das roupas de Jocasta, fura os olhos dizendo que não verão mais os males que ele havia sofrido e os infortúnios que causara, e gritando imprecações, ainda golpeia nos olhos com as pálpebras levantadas, e suas pupilas sangrentas escorriam por sua face, como uma chuva, uma saraivada de sangue negro. Ele grita para que mostrem o parricídio a todos os Cadmeus. Quer ser expulso desta terra. Ah! A antiga felicidade era assim chamada pelo seu nome real. Mas, a partir desse dia, nada falta a todos os males que têm nome. Os gemidos, o desastre, a morte, o opróbrio." E pensando na dor de Henri van Blarenberghe ao ver sua mãe morta, penso também em outro louco muito infeliz, em Lear abraçando o cadáver de sua filha Cordélia. "Oh! Ela partiu para sempre! Ela morreu como a terra. Não, não, não mais vida! Por que um cão, um cavalo, um rato, têm vida, quando não tens nem mesmo mais respiração? Não voltarás nunca mais! Nunca! Nunca! Nunca! Nunca! Olhem! Olhem para os lábios dela! Olhem para ela! Olhem para ela!"

Apesar de seus horríveis ferimentos, Henri van Blarenberghe não morreu imediatamente. E não posso deixar de achar bem cruel (embora talvez útil; temos assim tanta certeza do que realmente foi o drama? Lembremo-nos dos irmãos Karamazov) o gesto do delegado de polícia. "O infeliz não está morto. O delegado o tomou pelos ombros e lhe falou: 'Estás ouvindo? Responde'. O assassino abriu o olho intacto, piscou por um momento e recaiu em coma." A esse cruel delegado, tenho vontade de repetir as palavras com que Kent, na cena do *Rei Lear*, que citei há pouco, detém Edgar que queria acordar Lear já desmaiado: "Não! Não perturbe sua alma! Oh! Deixe que se vá! É odiá-lo querer estirá-lo por mais tempo na roda desta vida dura".

Se repeti com insistência esses grandes nomes trágicos, especialmente os de Ajax e Édipo, o leitor deve entender por que, por que também publiquei essas cartas e escrevi esta página. Quis mostrar em que pura, em que religiosa atmosfera de beleza moral ocorreu essa explosão de loucura e sangue que o respinga sem a conseguir macular. Quis arejar o quarto do crime com um sopro que vinha do céu, mostrar que essa notícia era exatamente um daqueles dramas gregos cuja representação era quase uma cerimônia religiosa e que o pobre parricida não era um bruto criminoso, um ser exterior à humanidade, mas um nobre exemplo de humanidade, um homem de espírito esclarecido, um filho terno e piedoso, que a mais inelutável fatalidade – digamos patológica para falar como todo mundo – atirou – o mais infeliz dos mortais – num crime e numa expiação digna de permanecer ilustre.

"Dificilmente acredito na morte", diz Michelet em uma página admirável. É verdade que ele diz isso de uma água-viva, de quem a morte, tão pouco diferente de sua vida, nada tem de incrível, de modo que se pode perguntar se Michelet não empregou nessa frase um desses "caldos de cozinheiro" que os grandes escritores rapidamente adquirem e graças aos quais têm a certeza de poder servir, de improviso, à sua clientela o acepipe especial que lhes pedem. Mas se acredito sem dificuldade na morte de uma água-viva, não posso acreditar facilmente na morte de uma pessoa, mesmo no simples eclipse, no simples declínio de sua razão. Nosso senso de continuidade da alma é mais forte. O quê! Esse espírito que, agora mesmo, dominava a vida com suas visões, dominava a morte, nos inspirou tanto respeito, eis que é dominado pela vida, pela morte, mais fraco que o nosso espírito que, seja como for, não pode mais se curvar diante do que tão rapidamente se tornou um quase nada! É por isso que a loucura é como o enfraquecimento das faculdades do velho, como a morte. O quê? O homem que escreveu ontem a carta que citei há pouco, tão altivo, tão comportado, esse homem de hoje...? E mesmo, para descer a minúcias muito importantes aqui, o homem que muito razoavelmente se ligava às pequenas coisas da existência, respondia a uma carta com tanta elegância, cumpria uma atividade com tanta exatidão, atentava para a opinião dos outros, desejava parecer-lhes, se não influente, pelo menos amável, que conduzia com tanta *finesse* e lealdade seu jogo no tabuleiro social!... Digo que isso é muito importante aqui, e se eu tivesse citado toda a primeira parte da segunda carta que, para dizer a verdade, interessava aparentemente só a mim, é que essa razão prática parece ainda mais exclusiva do que aconteceu do que a bela e profunda tristeza das últimas linhas. Muitas vezes, num espírito já devastado, são os ramos principais, o topo, que sobrevivem por último, quando todas as ramificações mais baixas já estão podadas pelo mal. Aqui, a planta espiritual está intacta. E há pouco, copiando essas cartas, gostaria de poder levar a sentir a extrema delicadeza, mais a incrível firmeza da mão que traçara esses caracteres, tão nítidos e tão finos...

"O que fizeste de mim! O que fizeste de mim!" Se quiséssemos pensar nisso, talvez só uma mãe verdadeiramente amorosa pudesse, em seu último dia, às vezes bem antes, dirigir essa censura ao filho. No fundo, envelhecemos, matamos tudo o que nos ama pelas preocupações que lhes damos, pela ternura muito inquieta que inspiramos e que constantemente alarmamos. Se soubéssemos ver num corpo querido a lenta obra de destruição prosseguida pela dolorosa ternura que o anima, ver os olhos murchos, os cabelos que permaneceram indomavelmente negros durante muito tempo, depois vencidos como o resto e embranquecendo, as artérias endurecidas, os rins entupidos, o coração forçado, vencido, a coragem diante da vida, o andar mais lento, mais pesado, o espírito que sabe que não tem mais que esperar, enquanto outrora saltava tão incansavelmente em esperanças invencíveis, a própria alegria, a alegria inata que parecia imortal, que acompanhava tão amavelmente a tristeza e que secou para sempre, talvez aquele que soubesse ver isso, nesse momento tardio de lucidez que as vidas mais enfeitiçadas pelas quimeras podem bem ter, já que mesmo aquela de Dom Quixote teve a sua própria, talvez aquele, como Henri van Blarenberghe quando acabou com sua mãe com punhaladas, recuasse diante do horror de sua vida e se jogasse em uma arma, para morrer imediatamente. Na maioria dos homens, uma visão tão dolorosa (supondo que eles possam elevar-se até ela) logo se desvanece aos primeiros raios da alegria de viver. Mas que alegria, que razão de viver, que vida pode resistir a essa visão? Dela ou da alegria, qual é a verdadeira, o que é "o Verdadeiro"?

Jornadas de leitura[1]

Talvez não haja dias de nossa infância que tenhamos vivido tão plenamente quanto aqueles que acreditávamos ter terminado sem vivê-los, aqueles que passamos com um livro favorito. Tudo aquilo que, segundo parecia, os preenchia para os outros, e que deixávamos de lado como um obstáculo vulgar para um prazer divino: o jogo para o qual um amigo vinha nos buscar no momento da passagem mais interessante; a abelha ou o raio de sol inconvenientes que nos forçava a erguer os olhos da página ou a trocar de lugar; as provisões de petiscos que nos tinham feito levar e que deixávamos ao nosso lado no banco, sem tocá-los, enquanto, acima da nossa cabeça, o sol se esvaía no céu azul; o jantar para o qual tivemos de regressar e durante o qual só pensávamos em subir ao quarto para terminar, logo depois, o capítulo

---

[1] Encontra-se aqui a maioria das páginas escritas para uma tradução de *Sésamo e os lírios* e reimpressas aqui graças à generosa autorização do sr. Alfred Vallette. Elas foram dedicados à princesa Alexandre de Caraman-Chimay em testemunho de um vínculo de admiração que vinte anos não enfraqueceram. (N. A.)

interrompido; tudo aquilo que a leitura deveria nos impedir de perceber como apenas interrupção importuna, ao contrário, ela gravava em nós uma lembrança tão doce (muito mais preciosa para o nosso julgamento atual do que aquilo que líamos então com amor) que, se ainda hoje acontece de folhearmos esses livros de outrora, não é mais do que como os únicos calendários que guardamos de outros tempos, e com a esperança de ver refletidos em suas páginas as moradias e os laguinhos que não existem mais.

Quem não se lembra, como eu, daquelas leituras feitas nos tempos de férias, que íamos esconder sucessivamente em todas aquelas horas do dia que eram bastante tranquilas e invioláveis para lhes poder dar asilo. De manhã, voltando do parque, quando todos tinham saído para dar um passeio, eu me esgueirava na sala de jantar, onde, até a hora ainda distante do almoço, ninguém entraria, exceto a velha Félicie, relativamente silenciosa, e onde eu teria por únicos companheiros, muito respeitosos da leitura, apenas os pratos pintados pendurados na parede, o calendário do qual a folha do dia anterior tinha acabado de ser arrancada, o relógio e o fogo que falam sem pedir resposta e cujas doces palavras sem sentido não vinham, como as palavras dos homens, substituir por uma diferente as palavras que se está lendo. Eu me instalava numa cadeira, perto do pequeno fogo de lenha do qual, durante o almoço, o tio, matinal e jardineiro dizia: "Ele não prejudica! Aguentamos muito bem um pouco de fogo; olhem que às seis horas estava muito frio na horta. E pensar que a Páscoa é daqui a oito dias!". Antes do almoço que, infelizmente!, poria fim à leitura, havia ainda duas horas plenas. De vez em quando ouvia-se o barulho da bomba de onde a água ia fluir e que nos fazia levantar os olhos para ela e observá--la através da janela fechada, ali, bem perto, no único caminho do jardinzinho, que seus canteiros de amores-perfeitos ladeavam de tijolos e faiança em meias-luas: amores-perfeitos colhidos, parecia, naqueles céus lindos demais, esses céus versicolores e como se refletidos nos vitrais da igreja que às vezes se viam entre os telhados da aldeia, céus tristes que aparecem antes das tempestades, ou depois, tarde demais, quando o dia ia terminar. Infelizmente, a cozinheira vinha com bastante antecedência para pôr a mesa; se ao menos ela o fizesse sem falar! Mas ela achava que devia dizer: "O senhor não está bem acomodado assim; se eu aproximasse uma mesa?". E apenas para responder: "Não, muito obrigado", era preciso parar bruscamente e trazer de volta nossa voz de longe, que, dentro dos lábios, repetia sem ruído, correndo, todas as palavras que os olhos haviam lido; era preciso interromper, fazer a fala sair, e, para dizer corretamente: "Não, muito obrigado", dar-lhe uma aparência de vida comum, uma entonação de resposta que ela havia perdido. A hora passava; com frequência, bem antes do almoço, começavam a chegar à sala de jantar aqueles que, cansados, tinham encurtado o passeio, tinham "passado por Méséglise", ou aqueles que não tinham saído naquela manhã, tendo "que escrever". Bem que diziam: "Não quero perturbá-lo", mas logo começavam a se aproximar do fogo, para verificar a hora, para declarar que o almoço seria bem-vindo. Envolviam com particular deferência aquele que "ficara para escrever" e lhe diziam: "Escreveu suas cartinhas?" com um sorriso em que havia respeito, mistério, malícia e atenções, como se essas "cartinhas" fossem ao mesmo tempo um segredo de Estado, uma prerrogativa, uma boa sorte e uma indisposição. Alguns, sem mais esperar, sentavam-se de antemão à mesa, em seus lugares. Isso era desolador, porque daria um mau exemplo para os outros recém-chegados, faria as pessoas acreditarem que já era meio-dia e pronunciar cedo demais aos meus pais as palavras fatais: "Vamos, feche seu livro, vamos almoçar". Tudo estava pronto, os talheres inteiramente postos sobre a toalha de mesa onde só faltava o que só se trazia no final da refeição, o utensílio de vidro em que o tio, horticultor e cozinheiro, fazia ele próprio o café à mesa, tubular e complicado como um instrumento de física que cheirasse bem e onde era tão agradável ver subir, na redoma de vidro, a fervura repentina que deixava em seguida nas superfícies embaçadas uma cinza perfumada e marrom; e também o creme e os morangos que o mesmo tio misturava, em proporções sempre idênticas, parando apenas no rosa que era necessário, com a experiência de um colorista e a adivinhação de um *gourmand*. Como o almoço me parecia comprido! Minha tia-avó só provava os pratos para dar sua opinião com uma suavidade que suportava, mas não admitia contradição. Para um romance, para versos, coisas que ela conhecia muito bem, submetia-se, com humildade de mulher, à opinião de pessoas mais competentes. Ela pensava que aquele era o reino flutuante do capricho, onde o gosto de um só não pode fixar a verdade. Mas sobre as coisas que as regras e os princípios haviam sido ensinados por sua mão, sobre a maneira de fazer alguns pratos, de tocar as sonatas de Beethoven e de receber as visitas com amabilidade, estava certa de ter uma boa ideia da perfeição e de discernir se os outros se aproximavam mais ou menos dela. Para as três coisas, aliás, a perfeição era quase a mesma: era uma espécie de simplicidade de meios, de sobriedade e encanto. Ela repelia com horror que se pusessem temperos em pratos que não exigem absolutamente isso, que se tocasse com afetação e abuso de pedais, que ao "receber" se saísse de uma naturalidade perfeita e se falasse de si mesmo com exagero. Desde o primeiro bocado, desde as primeiras notas, a partir de um simples bilhete, ela tinha a pretensão de saber se estava lidando com uma boa cozinheira, com um verdadeiro musicista, com uma mulher bem-educada. "Ela pode ter muito mais dedos do que eu, mas não tem gosto ao tocar com tanta ênfase esse andante simples." "Ela pode ser uma mulher muito brilhante e cheia de qualidades, mas é falta de tato falar sobre si mesma nessa circunstância." "Ela pode ser uma cozinheira muito experiente, mas não sabe fazer bife com batatas." O bife com batatas! Peça de competição ideal, difícil pela sua simplicidade, uma espécie de "Sonata patética" da cozinha, o equivalente gastronômico do que é na vida social a visita da senhora que vem pedir informações sobre um criado e que em um ato tão simples pode demonstrar, ou faltar-lhe, tato e educação. Meu avô tinha tanto amor-próprio que queria que todos os pratos fossem bem-sucedidos e conhecia muito pouco sobre a cozinha para saber quando eles falhavam. Ele estava disposto a admitir que eles falhassem por vezes, muito raramente, aliás, mas apenas por pura consequência do acaso. As críticas sempre fundamentadas de minha tia-avó, insinuando, ao contrário, que a cozinheira não soubera fazer tal prato, não podiam deixar de parecer particularmente intoleráveis para meu avô. Muitas vezes, para evitar discussões com ele, minha tia-avó, depois de provar com a ponta dos lábios, não dava sua opinião, o que, aliás, nos fazia saber imediatamente que era desfavorável. Ela se calava, mas líamos em seus olhos suaves uma reprovação inabalável e pensativa que tinha o dom de enfurecer meu avô. Ele implorava-lhe ironicamente que desse sua opinião, impacientava-se com seu silêncio, pressionava-a com perguntas, perdia a paciência, sentia-se, porém, que poderiam levá-la ao martírio, mas que não a fariam confessar a crença de meu avô: de que a sobremesa não estava doce demais. Depois do almoço, minha leitura recomeçava imediatamente; sobretudo se o dia estivesse um pouco quente, todos subiam e se retiravam para seus quartos, o que me permitia, pela escadinha com degraus próximos, chegar logo ao meu, no único andar, tão baixo que pulando as janelas bastaria um salto de criança para se achar na rua. Eu ia fechar a janela, sem poder evitar a saudação do armeiro em frente, que, a pretexto de baixar os toldos, vinha todos os dias depois do almoço fumar o seu cachimbo diante da porta e cumprimentar os passantes que, às vezes, paravam para conversar. As teorias de William Morris, que têm sido tão consistentemente aplicadas por Maple e os decoradores ingleses, afirmam que um quarto só é bonito se contiver apenas coisas que nos são úteis e que qualquer coisa útil, mesmo um simples prego, não esteja dissimulado, mas aparente. Acima da cama, com suportes de cobre, completamente descoberta, nas paredes nuas desses quartos higiênicos, algumas reproduções de obras-primas. A julgar pelos princípios dessa estética, meu quarto não era nada bonito, pois estava cheio de coisas que não podiam ser usadas para nada e que ocultavam discretamente, a ponto de tornar o uso extremamente difícil daquelas que serviam para alguma coisa. Mas é precisamente dessas coisas que não estavam lá para minha comodidade, mas pareciam ter vindo para seu prazer, que meu quarto extraía sua beleza para mim. Aquelas altas cortinas brancas que escondiam da vista a cama colocada como se estivesse no fundo de um santuário; o amontoado de colchas de seda, edredons de flores, acolchoados bordados, fronhas de cambraia, sob as quais ela desaparecia de dia, como um altar no mês de Maria sob festões e flores, e que, à noite, para poder me deitar, eu colocava cuidadosamente em uma poltrona onde eles consentiam em passar a noite; ao lado da cama, a trindade do copo com desenhos azuis, do açucareiro combinando e da garrafa (sempre vazia desde o dia seguinte à minha chegada por ordem da minha tia, que tinha medo de que eu "espalhasse"), espécie de instrumentos de culto – quase tão sagrados quanto o precioso licor de flor de laranjeira colocado ao lado deles em uma âmbula de vidro – que eu não teria considerado mais permissível profanar ou mesmo possível de usar para meu uso pessoal do que se se fossem cibórios consagrados, mas que eu olhava longamente antes de me despir, com medo de derrubá-los com um falso movimento; aquelas pequenas estolas vazadas de crochê que jogavam sobre o respaldo das poltronas um manto de rosas brancas que não deviam estar sem espinhos, pois, cada vez que terminava de ler e queria me levantar, percebia que grudavam em mim; aquela redoma de vidro, sob a qual, isolado do contato vulgar, o relógio tagarelava com intimidade às conchas vindas de longe e a uma velha flor sentimental, mas que era tão pesada para levantar que, quando o relógio parava, ninguém, exceto o relojoeiro, teria sido bastante imprudente para tentar dar corda; aquela toalha de renda branca fina que, lançada como uma cobertura de altar sobre a cômoda adornada com dois vasos, com uma imagem do Salvador e uma palma benta, fazia que parecesse a Santa Mesa (da qual um genuflexório, disposto ali todos os dias quando haviam "terminado o quarto", completava a evocação da ideia), mas cujo esgarçamento sempre pronunciado nas fendas das gavetas interrompia tão completamente o jogo que eu nunca poderia pegar um lenço sem fazer cair de uma vez só a imagem do Salvador, os vasos sagrados, as palmas bentas, e sem que eu próprio tropeçasse ao me agarrar no genuflexório; enfim, essa tripla sobreposição de pequenas cortinas de gaze, grandes cortinas de musselina e maiores cortinas de tecido grosso, sempre sorrindo em sua brancura muitas vezes ensolarada de flores de espinheiro, mas realmente irritantes em seu desajeitamento e em sua teimosia de brincar com suas barras paralelas de madeira e de se enroscarem umas nas outras e todas na janela assim que eu queria abri-la ou fechá-la, uma segunda estando sempre pronta, se eu conseguia soltar uma primeira, a vir imediatamente ao seu lugar nas frestas tão perfeitamente bloqueadas por elas como teriam sido por um arbusto de reais espinheiros ou pelos ninhos de andorinhas que tivessem a fantasia de se instalar ali, de modo que essa operação, aparentemente tão simples, de abrir ou fechar minha veneziana, nunca conseguia fazê-la sem a ajuda de alguém da casa; todas aquelas coisas, que não só não podiam satisfazer nenhuma das minhas necessidades, mas comportavam até um obstáculo, por menor que fosse, à sua satisfação, que evidentemente nunca haviam sido colocadas ali para a utilidade de alguém, povoavam meu quarto de pensamentos de algum modo pessoais, com aquele ar de predileção por terem escolhido morar ali e desfrutar do lugar, que muitas vezes, numa clareira, as árvores demonstram, e, à beira dos caminhos ou nas velhas muralhas, as flores. Preenchiam-na com uma vida silenciosa e diversa, com um mistério em que a minha pessoa se encontrava ao mesmo tempo perdida e encantada; fizeram dessa sala uma espécie de capela onde o sol — quando passava pelas vidraças vermelhas que meu tio havia intercalado no alto das janelas — manchava as paredes, depois de ter deixado cor-de-rosa o espinheiro das cortinas, com clarões tão estranhos como se a capelinha estivesse encerrada numa nave maior com vitrais; e onde o ruído dos sinos chegava tão retumbante por causa da proximidade de nossa casa e da igreja, à qual, aliás, nas grandes festas, os repositórios nos ligavam por um caminho de flores, que eu podia imaginar que soavam em nosso telhado, logo acima da janela de onde muitas vezes eu cumprimentava o padre segurando seu breviário, minha tia voltando das vésperas ou o coroinha que nos trazia o pão bento. Quanto à fotografia de Brown da *Primavera* de Botticelli ou o gesso da *Mulher desconhecida* do Museu de Lille, que, nas paredes e na chaminé dos quartos de Maple, são a parte concedida por William Morris à inútil beleza, devo admitir que foram substituídos no meu quarto por uma espécie de gravura representando o príncipe Eugène, terrível e bonito em seu dólmã, e que fiquei muito surpreso ao ver uma noite, em meio a um grande barulho de locomotivas e granizo, sempre terrível e bonito, na porta de um bufê de gare, onde servia de publicidade para uma especialidade de biscoito. Suspeito hoje que meu avô o tenha recebido uma vez, como brinde, da generosidade de um fabricante, antes de instalá-lo para sempre em meu quarto. Mas então eu não me preocupava com sua origem, que me parecia histórica e misteriosa, e não imaginava que poderia haver vários exemplares daquele que eu considerava uma pessoa, um habitante permanente do quarto que eu apenas compartilhava com ele e onde o encontrava todos os anos, sempre igual a si mesmo. Faz agora muito tempo que não o vejo, e suponho que nunca mais o verei. Mas, se tivesse tal sorte, acredito que ele teria muito mais a me dizer do que a *Primavera* de Botticelli. Deixo pessoas de bom gosto adornarem suas casas com reproduções das obras-primas que admiram e desencarregarem de suas memórias o cuidado de preservar uma imagem preciosa para eles confiando-a a uma moldura de madeira esculpida. Deixo que as pessoas de bom gosto façam de seus quartos a própria imagem de seu gosto e o preencham apenas com coisas que ele possa aprovar. Para mim, eu não me sinto viver e pensar a não ser em um quarto onde tudo é criação e linguagem de vidas profundamente diferentes da minha, de um gosto oposto ao meu, onde nada encontro do meu pensamento consciente, onde minha imaginação se exalta pelo sentimento de mergulhar no não eu; só me sinto feliz quando ponho os pés – avenida de la Gare, no porto ou place de l'Église – em um desses hotéis de província com longos corredores frios onde o vento de fora luta com sucesso contra os esforços do radiador, onde o mapa geográfico detalhado do bairro ainda é o único ornamento nas paredes, em que cada ruído só serve para fazer emergir o silêncio deslocando-o, onde os quartos guardam um perfume de lugar fechado que o ar livre vem lavar, mas não apaga, e que as narinas aspiram cem vezes a trazê-lo à imaginação, que se encanta com isso, que a faz posar como um modelo para tentar recriá-la em si mesma com tudo o que ela contém de pensamentos e lembrança; onde à noite, quando abrimos a porta do quarto, temos a sensação de violar toda a vida que ali ficou esparsa, de tomá-la ousadamente pela mão quando, fechada a porta, avançamos até a mesa ou até a janela; sentamos com ela numa espécie de livre promiscuidade no sofá executado pelo estofador da sede do município naquilo que ele acreditava ser o gosto de Paris; tocar a nudez dessa vida em todos os lugares com a intenção de nos perturbarmos com a própria familiaridade, colocando suas coisas aqui e ali, fazendo o papel de mestre nessa sala cheia até a beirada da alma dos outros e que conserva, até na forma dos suportes de lareira e nos desenhos da cortina a marca de seu sonho, caminhando descalço em seu tapete desconhecido; então, essa vida secreta nos dá a sensação de fechá-la conosco quando vamos, bem trêmulos, puxar o ferrolho; de empurrá-la diante de si na cama e finalmente de dormir com ela nos grandes lençóis brancos que cobrem nosso rosto, enquanto, bem perto, a igreja soa para toda a cidade as horas de insônia dos moribundos e do amantes.

Não fazia muito tempo que eu estava lendo no meu quarto e já era preciso ir ao parque, a um quilômetro da aldeia. Mas, depois do jogo obrigatório, eu encurtava o fim do lanche trazido em cestas e distribuído às crianças à beira do rio, na grama em que o livro havia sido colocado, com a proibição de retomá-lo. Um pouco mais longe, em certas profundezas um tanto incultas e um tanto misteriosas do parque, o rio cessava de ser uma água reta e artificial, coberta de cisnes e ladeada de vielas onde sorriam estátuas e, por vezes com carpas saltando, ultrapassava, numa agitação rápida, a cerca do parque, tornando-se um rio no sentido geográfico da palavra — um rio que devia ter um nome — e não tardava a se espalhar (o mesmo, de fato, que estava entre as estátuas e sob os cisnes?) entre pastagens onde dormiam bois e onde afogava os botões de ouro, espécies de prados que tornava meio pantanosos e que, atingindo de um lado a aldeia com torres informes, restos, dizia-se, da Idade Média, chegavam, de outro lado, por caminhos ascendentes com roseiras e espinheiros, à "natureza" que se estendia ao infinito, aldeias que tinham outros nomes, o desconhecido. Deixava os outros terminarem de lanchar na parte baixa do parque, à beira dos cisnes, e corria pelo labirinto até certo caramanchão onde eu me sentava, oculto, encostado nas aveleiras podadas, percebendo a plantação de aspargos, os canteiros de morangos, a vasca em que, certos dias, os cavalos faziam chegar a água, girando a porta branca que era "o fim do parque" no alto, e além, campos de centáureas e papoulas. Nesse caramanchão, o silêncio era profundo, o risco de ser descoberto quase nulo, com a segurança tornada mais suave pelos gritos distantes que, de baixo, me chamavam em vão, às vezes até se aproximando, subindo os primeiros taludes, procurando por toda parte, depois voltando por não ter encontrado; então, mais nenhum barulho; só de vez em quando o som dourado dos sinos, que ao longe, para além das planícies, pareciam repicar atrás do céu azul, poderia me avisar da hora que passava; mas, surpreso por sua suavidade e perturbado pelo silêncio mais profundo, esvaziado dos últimos sons que o seguiam, nunca tinha a certeza do número de badaladas. Não eram os sinos trovejantes que se ouviam ao entrar na aldeia – quando nos aproximávamos da igreja, que, de perto, havia retomado sua proporção alta e rígida, erguendo contra o azul da noite seu capuz de ardósia pontilhado de corvos – estilhaçando o som na praça "pelos bens da terra". Só chegavam ao fim do parque fracos e suaves e, não se dirigindo a mim, mas a todo o campo, a todas as aldeias, aos camponeses isolados em suas roças, não me forçavam, de forma alguma, a levantar a cabeça, passavam perto de mim, levando a hora para lugares distantes, sem me ver, sem me conhecer e sem me perturbar.

E às vezes em casa, em minha cama, muito depois do jantar, as últimas horas da noite também abrigavam minha leitura, mas isso apenas nos dias em que eu chegava aos últimos capítulos de um livro, quando não havia muito mais o que ler para chegar ao fim. Assim, correndo o risco de ser punido se fosse descoberto e da insônia que, uma vez terminado o livro, talvez se prolongasse pela noite toda, assim que meus pais iam se deitar, acendia minha vela; enquanto, na rua próxima, entre a casa do armeiro e o correio, banhadas em silêncio, havia muitas estrelas no céu escuro, porém azul, e à esquerda, sobre o beco elevado onde começava, ao girar sua ascensão, virando a sua subida elevada, sentia-se vigiar, monstruosa e escura, a abside da igreja cujas esculturas não dormiam à noite, a igreja aldeã e no entanto histórica, morada mágica do Bom Deus, do brioche bento, dos santos multicores e das damas dos castelos vizinhos que, nos dias de festa, faziam, ao atravessarem o mercado, piarem as galinhas e as comadres olharem, vinham à missa em "suas atrelagens", não sem comprar na volta, no confeiteiro da praça, logo depois de terem deixado a sombra do pórtico na qual os fiéis, ao empurrarem a porta giratória, semeavam os rubis errantes da nave, alguns desses doces em forma de torres, protegidos do sol por um toldo – "pães de ló", "fartes", "bolos genoveses" –, cujo odor ocioso e açucarado para mim permanecia misturado com os sinos da missa solene e com a alegria dos domingos.

Então a última página era lida, o livro estava terminado. Era preciso parar a corrida frenética dos olhos e a voz que seguia sem ruído, parando apenas para tomar fôlego, num suspiro profundo. Então, para dar assim aos tumultos que se desencadearam em mim, por demasiado tempo para poderem se acalmar, outros movimentos a dirigir, eu me levantava, começava a caminhar ao longo de minha cama, com meus olhos ainda fixos em algum ponto que se teria procurado em vão no quarto ou fora dele, porque se situava apenas à distância de uma alma, uma dessas distâncias que não se medem por metros e por léguas, como as outras, e que, aliás, é impossível de confundir com elas quando miramos os olhos "distantes" daqueles que estão pensando "em outra coisa". Pois então? Esse livro, era só isso? Esses seres a quem havíamos dado mais de nossa atenção e de nosso carinho do que às pessoas da vida, nem sempre ousando admitir o quanto os amávamos, mesmo quando nossos pais nos encontravam lendo e tinham o ar de sorrir de nossa emoção, fechando o livro com fingida indiferença ou pretenso tédio; essas pessoas por quem havíamos suspirado e soluçado, nunca mais as veríamos, não saberíamos mais nada delas! Já, há algumas páginas, o autor, no cruel "Epílogo", tinha mostrado o cuidado de "espaçá-las" com uma incrível indiferença por quem conhecia o interesse com o qual ele os havia seguido até ali, passo a passo. O uso de cada hora de suas vidas nos foi contado. Então, subitamente: "Vinte anos depois desses acontecimentos, era possível encontrar nas ruas de Fougères[2] um velho ainda reto etc.". E o casamento, que dois volumes nos fizeram vislumbrar a deliciosa possibilidade, assustando-nos, depois nos alegrando diante de cada obstáculo erguido e depois aplainado, é pela frase incidental de um personagem secundário que descobrimos que foi celebrado, não sabíamos exatamente quando, nesse espantoso epílogo escrito, ao que parecia, do alto do céu, por uma pessoa

---

2 Confesso que certo uso do imperfeito do indicativo – desse tempo cruel que nos apresenta a vida como algo ao mesmo tempo efêmero e passivo, que, no exato momento em que retraça nossas ações, golpeia-as de ilusão, aniquila-as no passado sem nos deixar, como o perfeito, o consolo da atividade – permaneceu para mim uma fonte inesgotável de tristeza misteriosa. Ainda hoje posso ter pensado na morte durante horas com calma; basta-me abrir um volume das *Segundas-feiras* de Sainte-Beuve e cair, por exemplo, nesta frase de Lamartine (trata-se da sra. d'Albany): "Nada *lembrava* nela, nessa época... *Era* uma pequena mulher cuja altura ligeiramente vergada sob seu peso tinha perdido..." etc., para me sentir imediatamente invadido pela mais profunda melancolia. Nos romances, a intenção de causar dor é tão visível no autor que nos deixa mais inflexíveis. (N. A.)

indiferente às nossas paixões de um dia, que se tinha substituído ao autor. Gostaríamos tanto que o livro continuasse e, se isso fosse impossível, ter outras informações sobre todos esses personagens, aprender algo agora de suas vidas, usar a nossa para coisas que não fossem totalmente estranhas ao amor que inspiraram em nós[3] e cujo objeto nos faltava de repente, não ter amado em vão, por uma hora, seres que amanhã seriam apenas um nome em uma página esquecida, em um livro sem relação com a vida e sobre o valor do qual tínhamos nos enganado muito, pois o seu destino aqui embaixo, agora o compreendíamos e nossos pais nos ensinavam, se necessário, com uma frase desdenhosa, não era de forma alguma, como acreditávamos, conter o universo e o destino, mas ocupar um lugar muito estreito na biblioteca do notário, entre os fastos sem prestígio do *Jornal de Modas Ilustrado* e a *Geografia de Eure-et-Loir*.

---

3 Podemos tentar isso, por uma espécie de desvio, para os livros que não são de pura imaginação e onde há um substrato histórico. Balzac, por exemplo, cuja obra de algum modo impura misturou espírito e realidade pouco transformada, às vezes se presta singularmente a esse tipo de leitura. Ou pelo menos ele encontrou o mais admirável desses "leitores históricos" no sr. Albert Sorel, que escreveu ensaios incomparáveis sobre "Um caso tenebroso" e sobre "o avesso da História Contemporânea". Quanta leitura, aliás, esse gozo ardente e duro, parece convir ao sr. Sorel, a esse espírito pesquisador, a esse corpo calmo e poderoso, a leitura, durante a qual as mil sensações da poesia e do bem-estar confuso que voam com alegria das profundezas da boa saúde vêm compor em torno do devaneio do leitor um prazer doce e dourado como o mel! Essa arte, aliás, de enfeixar tantas meditações fortes e originais em uma leitura não foi apenas em relação às obras semi-históricas que o sr. Sorel levou a essa perfeição. Sempre me lembrarei – e com que reconhecimento! – que meu estudo sobre *A Bíblia de Amiens* foi para ele o assunto das páginas mais poderosas que já escreveu. (N. A.)

Marcel Proust

***

... Antes de tentar mostrar, no limiar dos "Tesouros dos reis", por que, na minha opinião, a Leitura não deve desempenhar na vida o papel preponderante que Ruskin lhe atribui nessa pequena obra, tive que deixar de lado as encantadoras leituras da infância, cuja lembrança deve permanecer uma bênção para cada um de nós. Sem dúvida, já provei o bastante, pela extensão e pelo caráter do desenvolvimento que precede, aquilo que eu havia primeiro avançado a respeito delas: o que deixam sobretudo em nós é a imagem dos lugares e dos dias em que as fizemos. Eu não escapei ao sortilégio: querendo falar sobre elas, falei sobre tudo, menos de livros, porque não é deles que elas me falaram. Mas talvez as lembranças que me sugeriram, uma após a outra, tenham, elas próprias, despertado um pouco no leitor e o tenham levado pouco a pouco, ao mesmo tempo que se atardavam nesses caminhos floridos e desviados, a recriar em seu espírito o ato psicológico original chamado *Leitura*, com força suficiente para poder seguir agora como dentro de si mesmo as poucas reflexões que ainda faltam apresentar.

Sabemos que os "Tesouros dos reis" são uma conferência sobre a leitura que Ruskin deu na Prefeitura de Rusholme, perto de Manchester, em 6 de dezembro de 1864, para ajudar na criação de uma biblioteca no instituto de Rusholme. Em 14 de dezembro, ele pronunciou uma segunda, "Sobre jardins e rainhas", a respeito do papel da mulher, para ajudar a fundar escolas em Ancoats. "Durante todo este ano de 1864", diz o sr. Collingwood em seu admirável trabalho *Life and Work of Ruskin*, "ele permaneceu *at home*, exceto para fazer frequentes visitas a Carlyle. E quando, em dezembro, deu em Manchester o curso que, sob o nome de 'Sésamo e os lírios', tornou-se sua obra mais popular,[4] podemos discernir seu melhor estado de saúde física e intelectual nas cores mais brilhantes de seu pensamento. Podemos reconhecer o eco das suas conversas com Carlyle no ideal heroico, aristocrático e estoico que propõe e na insistência com que retoma a respeito do valor dos livros e das bibliotecas públicas, sendo Carlyle o fundador da London Biblioteca...".

Para nós, que desejamos aqui apenas discutir em si mesma, e sem nos ocuparmos com suas origens históricas, a tese de Ruskin, podemos resumi-la exatamente nestas palavras de Descartes, de que "a leitura de todos os bons livros é como uma conversa com as pessoas mais honestas dos séculos passados que foram seus autores". Ruskin pode não ter conhecido esse pensamento, aliás bastante seco, do filósofo francês, mas é ele, em realidade, que encontramos por toda parte em sua palestra, apenas envolvido em um ouro apolíneo no qual fundem as brumas inglesas, semelhante àquele cuja glória ilumina as paisagens de seu pintor favorito. "Supondo", diz ele, "que tenhamos a vontade e a inteligência para escolher bem nossos amigos, quão poucos de nós temos o poder de fazê-lo, quão limitada é a esfera de nossas escolhas. Podemos, graças a uma boa sorte, entrever

---

4 Esta obra foi em seguida aumentada pela adição às duas primeiras conferências de uma terceira: "The Mystery of Life and its Arts". As edições populares continuaram a conter apenas 'Tesouros dos reis' e 'Jardins das rainhas'. Traduzimos, no presente volume, apenas essas duas palestras; e sem fazê-las preceder por nenhum dos prefácios que Ruskin escreveu para "Sésamo e os lírios". O tamanho deste volume e a abundância de nosso próprio Comentário não nos permitiram fazer melhor. Salvo quatro delas (Smith, Elder e Co.), as muitas edições de "Sésamo e os lírios" foram todas publicadas por Georges Allen, o ilustre editor de toda a obra de Ruskin, o mestre da Ruskin House. (N. A.)

um grande poeta e ouvir o som de sua voz, ou perguntar a um homem de ciência que nos responderá amavelmente. Podemos usurpar dez minutos de conversa no gabinete de um ministro, ter, uma vez na vida, o privilégio de atrair o olhar de uma rainha. E, contudo, cobiçamos esses acasos fugazes, empenhamos nossos anos, nossas paixões e nossas faculdades em busca de um pouco menos do que isso, enquanto, durante esse tempo, há uma sociedade continuamente aberta para nós, de pessoas que falariam conosco pelo tempo que quiséssemos, independentemente de nossa posição. E essa sociedade, porque é tão numerosa e tão gentil, e podemos fazê-la esperar perto de nós o dia todo – reis e estadistas esperam pacientemente não para conceder uma audiência, mas para obtê-la –, nós nunca vamos buscá-la nessas antecâmaras mobiliadas simplesmente que são as prateleiras de nossas bibliotecas, nunca ouvimos uma palavra do que teriam a nos dizer".[5] "Talvez me digam", acrescenta Ruskin, "que se vocês preferem conversar com os vivos, é porque veem seus rostos" etc., e refutando essa primeira objeção, depois uma segunda, ele mostra que ler é exatamente uma conversa com homens muito mais sábios e interessantes do que aqueles que podemos ter a oportunidade de conhecer ao nosso redor. Tentei mostrar nas notas com as quais acompanhei este volume que a leitura não pode ser assimilada a uma conversa, mesmo com o mais sábio dos homens; que o que difere essencialmente entre um livro e um amigo não é sua maior ou menor sabedoria, mas a maneira como nos comunicamos com eles, a leitura, às avessas da conversa, consistindo para cada um de nós em receber comunicação de outro pensamento, mas permanecendo sozinhos,

---

5 *Sésamo e os lírios*, *Dos tesouros dos reis*, 6. (N. A.)

isto é, continuando a gozar do poder intelectual que se tem na solidão e que a conversa imediatamente dissipa, continuando a poder inspirarmo-nos, a permanecer em pleno trabalho fecundo do espírito sobre si próprio. Se Ruskin tivesse extraído as consequências de outras verdades que ele enunciou algumas páginas depois, é provável que tivesse chegado a uma conclusão análoga à minha. Mas, obviamente, ele não tentou chegar ao cerne da ideia de *leitura*. Ele quis, para nos ensinar o valor da leitura, apenas nos contar uma espécie de belo mito platônico, com aquela simplicidade dos gregos que nos mostravam quase todas as ideias verdadeiras e deixaram aos escrúpulos modernos aprofundá-las. Mas se acredito que a leitura, em sua essência originária, nesse fecundo milagre de comunicação no seio da solidão, é alguma coisa a mais, algo diferente do que disse Ruskin, não acredito, apesar disso, que possamos reconhecer em nossa vida espiritual o papel preponderante que ele parece atribuir-lhe.

Os limites de seu papel derivam da natureza de suas virtudes. E essas virtudes, é ainda nas leituras infantis que vou perguntar em que consistem. Este livro, que me viram lendo agora mesmo ao lado da lareira na sala de jantar, no meu quarto, na parte inferior da poltrona coberta com um apoio de cabeça de crochê, e durante as belas horas da tarde, sob as aveleiras e os espinheiros do parque, de onde vinham de tão longe todos os sopros dos campos infinitos brincarem silenciosamente ao meu lado, estendendo sem uma palavra às minhas narinas distraídas o cheiro de trevos e de sanfenos para os quais meus olhos cansados às vezes se elevavam; este livro, como seus olhos se inclinando para ele não puderam decifrar seu título vinte anos depois, minha memória, cuja vista é mais adequada a esse tipo de percepção, lhes dirá o que era: o *Capitão Fracasse*, de Théophile Gautier. Acima de tudo, amava duas ou três frases que me pareciam as mais originais e as mais belas da obra. Não imaginava que outro autor jamais tivesse escrito algo comparável. Mas eu tinha o sentimento de que sua beleza correspondia a uma realidade da qual Théophile Gautier apenas nos dava a vislumbrar um cantinho, uma ou duas vezes por volume. E como eu pensava que ele certamente a conhecesse por inteiro, teria querido ler outros livros dele onde todas as frases fossem tão bonitas quanto aquelas e tivessem por objeto as coisas sobre as quais eu gostaria de ter sua opinião. "O riso não é cruel em sua natureza; ele distingue o homem do animal, e ele é, como aparece na *Odisseia* de Homerus, poeta grego, o apanágio dos deuses imortais e felizes que riem olimpicamente com toda a alma, durante os lazeres da eternidade."[6] Essa frase me dava uma verdadeira embriaguez. Pensei ter percebido

---

6 Na realidade, esta frase não se encontra, pelo menos desta forma, no *Capitão Fracasse*. Em vez de "como aparece na *Odisseia* de Homerus, poeta grego", há simplesmente "segundo Homero". Mas como as expressões "aparece em Homero", "aparece na Odisseia", que se encontram em outras partes da mesma obra, me deram um prazer da mesma qualidade, tomei a liberdade, para que o exemplo fosse mais marcante para o leitor, de fundir todas essas belezas em uma só, hoje que não tenho mais por elas, para dizer a verdade, nenhum respeito religioso. Em outro lugar, ainda em *Capitão Fracasse*, Homero é qualificado de poeta grego, e não tenho dúvidas de que isso também me encantou. Porém, não sou mais capaz de redescobrir essas alegrias esquecidas com precisão suficiente para ter certeza de que não exagerei e ultrapassei a medida acumulando tantas maravilhas em uma única frase! Não acredito nisso, entretanto. E penso com pesar que a exaltação com que repetia a frase do *Capitão Fracasse* às íris e às pervincas debruçadas na beira do rio, pisando os seixos do caminho, teria sido ainda mais deliciosa se eu tivesse encontrado em uma única frase de Gautier tantos de seus encantos que meu próprio artifício reúne hoje, sem conseguir, ai! obter prazer algum. (N. A.)

uma antiguidade maravilhosa através dessa Idade Média que só Gautier podia me revelar. Mas eu teria preferido que, em vez de dizer isso furtivamente, depois da descrição enfadonha de um castelo que o grande número de termos que eu não conhecia me impedia de imaginar minimamente, ele escrevesse ao longo do volume frases desse gênero e me falasse de coisas que depois de terminar seu livro eu poderia continuar conhecendo e amando. Gostaria que ele me dissesse, ele, o único sábio detentor da verdade, o que devia pensar exatamente de Shakespeare, de Saintine, de Sófocles, de Eurípides, de Silvio Pellico, que eu havia lido durante um mês de março muito frio, caminhando, batendo os pés, correndo pelos caminhos, todas as vezes que eu tinha acabado de fechar o livro na exaltação da leitura acabada, das forças acumuladas na imobilidade e do vento saudável que soprava nas ruas da aldeia. Acima de tudo, gostaria que ele me dissesse se eu tinha mais chance de chegar à verdade repetindo ou não minha sexta série e sendo, mais tarde, diplomata ou advogado no Tribunal de Cassação. Mas assim que a bela frase terminou, ele se pôs a descrever uma mesa coberta "com tal camada de poeira que um dedo poderia ter traçado caracteres nela", coisa insignificante demais a meus olhos para que eu pudesse prestar atenção nisso; e fiquei me perguntando que outros livros Gautier escrevera que satisfariam melhor minha aspiração e finalmente me permitiriam conhecer todo o seu pensamento.

E está aí, de fato, uma das grandes e maravilhosas características dos belos livros (e que nos fará entender o papel essencial e limitado que a leitura pode desempenhar em nossa vida espiritual) que para o autor poderiam ser chamados de "Conclusões" e para o leitor de "Incitações". Sentimos muito bem que nossa sabedoria começa onde termina a do autor, e gostaríamos que ele nos desse respostas, quando tudo o que ele pode fazer é nos dar desejos. E esses desejos ele só pode despertar em nós fazendo-nos contemplar a beleza suprema à qual o último esforço de sua arte lhe permitiu alcançar. Mas, por uma lei singular e sobretudo providencial da ótica dos espíritos (uma lei que talvez signifique que não podemos receber a verdade de ninguém, e que devemos criá-la em nós mesmos), o que é o termo da sabedoria deles parece-nos apenas como o começo da nossa, de maneira que é no momento em que nos disseram tudo o que nos poderiam dizer, que fazem nascer em nós o sentimento de que ainda não disseram nada. Aliás, se lhes fazemos perguntas que não podem responder, também lhes pedimos respostas que não nos instruiriam. Pois é um efeito do amor que os poetas despertam em nós ao nos fazerem dar uma importância literal a coisas que para eles são apenas significativas de emoções pessoais. Em cada quadro que nos mostram, parecem apenas dar-nos um leve vislumbre de um lugar maravilhoso, diferente do resto do mundo, e ao coração do qual gostaríamos que nos fizessem entrar. "Conduza-nos", gostaríamos de poder dizer ao sr. Mæterlinck, à sra. de Noailles, "no jardim da Zelândia onde crescem flores fora de moda", na estrada perfumada "de trevo e de artemísia" e em todos os lugares da Terra que não nos falaram em seus livros, mas que consideram tão bonitos quanto estes. Gostaríamos de ir ver esse campo que Millet (porque os pintores nos ensinam à maneira dos poetas) nos mostra em seu *Primavera*, gostaríamos que o sr. Claude Monet nos levasse a Giverny, às margens do Sena, naquela curva do rio que ele mal nos deixa ver através da neblina da manhã. Ora, na realidade, são simples acasos de relações ou parentesco que, dando-lhes a oportunidade de passar ou de estar com eles, fizeram que a sra. de Noailles, Mæterlinck,

Millet, Claude Monet escolhessem pintá-los, essa estrada, esse jardim, esse campo, essa curva no rio, em vez de quaisquer outros. O que os faz parecer-nos diferentes e mais belos do que o resto do mundo é que eles carregam em si, como um reflexo esquivo, a impressão que deram ao gênio, vagando tão singular e despótica no rosto indiferente e submisso de todas as regiões que ele teria pintado. Essa aparência com que nos encantam e nos decepcionam, e além da qual gostaríamos de ir, é a própria essência dessa coisa, por assim dizer, sem profundidade – uma miragem fixada em uma tela –, que é uma visão. E essa névoa que nossos olhos ansiosos gostariam de penetrar é a última palavra na arte do pintor. O supremo esforço do escritor, como do artista, só consegue levantar-nos parcialmente o véu da feiura e da insignificância que nos deixa indiferentes diante do universo. Então ele nos diz: "Olhe, olhe,

> Perfumadas com trevo e artemísia,
> Abraçando seus vivos córregos estreitos
> As regiões de Aisne e Oise.

"Olhe para a casa da Zelândia, rosa e brilhante como uma concha. Olhe! Aprenda a ver!" E, nesse momento, desaparece. Tal é o valor da leitura e tal é também a sua insuficiência. É atribuir um papel muito grande, ao que se trata apenas de uma iniciação, fazer dela uma disciplina. A leitura está no limiar da vida espiritual; pode nos apresentar a ela: ela não a constitui.

Há, no entanto, certos casos, certos casos patológicos, por assim dizer, de depressão espiritual, em que a leitura pode tornar-se uma espécie de disciplina curativa e ser encarregada, por repetidas incitações, de reintroduzir perpetuamente um espírito preguiçoso na vida do espírito. Os livros desempenham então nele um papel análogo ao dos psicoterapeutas em certos neurastênicos.

Sabemos que, em certas afecções do sistema nervoso, o doente, sem que nenhum de seus órgãos seja ele próprio afetado, fica preso em uma espécie de impossibilidade de querer, como numa profunda rotina da qual não consegue sair por si só, e na qual acabaria por perecer, se uma mão poderosa e auxiliadora não fosse estendida a ele. Seu cérebro, suas pernas, seus pulmões, seu estômago estão intactos. Ele não tem nenhuma incapacidade real de trabalhar, de andar, de se expor ao frio, de comer. Mas esses diferentes atos, que seria muito capaz de realizar, ele é incapaz de querer. E uma decomposição orgânica que acabaria se tornando equivalente às doenças que ele não tem seria a consequência irremediável da inércia de sua vontade, se o impulso que não pode encontrar em si mesmo não lhe viesse de fora, de um médico que queira por ele, até o dia em que seus vários desejos orgânicos sejam reeducados pouco a pouco. Ora, existem certos espíritos que poderiam ser comparados a esses doentes e que uma espécie de preguiça[7]

---

[7] Sinto-o em germe em Fontanes, de quem Sainte-Beuve disse: "Esse lado epicurista era muito forte nele... sem esses hábitos um pouco materiais, Fontanes com seu talento teria produzido muito mais... e obras mais duradouras". Note que o impotente sempre finge que não é. Fontanes disse: "Estou perdendo meu tempo, se é preciso acreditar neles,/ Só eles do século são a honra" e assegura que trabalha muito.
O caso de Coleridge já é mais patológico. "Nenhum homem de seu tempo, ou talvez de qualquer tempo", diz Carpenter (citado pelo sr. Ribot em seu belo livro sobre as *Doenças da vontade*), "combinou mais do que Coleridge o poder de raciocínio do filósofo, a imaginação do poeta etc. E, no entanto, não há ninguém que, sendo dotado de talentos tão

ou frivolidade impede de descer espontaneamente às regiões profundas de si mesmo, onde começa a verdadeira vida do espírito. Não é que, uma vez levados para lá, eles não sejam capazes de descobrir e explorar verdadeiras riquezas, mas, sem essa intervenção estrangeira, vivem na superfície em um esquecimento perpétuo de si mesmos, em uma espécie de passividade que os torna o brinquedo de todos os prazeres, diminui-os ao tamanho daqueles que os cercam e os agitam, e, como aquele fidalgo que, compartilhando desde a infância a vida de ladrões de estrada, não se lembrava mais de seu nome por ter deixado de usá-lo por muito tempo, terminariam por abolir neles todo sentimento e toda memória de sua nobreza espiritual, se um impulso exterior não viesse reintroduzi-los com alguma força, na vida do espírito, em que de repente encontram o poder de pensar por si próprios e criar. Ora, esse impulso que o espírito preguiçoso não pode encontrar em si mesmo e que deve chegar a ele por outros, é claro que deve recebê-lo no seio da solidão, fora da qual, como vimos, não pode ocorrer essa atividade criadora que se trata exatamente de ressuscitar nele. Da pura solidão, o espírito preguiçoso nada poderia extrair, porque é incapaz de pôr em movimento, por si mesmo, sua atividade criadora. Mas a

---

notáveis, tenha extraído deles tão pouco; o grande defeito de seu caráter era a falta de vontade de fazer bom uso de seus dons naturais, de modo que, tendo sempre flutuado na mente projetos gigantescos, nunca tentou seriamente executar um único. Assim, desde o início de sua carreira, encontrou um editor generoso que lhe prometeu trinta guinéus por poemas que ele havia recitado etc. Ele preferia vir todas as semanas mendigar sem fornecer uma única linha desse poema que lhe bastaria escrever para se libertar". (N. A.)

conversa mais elevada, os conselhos mais prementes também não lhe serviriam, pois essa atividade original eles não podem produzir diretamente. O que é necessário, então, é uma intervenção que, embora vinda de outro, ocorra no fundo de nós mesmos; é de fato o impulso de outro espírito, mas recebido no seio da solidão. Ora, vimos que esta é precisamente a definição da leitura, e que convinha somente à leitura. A única disciplina que pode exercer uma influência favorável sobre tais espíritos é, portanto, a leitura: como queríamos demonstrar, para dizer à maneira dos geômetras. Mas, aqui novamente, a leitura atua apenas no sentido de uma incitação que de forma alguma pode substituir nossa atividade pessoal; contenta-se em devolver-nos o uso dela, assim como, nas afecções nervosas a que aludimos há pouco, o psicoterapeuta apenas restitui ao paciente a vontade de usar seu estômago, suas pernas, seu corpo, seu cérebro, que permaneceram intactos. Seja, aliás, que todos os espíritos participem mais ou menos dessa preguiça, dessa estagnação nos níveis baixos, ou que, sem que isso seja necessário, a exaltação que segue certas leituras influencie favoravelmente o trabalho pessoal, citam-se mais de um escritor que gostava de ler uma bela página antes de começar a trabalhar. Emerson raramente começava a escrever sem reler algumas páginas de Platão. E Dante não é o único poeta que Virgílio conduziu aos umbrais do paraíso.

Enquanto a leitura for para nós a iniciadora cujas chaves mágicas abrem-nos no fundo de nós mesmos a porta das moradas onde não saberíamos penetrar, seu papel em nossa vida é salutar. Torna-se perigosa ao contrário quando, em vez de nos despertar para a vida pessoal do espírito, a leitura tende a substituí-la, quando a verdade não nos aparece mais como um ideal que só podemos realizar pelo íntimo progresso de nosso pensamento e pelo esforço de nosso coração, mas como uma coisa material, depositada entre as páginas dos livros como um mel todo preparado por outros e que só temos que nos dar ao trabalho de alcançar nas prateleiras das bibliotecas e depois degustar passivamente em perfeito repouso do corpo e da mente. Às vezes até, em certos casos um tanto excepcionais, e aliás, como veremos, menos perigosos, a verdade, concebida como exterior novamente, está distante, escondida em um local de difícil acesso. Trata-se, então, de algum documento secreto, de alguma correspondência inédita, de memórias que podem lançar uma luz inesperada sobre certos personagens e de que é difícil obter comunicação. Que felicidade, que repouso para um espírito cansado de buscar a verdade dentro de si próprio, dizer-se que ela está situada fora de si, nas páginas de um *in-fólio* zelosamente guardado em um convento da Holanda, e se, para chegar a ele, é preciso se esforçar, esse esforço será inteiramente material, será apenas um relaxamento cheio de encanto para o pensamento. Sem dúvida, será preciso fazer uma longa viagem, atravessar em barcaça de canal as planícies em que geme o vento, enquanto na margem os juncos curvam-se e alçam-se alternadamente numa ondulação sem fim; será necessário parar em Dordrecht, que contempla sua igreja coberta de hera no entrelaçamento de canais adormecidos e no Meuse agitado e dourado, onde os navios deslizando perturbam, à noite, os reflexos alinhados dos telhados vermelhos e do céu azul; e, enfim, tendo chegado ao fim da jornada, ainda não teremos certeza de receber a comunicação da verdade. Será necessário para isso solicitar influências poderosas, ligar-se ao venerável arcebispo de Utrecht, com a bela figura quadrada do ex-jansenista, ao piedoso guarda dos arquivos de Amersfoort. A conquista da verdade é concebida nesses casos como o sucesso de uma espécie de missão diplomática em que não se perderam nem as dificuldades da viagem nem as chances de negociação. Mas que importa? Todos aqueles membros da velha igrejinha em Utrecht, da boa vontade de quem depende que entremos na posse da verdade, são pessoas encantadoras, cujos rostos do século XVII nos afastam das figuras habituais e com quem será tão divertido manter contato, pelo menos por correspondência. A estima com a qual continuarão a nos enviar de tempos em tempos o testemunho nos elevará diante de nossos próprios olhos e guardaremos suas cartas como um certificado e como uma curiosidade. E não deixaremos um dia de dedicar um de nossos livros a eles, que é o mínimo que podemos fazer pelas pessoas que nos fizeram o dom... da verdade. E quanto às poucas pesquisas, aos breves trabalhos que seremos obrigados a fazer na biblioteca do convento e que serão as preliminares indispensáveis ao ato de entrar na posse da verdade – a verdade que, por mais prudência e para que não corramos o risco de que nos escape, nós a tomaremos em anotações –, seria bem ingrato nos queixarmos das dificuldades que poderíamos enfrentar: a calma e o frescor do antigo convento têm uma suavidade requintada, onde as freiras ainda usam o hennin* alto de asas brancas, que usam no Roger Van der Weyden do parlatório; e, enquanto trabalhamos, os carrilhões do século XVII atordoam a água ingênua do canal com tanta ternura que um pouco de sol pálido basta para

---

* Chapéu feminino alto, em forma de cone, usado no final da Idade Média. (N. T.)

deslumbrar entre a dupla fileira de árvores nuas que, desde o final do verão, roçam os espelhos agarrados às casas de empena em ambas as margens.[8]

Essa concepção de uma verdade surda aos apelos da reflexão e dócil ao jogo das influências, de uma verdade que se obtém por cartas de recomendação, que nos são entregues em mãos por quem a possuía materialmente sem talvez nem saber, de uma verdade que se deixa copiar em um caderno, essa concepção de verdade está, no entanto, longe de ser a mais perigosa de todas. Pois muitas vezes, para o historiador, mesmo para o erudito, essa verdade que buscam longe em um livro é menos, a rigor, a verdade em si do que seu indício ou sua prova, deixando,

---

[8] Escusado será dizer que seria inútil procurar esse convento perto de Utrecht e que todo este trecho é pura imaginação. Contudo, foi-me sugerido pelas seguintes linhas do sr. Léon Séché em seu trabalho sobre Sainte-Beuve: "Ele (Sainte-Beuve) colocou na cabeça um dia, enquanto estava em Liège, de conversar com a pequena igreja em Utrecht. Era um pouco tarde, mas Utrecht ficava muito longe de Paris e não sei se *Volúpia* teria bastado para lhe abrir os arquivos de Amersfoort. Duvido um pouco, pois mesmo depois dos dois primeiros volumes de seu *Port-Royal*, o piedoso erudito que então tinha a custódia desses arquivos etc. Sainte-Beuve obteve com dificuldade do bom sr. Karsten a permissão para entreabrir certas caixas... Abra a segunda edição de *Port-Royal* e verá a gratidão que Sainte-Beuve mostrou ao sr. Karsten" (Léon Séché, *Sainte-Beuve*, t.I, p.229 ss.). Quanto aos detalhes da viagem, todos são baseados em impressões reais. Não sei se se passa por Dordrecht para ir a Utrecht, mas foi tal como eu vi que descrevi Dordrecht. Não foi indo a Utrecht, mas a Vollendam, que viajei em barcaça de canal, entre os juncos. O canal que coloquei em Utrecht está em Delft. Vi no hospital de Beaune um Van der Weyden e freiras de uma ordem que veio, acredito, de Flandres, que ainda usam o mesmo chapéu não como em Roger van der Weyden, mas como em outras pinturas vistas na Holanda. (N. A.)

por consequência, espaço para outra verdade que ela anuncia ou que verifica e que, ela, é pelo menos uma criação individual de seus espíritos. Não é o mesmo para literato. Ele lê por ler, para reter o que leu. Para ele, o livro não é o anjo que voa assim que abriu as portas do jardim celestial, mas um ídolo imóvel, que adora por si mesmo, que, em vez de receber uma verdadeira dignidade dos pensamentos que desperta, comunica uma dignidade fictícia a tudo o que o rodeia. O literato invoca, sorrindo, em homenagem a tal nome, como ele se encontra em Villehardouin ou em Boccaccio,[9] em favor de tal uso como descrito em Virgílio. Seu espírito sem atividade original não sabe isolar nos livros a substância que poderia torná-lo mais forte; ele se sobrecarrega com sua forma intacta, que, em vez de ser para ele um elemento assimilável, um princípio de vida, é apenas um corpo estranho, um princípio de morte. É preciso dizer que se qualifico esse gosto, essa espécie de respeito fetichista pelos livros, como doentio, é relativamente ao que seriam os hábitos ideais de um espírito sem defeitos que não existe, assim como os fisiologistas que descrevem um funcionamento normal de órgãos, tal como dificilmente é encontrado em seres vivos. No real, ao

---

9 O esnobismo puro é mais inocente. Divertir-se na companhia de alguém porque teve um antepassado nas Cruzadas é vaidade, a inteligência não tem nada a ver com isso. Mas divertir-se na companhia de alguém porque o nome do avô se encontra muitas vezes em Alfred de Vigny ou em Chateaubriand, ou (uma sedução realmente irresistível para mim, admito) ter o brasão de sua família (trata-se de uma mulher bem digna de ser admirada de outra forma) na grande Rosácea de Notre-Dame d'Amiens, é aí que começa o pecado intelectual. De resto, analisei-o muito extensivamente em outros lugares, embora ainda tenha muito a dizer a respeito, para ter que insistir de outra forma aqui. (N. A.)

contrário, onde não há espíritos perfeitos como não há corpos inteiramente saudáveis, aqueles que chamamos de grandes espíritos são afetados como os outros por essa "doença literária". Mais do que os outros, pode-se dizer. Parece que o gosto pelos livros cresce com a inteligência, um pouco abaixo dela, mas na mesma haste, pois toda paixão é acompanhada por uma predileção pelo que envolve seu objeto, tem relação com ele, na ausência dele ainda lhe fala. Assim, os maiores escritores, nas horas em que não estão em comunicação direta com o pensamento, deleitam-se na sociedade dos livros. De resto, não é especialmente para eles que foram escritos? Não lhes revelam mil belezas que permanecem ocultas ao vulgo? Para dizer a verdade, o fato de que espíritos superiores sejam o que se chama de livrescos não prova de modo algum que isso não seja um defeito do ser. Porque os homens medíocres são muitas vezes trabalhadores e os homens inteligentes frequentemente preguiçosos não podemos concluir que o trabalho é, para o espírito, uma disciplina melhor do que a preguiça. Apesar disso, encontrar um de nossos defeitos em um grande homem sempre nos leva a nos perguntar se não seria uma qualidade fundamentalmente não reconhecida, e não aprendemos sem prazer que Hugo sabia de cor Quinto Cúrcio, Tácito e Justino, que podia, se alguém contestasse diante dele a legitimidade de um termo,[10] estabelecer a sua filiação, desde a origem, por citações que provavam uma verdadeira erudição. (Mostrei em outro lugar como essa erudição alimentou seu gênio em vez de sufocá-lo, como um feixe de lenha que apaga um fogo pequeno e aumenta um grande.) Mæterlinck,

---

10 Paul Stapfer, "Lembranças de Victor Hugo", publicado na *Revue de Paris*. (N. A.)

que é para nós o oposto do letrado, cujo espírito está perpetuamente aberto às mil emoções anônimas comunicadas pela colmeia, pelo canteiro ou pela relva, nos tranquiliza grandemente sobre os perigos da erudição, quase da bibliofilia, quando nos descreve, como um conhecedor, as gravuras que adornam uma velha edição de Jacob Cats ou do abade Sandrus. Esses perigos, aliás, quando existem, ameaçam muito menos a inteligência do que a sensibilidade; a capacidade de leitura proveitosa, se posso dizer assim, é muito maior entre os pensadores do que entre os escritores da imaginação. Schopenhauer, por exemplo, nos oferece a imagem de um espírito cuja vitalidade carrega com leveza a mais enorme leitura, cada novo conhecimento sendo imediatamente reduzido à parte da realidade, à porção viva que contém.

Schopenhauer nunca apresenta uma opinião sem apoiá-la imediatamente com várias citações, mas sentimos que os textos citados são para ele apenas exemplos, alusões inconscientes e antecipadas em que gosta de encontrar alguns traços do seu próprio pensamento, mas que em nada o inspiraram. Lembro-me de uma página de *O mundo como vontade e como representação* em que há talvez vinte citações seguidas. Trata-se do pessimismo (naturalmente abrevio as citações): "Voltaire, em *Cândido*, faz guerra ao otimismo de maneira divertida. Byron fez isso, em sua maneira trágica, em *Caim*. Heródoto relata que os trácios saudavam o recém-nascido com gemidos e se alegravam com cada morte. É o que se expressa nos belos versos que Plutarco nos cita: 'Lugere genitum, tanta qui intravit mala* etc.'. A isso deve ser atribuído o costume dos mexicanos de desejar etc., e Swift

---

* Em latim no original, "Chorar o nascido, tanto é o mal em que entrou". (N. T.)

obedecia ao mesmo sentimento quando teve o costume desde a juventude (segundo sua biografia por Walter Scott) de comemorar o dia de seu nascimento como um dia de aflição. Todos conhecem esta passagem da Apologia de Sócrates em que Platão diz que a morte é um bem admirável. Uma máxima de Heráclito era concebida da mesma forma: 'Vitae nomen quidem est vita, opus autem mors'.* Quanto aos belos versos de Teógnis, eles são famosos: 'Optima sors homini non esse etc.'** Sófocles, em *Édipo em Colono* (1224), dá disso o seguinte resumo: 'Natum non esse sortes vincit alias omnes etc.',*** Eurípides diz: 'Omnis hominum vita est plena dolore'† (*Hipólito*, 189) e Homero já tinha dito: 'Non enim quidquam alicubi est calamitosius homine omnium quotquot super terram spirant etc.'.†† Aliás, Plínio também o disse: 'Nullum melius esse tempestiva morte'.‡ Shakespeare colocou essas palavras na boca do velho rei Henrique IV: 'O, if this were seen – The happiest youth, – Would shut the book and sit him down and die'.‡‡ Byron finalmente: 'Tis someting better not to be'.‡‡‡ Balthazar Gracian

---

* Em latim no original, "A vida tem o nome de vida, mas na verdade é morte". (N. T.)

** Em latim no original, "Não ser é a melhor sorte para o homem". (N. T.)

*** Em latim no original, "Não nasceu para ser o vencedor, mas está perto de todas as profundezas". (N. T.)

† Em latim no original, "A vida de todo homem está cheia de dor". (N. T.)

†† Em latim no original, "De todas as coisas que respiram e se movem sobre a terra, não há nada, em nenhum lugar, mais miserável do que o homem". (N. T.)

‡ Em latim no original, "De todas as coisas boas que a natureza concedeu ao homem, nenhuma é melhor do que a morte oportuna". (N. T.)

‡‡ Em inglês no original, "Oh, se isso fosse visto – o mais feliz dos homens – teria fechado o livro e, pondo-o de lado, morreria". (N. T.)

‡‡‡ Em inglês no original, "É melhor não ser". (N. T.)

nos retrata a existência nas cores mais negras, no *Criticon*, etc."[11] Se já não me tivesse deixado levar demasiado longe por Schopenhauer, teria tido o prazer de completar essa pequena demonstração com a ajuda dos *Aforismos sobre a sabedoria na vida*, que talvez seja de todas as obras que conheço aquela que supõe em um autor, com mais leitura, mais originalidade, de modo que no início desse livro, no qual cada página contém várias citações, Schopenhauer pôde escrever da maneira mais séria do mundo: "Compilar não é minha vocação".

Sem dúvida, a amizade, a amizade que respeita os indivíduos, é uma coisa frívola, e a leitura é uma amizade. Mas pelo menos é uma amizade sincera, e o fato de se dirigir a um morto, a uma pessoa ausente, dá-lhe algo desinteressado, quase tocante. Além disso, é uma amizade desembaraçada de tudo o que faz a feiura nos outros. Como todos nós, os vivos, somos apenas mortos que ainda não fomos empossados, todas essas cortesias, todas essas saudações no vestíbulo que chamamos de deferência, gratidão, devoção e onde mesclamos tantas mentiras, são estéreis e cansativas. Além disso — desde as primeiras relações de simpatia, de admiração, de reconhecimento —, as primeiras palavras que pronunciamos, as primeiras cartas que escrevemos, tecem em torno de nós os primeiros fios de uma teia de hábitos, um verdadeiro modo de ser, do qual não podemos mais nos livrar nas amizades subsequentes; para não falar que durante esse tempo as palavras excessivas que pronunciamos permanecem como letras de câmbio que devemos pagar, ou que pagaremos ainda mais caro toda a nossa vida pelo remorso por tê-las

---

11 Schopenhauer, *O mundo como vontade e como representação* (capítulo "Da vaidade e dos sofrimentos da vida"). (N. A.)

deixado protestar. Na leitura, a amizade é subitamente levada de volta à sua pureza original. Com livros, não há amabilidade. Esses amigos, se passamos a noite com eles, é porque realmente temos vontade. Eles, pelo menos, frequentemente só os deixamos com tristeza. E, quando os deixamos, nenhum daqueles pensamentos que estragam a amizade surgem: O que eles pensaram de nós? – Não fomos indelicados? – Agradamos?, nem o receio de ser esquecido por um outro. Todas essas agitações da amizade expiram no limiar dessa amizade pura e calma que é a leitura. Nenhuma deferência também; só rimos do que Molière diz na exata medida em que achamos engraçado; quando ele nos entedia, não temos medo de parecer entediados, e quando estamos decididamente cansados de estarmos com ele, o colocamos em seu lugar tão abruptamente como se ele não tivesse gênio nem celebridade. A atmosfera dessa amizade pura é o silêncio, mais puro que a palavra. Porque falamos para os outros, mas nos calamos para nós mesmos. Também, o silêncio não traz, como a fala, o rastro de nossos defeitos, de nossas caretas. É puro, é realmente uma atmosfera. Entre o pensamento do autor e o nosso, ele não interpõe esses elementos irredutíveis, refratários ao pensamento, de nossos diferentes egoísmos. A própria linguagem do livro é pura (se é que o livro merece esse nome), tornada transparente pelo pensamento do autor que dela retirou tudo o que não era ela mesma a ponto de torná-la sua imagem fiel; cada frase, no fundo, assemelhando-se às outras, pois todas são ditas pela inflexão única de uma personalidade; daí uma espécie de continuidade, que as relações da vida e os elementos que lhe são estranhos misturados com o pensamento excluem, e que permite muito rapidamente seguir a própria linha do pensamento do autor, os traços de sua fisionomia que se refletem nesse calmo espelho. A cada vez, sabemos gostar dos traços de cada um sem precisar que sejam admiráveis, porque é um grande prazer para a mente distinguir essas pinturas profundas e amar com uma amizade sem egoísmo, sem frases, como em si mesma. Um Gautier, simples bom moço cheio de gosto (nos diverte pensar que puderam considerá-lo o representante da perfeição na arte), nos agrada assim. Não exageramos seu poder espiritual, e em sua *Viagem à Espanha*, onde cada frase, sem que ele suspeite, acentua e persegue a linha cheia de graça e alegria de sua personalidade (as palavras se organizando por si mesmas para desenhá-la, porque foi ela quem as escolheu e as dispôs em sua ordem), não podemos deixar de achar essa obrigação bem distanciada da verdadeira arte, obrigação à qual ele acredita dever se comprometer a não deixar uma única forma sem descrevê-la inteiramente, acompanhando-a com uma comparação que, não tendo nascido de nenhuma impressão agradável e forte, em nada nos encanta. Só podemos culpar a lamentável secura da sua imaginação quando compara o campo com as suas variadas culturas "a esses mostruários de alfaiate em que se colam amostras de calças e coletes" e quando diz que de Paris a Angoulême não há nada a admirar. E sorrimos para esse gótico fervoroso que nem se deu ao trabalho de ir a Chartres visitar a catedral.[12]

Mas que bom humor, que gosto! Como, de bom grado, nós o seguimos em suas aventuras, a esse companheiro cheio de vitalidade; ele é tão simpático que tudo ao seu redor se torna assim para nós. E depois dos poucos dias que passou com o comandante Lebarbier de Tinan, retido pela tempestade a bordo de

---

[12] "Sinto ter passado por Chartres sem poder ter visto a catedral." (*Viagem à Espanha*, p.2). (N. A.)

sua bela embarcação "cintilante como ouro", ficamos tristes por ele não nos ter dito mais nada sobre esse amável marinheiro e nos faça abandoná-lo para sempre sem nos dizer o que aconteceu com ele.[13] Sentimos que sua alegria expansiva, e também sua melancolia, são hábitos um pouco desleixados de jornalista. Mas perdoamos tudo isso, fazemos o que ele quer, divertimo-nos quando ele volta encharcado, morrendo de fome e de sono, e nos entristecemos quando ele recapitula com a tristeza de um folhetinista os nomes dos homens de sua geração que morreram antes do tempo. Costumávamos dizer sobre ele que suas frases delineavam sua fisionomia, mas sem que ele disso suspeitasse; pois, se as palavras são escolhidas, não pelo nosso pensamento segundo as afinidades de sua essência, mas pelo nosso desejo de nos pintar, ele representa esse desejo e não nos representa. Fromentin, Musset, apesar de todos os seus dons, porque queriam deixar seu retrato para a posteridade, pintaram-no muito medíocre; e ainda, eles nos interessam infinitamente por causa disso, pois o fracasso deles é instrutivo. De maneira que, quando um livro não é o espelho de uma individualidade poderosa, continua sendo o espelho de curiosos defeitos do espírito. Debruçados sobre um livro de Fromentin ou sobre um livro de Musset, percebemos no fundo do primeiro o que há de raso e de ingênuo numa certa "distinção"; no fundo do segundo, o que há de vazio na eloquência.

---

13 Tornou-se, segundo me disseram, o célebre almirante de Tinan, pai da senhora Pochet de Tinan, cujo nome permaneceu caro aos artistas, e avô do brilhante oficial de cavalaria. – É ele também, creio, que diante de Gaeta assegurou por algum tempo o abastecimento e as comunicações de Francisco II e da rainha de Nápoles. (Ver Pierre de la Gorce, *História do Segundo Império*.) (N. A.)

Se o gosto pelos livros aumenta com a inteligência, seus perigos, como vimos, diminuem com ela. Um espírito original sabe subordinar a leitura à sua atividade pessoal. Não é mais para ele senão a mais nobre das distrações, sobretudo a mais enobrecedora, pois somente a leitura e o conhecimento proporcionam as "maneiras finas" do espírito. O poder de nossa sensibilidade e de nossa inteligência só podemos desenvolvê-lo em nós mesmos, nas profundezas de nossa vida espiritual. Mas é nesse contato com outros espíritos, que é a leitura, que se dá a educação das "boas maneiras" da mente. Os letrados permanecem, apesar de tudo, como a aristocracia da inteligência, e ignorar um certo livro, uma certa peculiaridade da ciência literária, sempre permanecerá, mesmo em um homem de gênio, como uma marca do plebeu intelectual. A distinção e a nobreza consistem também na ordem do pensamento, numa espécie de maçonaria de usos e numa herança de tradições.[14]

Muito rapidamente, nesse gosto e nesse entretenimento da leitura, a preferência dos grandes escritores vai para os livros dos antigos. Mesmo aqueles que pareciam aos seus contemporâneos os mais "românticos" liam quase só os clássicos. Na conversa de Victor Hugo, quando fala de sua leitura, são os nomes de Molière, Horácio, Ovídio, Regnard, que aparecem com mais frequência. Alphonse Daudet, o menos livresco dos escritores, cuja obra é toda cheia de modernidade e de vida, parece ter rejeitado toda herança clássica, lia, citava, comentava incessantemente

---

14 Além disso, a verdadeira distinção sempre pretende se dirigir apenas a pessoas ilustres que conhecem os mesmos usos, e não "explica". Um livro de Anatole France subentende uma riqueza de saberes eruditos, contém perpétuas alusões que o vulgo não percebe nele e que lhe dão, além de suas outras belezas, sua nobreza incomparável. (N. A.)

Pascal, Montaigne, Diderot, Tácito.[15] Quase poderíamos chegar a dizer, talvez renovando por essa interpretação, aliás bastante parcial, a velha distinção entre clássicos e românticos, que são os públicos (os públicos inteligentes, é claro), que são românticos, enquanto os mestres (mesmo os chamados mestres românticos, os mestres favoritos dos públicos românticos) são clássicos. (Observação que poderia estender-se a todas as artes. O público veio ouvir a música do sr. Vincent d'Indy, o sr. Vincent d'Indy relê a de Monsigny.[16] O público vai às exposições do sr.

---

15 Sem dúvida, é por isso que muitas vezes, quando um grande escritor critica, fala muito sobre as edições de obras antigas e muito pouco sobre livros contemporâneos. Exemplos: as *Segundas-feiras*, de Sainte-Beuve, e a *Vida literária*, de Anatole France. Mas enquanto o sr. Anatole France julga seus contemporâneos maravilhosamente, pode-se dizer que Sainte-Beuve interpretou mal todos os grandes escritores de seu tempo. E que ninguém objete que ele estava cego por ódios pessoais. Depois de ter menosprezado incrivelmente o romancista em Stendhal, ele celebra, a título de compensação, a modéstia, os procedimentos delicados do homem, como se nada mais houvesse de favorável a dizer a respeito! Essa cegueira de Sainte-Beuve, no que diz respeito ao seu tempo, contrasta singularmente com suas pretensões à clarividência, à presciência. "Todo mundo é capaz", diz ele, em *Chateaubriand e seu grupo literário*, "de pronunciar-se sobre Racine e Bossuet... Mas a sagacidade do juiz, a perspicácia do crítico, comprova-se sobretudo em novos escritos, ainda não testados pelo público. Julgar à primeira vista, adivinhar, antecipar, esse é o dom crítico. Quão poucos o possuem". (N. A.)

16 E, reciprocamente, os clássicos não têm comentadores melhores do que os "românticos". Com efeito, só os românticos sabem ler as obras clássicas, porque as leem como foram escritas, romanticamente, porque, para ler bem um poeta ou um prosador, é preciso sermos nós mesmos, não um erudito, mas poeta ou prosador. Isso vale para as obras as menos "românticas". Os belos versos de Boileau, não foram os professores de retórica que nos apontaram, foi Victor Hugo: "E em quatro lenços de sua beleza suja/ Envie ao lavador suas rosas e seus lírios".

Vuillard e do sr. Maurice Denis enquanto estes vão ao Louvre.) Isto deve-se, sem dúvida ao fato de esse pensamento contemporâneo, que os escritores e artistas originais tornam acessível e desejável ao público, fazer, até certo ponto, tão parte deles que um pensamento diferente os diverte melhor. Ele lhes pede, para que o alcancem, mais esforço, e lhes dá também mais prazer; sempre gostamos um pouco de sair de nós mesmos, de viajar, quando lemos.

Mas há outra causa, à qual prefiro, para terminar, atribuir essa predileção dos grandes espíritos pelas obras antigas.[17] É porque eles não têm apenas para nós, como as obras contemporâneas, a beleza que soube colocar neles a mente que os criou. Recebem outra, ainda mais comovente, porque seu próprio material, quero dizer, a língua em que foram escritos, é como um espelho da vida. Um pouco da felicidade que sentimos ao caminhar por uma cidade como Beaune, que manteve intacto o seu hospital do século XV, com o seu poço, o seu lavadouro, a sua abóbada de madeira apainelada e pintada, o seu alto telhado de duas

---

É o sr. Anatole France: "A ignorância e o erro em suas peças nascentes/ "Em roupas de marqueses, em roupas de condessas".

O último número de *O Renascimento latino* (15 de maio de 1905) me permite, no momento em que corrijo estas provas, estender, por um novo exemplo, essa observação às belas-artes. Ela nos mostra, com efeito, no sr. Rodin (artigo de M. Mauclair) o verdadeiro comentador da estatuária grega. (N. A.)

17 Uma predileção que eles mesmos geralmente acreditam ser fortuita; supõem que os livros mais belos por acaso foram escritos pelos autores antigos; e sem dúvida isso pode ocorrer, pois os livros antigos que lemos são escolhidos de todo o passado, tão vasto em comparação com a época contemporânea. Mas uma razão um tanto acidental não pode ser suficiente para explicar uma atitude mental tão geral. (N. A.)

águas perfurado por claraboias que leves espigas de chumbo martelado coroam (todas aquelas coisas que uma época ao desaparecer como que esqueceu ali, todas aquelas coisas que só lhe pertenciam, já que nenhuma das épocas que se seguiram viu nascer outras semelhantes), ainda sentimos um pouco dessa felicidade de vagar no meio de uma tragédia de Racine ou de um volume de Saint-Simon. Pois eles contêm todas as belas formas de linguagem abolidas que guardam a memória de usos, ou modos de sentir que não existem mais, vestígios persistentes do passado a que nada do presente se assemelha e que só o tempo, passando por cima delas, pode embelezar mais sua cor.

Uma tragédia de Racine, um volume das Memórias de Saint-Simon parecem-se com coisas belas que não se fazem mais. A linguagem em que foram esculpidas por grandes artistas com uma liberdade que faz brilhar sua suavidade e ressaltar sua força nativa nos comove como a visão de certos mármores, agora inusitados, usados pelos trabalhadores de outrora. Sem dúvida, em algum dentre esses velhos edifícios, a pedra manteve fielmente o pensamento do escultor, mas também, graças ao escultor, a pedra, de uma espécie hoje desconhecida, nos foi preservada, vestida por todas as cores que ele soube tirar dela, fazer aparecer, harmonizar. É bem a sintaxe viva na França do século XVII – e nela os costumes e um jeito de pensar desaparecidos – que amamos encontrar nos versos de Racine. São as próprias formas dessa sintaxe, desnudadas, respeitadas, embelezadas por seu cinzel tão franco e delicado, que nos comovem dentro desses modos familiares de expressar, e até a singularidade e a audácia,[18]

---

18 Acredito, por exemplo, que o encanto que costumamos encontrar nestas falas de *Andrômaca*: "Por que assassiná-lo? O que ele fez? Por qual

que vemos, nos trechos mais doces e ternos, passar como uma linha rápida ou voltar em belas linhas quebradas, o brusco desenho. São essas formas passadas, tomadas da própria vida do passado, que vamos visitar na obra de Racine como em uma cidade antiga que permaneceu intacta. Sentimos diante delas a mesma emoção que experimentamos diante dessas formas de arquitetura elas também abolidas, arquitetura que não podemos mais

razão?/ Quem te contou?" vem precisamente do fato de que o vínculo usual da sintaxe é voluntariamente quebrado. "Por qual razão?" não se refere a "O que ele fez?" que imediatamente o precede, mas a "Por que assassiná-lo?". E "Quem te contou?" também se refere a "assassinar". (Pode-se, lembrando outro verso de *Andrômaca*: "Quem vos contou?" está para "Quem te contou, para assassiná-lo?".) Ziguezagues de expressão (a linha recorrente e quebrada a que me refiro acima) que não deixam de obscurecer um pouco o sentido, tanto que ouvi uma grande atriz mais preocupada com a clareza do discurso do que com a precisão da prosódia dizer sem rodeios: "Por que assassiná-lo? Por qual razão? O que ele fez?". Os versos mais célebres de Racine o são, na verdade, porque encantam assim por alguma audácia familiar de linguagem lançada como uma ponte ousada entre duas margens de suavidade. "Eu te amava inconstante, *que teria feito* se fosses fiel!" E que prazer causa o belo encontro dessas expressões cuja simplicidade quase comum dá ao sentido, como em certos rostos em Mantegna, uma plenitude tão doce, cores tão belas: "E num amor louco minha juventude *embarcada.../* Reunamos três corações que não puderam *se harmonizar*".

E é por isso que convém ler os escritores clássicos por completo, e não nos contentarmos com trechos selecionadas. As páginas ilustres dos escritores são muitas vezes aquelas em que essa contextura íntima de sua linguagem é ocultada pela beleza, de caráter quase universal, do trecho. Não acredito que a essência particular da música de Glück seja traída tanto em uma ária tão sublime quanto em tal cadência de seus recitativos em que a harmonia é como o próprio som da voz de seu gênio quando recai sobre uma entonação involuntária em que está marcada toda a sua gravidade ingênua e sua distinção, cada vez admirar a não ser nos raros e magníficos exemplares que nos legaram o passado que os moldou: como as velhas muralhas das cidades, miradouros e torres, os batistérios das igrejas; como perto do claustro, ou sob o ossário do Aitre, o pequeno cemitério que esquece ao sol, sob suas borboletas e suas flores, a Fonte Funerária e a Lanterna dos Mortos.

Mais do que isso, não são apenas as frases que delineiam aos nossos olhos as formas da alma antiga. Entre as frases – e penso em livros muito antigos, que primeiro foram recitados –, no intervalo que as separa permanece ainda hoje, como num hipogeu inviolável, preenchendo os interstícios, um silêncio muitas vezes secular. Com frequência, no Evangelho de São Lucas, encontrando *dois-pontos* que o interrompem antes de cada um dos trechos quase em forma de cânticos que o atravessam,[19] ouvi o silêncio do fiel que tinha acabado de parar sua leitura em voz

---

que o ouvimos, por assim dizer, recuperar o fôlego. Quem viu fotografias de São Marcos em Veneza pode acreditar (e ainda estou falando apenas do exterior do monumento) que possui uma ideia dessa igreja com cúpulas, quando é apenas ao nos aproximarmos, até poder tocar com a mão a cortina matizada dessas colunas ridentes, é apenas vendo o poder estranho e grave que enrola as folhas ou pousa os passarinhos nesses capitéis que só se pode distinguir de perto, é somente tendo na própria praça a impressão desse monumento baixo, todo o comprimento da fachada, com seus mastros floridos e seu cenário de festa, seu aspecto de "palácio de exposição", que sentimos explodir, nesses traços significativos, mas acessórios e que nenhuma fotografia retém, sua verdadeira e complexa individualidade. (N. A.)

19 "E Maria disse: 'Minha alma exalta o Senhor, e se alegra em Deus meu Salvador etc.' – Seu pai Zacarias foi preenchido pelo Espírito Santo, e profetizou com estas palavras: 'Bendito seja o Senhor, o Deus de Israel pelo que redimiu etc.'" "Ele a recebeu em seus braços, abençoou a Deus e disse: 'Agora, Senhor, deixa teu servo ir em paz...'" (N. A.)

alta para cantar os versículos seguintes[20] como um salmo que lembrava a ele os salmos mais antigos da Bíblia. Esse silêncio ainda preenchia a pausa da frase que, tendo sido cindida para o incluir, tinha mantido sua forma; e mais de uma vez, enquanto eu lia, ele me trouxe o perfume de uma rosa que a brisa, entrando pela janela aberta, espalhava no cenáculo onde se realizava a Assembleia e que não se tinha evaporado depois de quase dois mil anos. A *Divina comédia*, as peças de Shakespeare também dão a impressão de contemplar, inserido no tempo presente, um pouco do passado; essa impressão tão exaltante que faz que certos "Dias de leitura" se assemelhem a dias de vagabundear em Veneza, na Piazzetta, por exemplo, quando se tem diante de si, em sua cor meio irreal, coisas situadas a poucos passos e muitos séculos, as duas colunas de granito cinza e rosa tendo em seus capitéis, uma o leão de São Marcos, a outra São Teodoro pisando o crocodilo; essas duas belas e esbeltas estrangeiras vieram outrora do Oriente pelo mar que se quebra a seus pés; sem compreender as palavras trocadas em torno delas, continuam alongando seus dias do século XII na multidão de hoje, nessa praça pública onde brilha ainda distraidamente, muito próximo, seu sorriso distante.

---

20 Para dizer a verdade, nenhum testemunho positivo me permite afirmar que nessas leituras o recitador cantou as espécies de salmos que São Lucas introduziu em seu Evangelho. Mas parece-me que isso se aproxima bastante da comparação de diferentes passagens de Renan e particularmente de *São Paulo*, p.257 *ss.*; *Os apóstolos*, p.99 e 100; e *Marco Aurélio*, p.502-3 etc. (N. A.)

SOBRE O LIVRO

Formato: 13,7 x 21 cm
Mancha: 23,5 x 39 paicas
Tipologia: Venetian 301 BT 12,5/16
Papel: Off-white 80 g/m^2 (miolo)
Cartão Supremo 250 g/m^2 (capa)

1ª edição Editora Unesp: 2023

EQUIPE DE REALIZAÇÃO

Edição de texto
Tulio Kawata (Copidesque)
Marina Ruivo (Revisão)

Capa
Marcelo Girard

Editoração eletrônica
Sergio Gzeschnik

Assistência editorial
Alberto Bononi
Gabriel Joppert